神《かん》無《な》島《じま》のウラ

あさのあつこ

小学館

目次

神無島のウラ

間もなっ雨が降る。

激しか雨や。

ここには優く降る雨など、存在せん。

糸んごつ細うて、ちょっとした風にもなびいてしまう。そげんヤワな風を、己《ウラ》は見たこっがなか。島の誰も見たことはなかじゃろう。

島では、雨は真っ直ぐに落ちてくっ。降るじゃなか。落ちてくっ。

礫《つぶて》そのものだ。天から放たれた礫。

地に激突する。めり込む。音を立てる。

ボッ、ボッ、ボッ。

島んお爺《じい》どん、お婆《ばあ》どんたちは「雨が降る」なんち言わん。「雨が喚《わめ》く」ち言う。「土が雄叫《おたけ》る」ち言う者もおる。

ボッ、ボッ、ボッ。

水の礫が地を穿《うが》てば、僅《わず》かに土煙が舞う。そのとき、穿たれる地はボッ、ボッ、ボッと重う低か音を立てっ。そいを地の雄叫びんごつ聞く者がおっとよ。

もうすぐ雨が降る。

風も吹く。

一　海の向こうから

船内放送が、神無島《かんなじま》ユハタ港が近いことを告げる。

槙屋深津《まきやみつ》は洗面所で顔を洗い、鏡を覗《のぞ》き込んだ。

思いの外、よく眠れた。

鹿児島港から夜九時に出港するフェリーは、約十二時間で神無島に着く。そこからさらに、東シナ海に点々と浮かぶ島々を結んで進み、奄美《あまみ》大島の名瀬《なぜ》を終着港とする。周辺諸島の物資集散地でもある港で荷と人を降ろした船は、新たな荷と人を乗せて十六時間近くをかけて鹿児島港に帰るのだ。

新幹線や飛行機の移動に慣れてしまうと、船旅での時間の進み方を異質に感じる。粘度が高まり、流れるというより一滴ずつ滴っているようだ。

忘れちょったよな、深津。

鏡の中の自分に語り掛ける。

こげん時間があるっちゅうこと、忘れちょったよな。

一瞬、本当に瞬《まばた》きする間、横長の鏡に十二歳の少年を見た。二十年前、島を出て行ったときの自分だ。日に焼けて痩せている。眼はくっきりと二重で、眉は黒々と太い。背も横幅も目立つほどではないのに、大きな眼のせいなのか固く結んだ口元のせいなのか〝強い子〟だとよく言われた。本来は強情とか聞き分けのない子とかの意味らしいが、島では誉《ほ》め言葉になる。負けん気の強さ、我を貫く力は島で生きていく上で役に立つ。むろん、自分勝手であってはならない。自分の利益だけに固執して他人を顧みない者は、ここでは生きられない。

島で生きるとは、他人と繫《つな》がることだ。

共に生きる。

道徳の授業や三流ドラマがこれでもかと押し付けてくる、安っぽいフレーズとはまったく別の共生が成り立たなければ生き延びられない。

他人がいなければ自分は生存できない。本土ではいざしらず、大海原に浮かぶ島で人は絶対に一人では生きられない。他人の力がいる。どうしても、いる。

そのことを深津は十二歳になるまでに覚えた。身体《からだ》の芯に染み込ませた……はずだった。

二十年が経《た》った。

瞬きして、もう一度、鏡を覗き込む。

前髪を搔《か》き上げ、目を細める。

中年まではいかない。が、もう若くはない。痩せてはいるけれど、肌はずい分と白くなった。焼け込んで褐色になったあの肌の色でさえ褪《あ》せるのだ。眼の形は変わっていないけれど、もう〝強い子〟の面影はない。年齢のせいばかりでなく、宿る光の具合が違うのだ。

人は例外なく、子どもから大人に変わっていく。生まれ、成長し、老いて、死に向かう。その流れを断ち切るのは、不慮の死だけだろう。

当時、島には二十三人の子どもがいた。小学生が十二人、中学生が十一人。今はその半分にも足らないと聞いている。小学生五人、中学生五人。十人の子どもたちは、どんな肌色をしているのか。どんな子たちなのか。思案がほんの少し先、未来へと向かう。

耳の奥に、逢《あ》ったことのない子どもたちの声が響く。そこに重なるように汽笛が鳴った。

ブッブォー、ブッブォー、ブッブォー。

間もなく接岸だ。人々の動きが忙《せわ》しくなった。

深津は二等船室に戻り、カーキ色のリュックに洗面用具を押し込んだ。荷物はこれ一つだ。先に段ボール箱を幾つか送ってはいるが、ほとんどが本だから、家財道具なんて無いに等しい。引っ越しの準備をしながら、改めて自分のミニマリスト振りに苦笑してしまった。しかし、小さな段ボール箱一つに収まって、まだ、隙間があるほどの持ち物も島では不用かもしれない。溢《あふ》れかえるほどではないし、きちんと整理されてもいたが、それでもマンションの一室を埋めていた諸々の道具を思う。

薄緑色の冷蔵庫、同系色の掃除機、白いドラム式洗濯機。落ち着いた色合いのカーペットやカーテン。ベッド、テーブルに四脚のイス。壁にはめ込まれたクローゼットの中のシャツや上着やズボン。革靴、スニーカー……。

マンションを出るとき、大半を処分した。

彩菜《あやな》もそうした。

業者の用意した青いケースに細々とした品を放り込んで、彩菜は額の汗を拭いた。

「ずい分とすっきりするものね」

片付いた部屋を見回して、大きく息を吐き出す。

「夕食、どうする？　どこかに食べに行くか」

まだ四時過ぎだったが、片付けに追われ、朝からろくな食事をしていない。

「まさか」

彩菜は口元を歪《ゆが》め、眉を顰《ひそ》めた。

「深津のそういうところが、わかんない。離婚してこれから別々に暮らすってときに、どうしてご飯なんかに誘えるのよ」

離婚しても食事をするくらい構わないだろう。

と言いかけて口をつぐんだ。

彩菜は食事に誘ったことを詰《なじ》っているのではない。夫婦関係を解消したその日でさえ、今までと変わらずにいる男を訝《いぶか》っているのだ。戸惑いと怒りと不信が混ざり合い、どろどろと粘り、心底に沈み込む。

わかんない。わからない。理解できない。

結婚してから今日までの二年半、彩菜は言い続けた。離婚を切り出す直前の一言も、「駄目だわ、わたし、やっぱり深津のことがわからない」だった。

「わからなくてもいいじゃないか」と答えることは容易だ。「夫婦といっても他人同士だ。理解できなくて当たり前だろう」と居直ることも容易《たやす》い。卑怯《ひきょう》でもある。彩菜は深津の何もかもを知りたいと、望んでいるわけじゃない。夫婦として生きる、そのために必要な一部分を解したいと欲しただけだ。理解して、一緒に暮らしていこう。彩菜はそう決心して、努力してくれた。そして、二年半で力尽きたのだ。

がんばってくれて、ありがとう。

お礼を言いそうになって、また、口をつぐんだ。唇を固く結ぶ。

これじゃまるで、労《ねぎら》いだ。紋切り型の労いの言葉。血の通っていない作り物。彩菜は身を震わせて厭《いと》うだろう。「がんばってくれて、ありがとう」。その一言を呑《の》み下す。小さな棘《とげ》が生えていたかのように喉の奥を刺す。本当に痛みを感じる。

「わたしに……というより、〝今〟に焦点が合ってないんだよねえ、深津は」

青いケースに蓋《ふた》をしながら、彩菜は軽く肩を竦《すく》めた。愚痴《ぐち》や文句にならないよう努めてさらりと言い放つ。誰が相手であっても口汚く罵《ののし》ることや、言って詮無《せんな》い愚痴や文句を垂れ流すことを潔しとしない。彩菜はそういう気性だった。曖昧なものを、隠し事を、誤魔化しを嫌う。他人にも自分にも養護教諭という仕事にも、真っ直《す》ぐに向かい合おうとする。だから、耐えられなかったのだ。

〝今〟に焦点が合っていない男に。

そうだろうかと考える。自分のことを考える。

〝今〟を見ていない？　そうだとしたら、〝いつ〟を見てるんだ？

疑問符が点滅する。ちかちかと瞬く。濃い緑色をしている。時折、疑問符はこんな色になる。

濃すぎて、深すぎて黒に見紛《みまが》う緑に塗り潰《つぶ》されてしまう。

濃くて深い緑を覆い隠すように、白い靄《もや》が流れる。そうすると、力が抜けていく。身体ではなく気持ちが萎《な》えてしまうのだ。

どうでもよくなる。何もかもを遠く感じる。感情が鈍麻して、怒りも悲しみも喜びも小さな灰色の塊になる。

いつもでは、ない。白い靄が流れたときだけだ。

けれど靄が流れるときと晴れているときと、どっちが本当の自分なのか。こっちだと言い切る自信がない。いや、嘘《うそ》だ。それは嘘だ。自分で自分を騙《かた》ろうとしている。

靄が晴れれば心許《こころもと》ない。不安で、怯《おび》えさえ感じてしまう。

そして、ぎこちなくなる。

笑う。話をする。食事をとる。走る。歩く。相談する。相談を受ける。誰かの話に耳を傾ける。説明する。注意する。アドバイスを与える。映画を観《み》る。音楽を聴く。車の運転をする。バスに乗る。自転車をこぐ。買い物に出かける。

そんな日常の動きが強張《こわば》って、滑らかに進まない気がする。気がするだけで、傍《はた》から見れば何の違和感もないらしいのだが、深津自身が強張りを感じるのだ。

芝居をしているみたいだ。しかも、下手くそな。

台詞《せりふ》を疎覚《うろおぼ》えのまま舞台に立たされた大根役者だ。役になり切れず、自分に戻れず、スポットライトを浴びながら、ぎこちなく、おたおたと演技している。

その感覚は結婚してからも変わらなかった。彩菜と身体を重ねているときでさえ、生々しさを感じない。性欲も衝動も狂おしくのたうつことはないのだ。自分は他人のようだ。観客席から、自分の下手な芝居を観ているようだ。それを彩菜は〝今〟に焦点が合っていないと表現した。そして、結婚生活を解消するための事務的な書類を差し出した。

「お願い」

「わかった」

これ以上ないほど短い会話の後、名前を記入し捺印《なついん》した。

それで終わりだった。

三年に満たない結婚生活だったが、知り合ってからは十年近い年月が経っている。

深津は関東圏の一県にある国立大学を卒業した後、同県内の小学校で教鞭《きょうべん》をとっていた。彩菜とは最初の赴任校で知り合った。一つ年上の養護教諭は覚束《おぼつか》ない新任教師をさりげなく支えてくれた。三年後に彩菜が転勤し、そのまま二度と出逢わなければ気の合った同僚の関係に過ぎなかっただろう。けれど、再会した。担任した児童が盲腸で入院し、その見舞いに訪れた病院でだ。

地域の中核病院である市立の総合病院。二年前に新築された建物は明るく、清潔で、洒落《しゃれ》ていた。白と薄緑に色分けされた広い待合室で、声を掛けられた。

「あら、槙屋先生じゃないですか」

「うわっ、郷内《ごうない》先生。ど、どうして、こんなところに」

「やだ。そんなに驚かないでください。でも、懐かしい。三年ぶりかしらね」

「あ……そうですね。三年ぶりですね。まさか病院で出会うなんて思ってもみなかった。どなたかのお見舞いですか」

「ええ、一週間前に伯母が倒れて緊急搬送されたんです。そのまま入院になっちゃって。意識が戻って、やっとお見舞いに来られるようになったんですよ。槙屋先生は？」

「あ、ぼくは教え子の見舞いです。六年生の寺島《てらしま》という子なんですが」

「寺島？　寺島和樹《かずき》くんですか。あの大柄で駆けっこの得意な。それとも、寺島千里《ちさと》の方？」

「え、あ、千里です。盲腸になっちゃって。それもかなりひどくて二週間近く入院しなきゃいけないみたいなんです」

「まあまあ、あの千里ちゃんが盲腸？　本好きで、おとなしい子でしたよね。我慢強くて、怪我《けが》をして血が流れてても痛いって言わないような子だもの。お腹《なか》が痛いの、ずっと我慢してたんじゃないかしらねえ。かわいそうに」

彩菜の表情が曇る。三年前に勤めていた学校の、しかも四百人近くいた児童の名前と顔をちゃんと記憶しているらしい。

再会がきっかけになった。食事の約束をして別れ、翌月、駅近くのビストロで夕食を共にした。彩菜は明るく、話し上手ではあったがおしゃべりではなかった。暗みとは無縁の女性に思えた。

結婚してから知ったのだけれど、深津に生まれたときから父親がいなかったこと、母が行方知れずであること、他の係累もいないことを理由として、彩菜は両親、特に父親から強い反対を受けていたのだ。三人姉妹の末娘である彩菜を、父親は殊の外、可愛《かわい》がっていた。

「深津と結婚できなかったら、あたし、一生独身でいるからね」

愛娘《まなむすめ》の一言と、妻の一言、「係累がないのいいじゃない。面倒くさくなくて」に説得されて、しぶしぶ認めたらしい。彩菜に伝えたことは、全てが真実というわけではなかった。嘘もある。

その嘘を正す間も詫《わ》びる間もなく、彩菜との暮らしは潰《つい》えた。

二年半で切れた深津と娘との縁。それを義父であった人はどう思ったのか。「やはりな」と苦り切った顔つきになったのか、「これでよかった」と安堵《あんど》したのか聞かず仕舞いだった。


「神無島で降りられますの？　お疲れさま」

白髪の老婦人が声を掛けてきた。二等船室のチケットを買ったときから雑魚寝《ざこね》は覚悟していた。が、新造されて間もない大型フェリーは思いの外快適だった。一メートルほどの間隔で間仕切りがあり、個人用の荷物棚や枕、毛布まで完備されていた。枕元にはコンセントもある。何より清潔だった。船室は床も壁も淡い青で統一されて、船内の壁にも海をモチーフにした絵が描かれている。臭いもない。

二十年前、島を出るとき乗り込んだ船は、一回り小さく、古かった。島々を繋ぐ定期船とはいえ、大洋を渡るにはあまりにお粗末に見えたのを覚えている。

二等船室は暗く、コンセントはむろん間仕切りも荷物棚もなかった。乗客たちは文字通り、雑魚が寄り合うようにして寝転んだ。

よく、揺れた。

新造船にはフィン・スタビライザという横揺れ減少装置が設置してあるそうだが、旧船にはそんなものはついてなかっただろう。あちこちがへこんだアルミの洗面器が四方に積まれているだけだった。

よく、揺れた。

海が時化《しけ》ていたのかもしれない。

船底に近い二等船室は、間もなく船酔いに苦しむ人々の呻《うめ》きと嘔吐《おうと》の音、そして吐瀉《としゃ》物の異臭に満たされた。

「おまえは、苦しくなかとや」

背中を丸めて嘔吐《えず》いていた母が、潤んだ眼を向けてくる。両手はしっかりと洗面器を抱え込んでいた。

「母さんは、苦しかね？」

「苦しかよ。嘔吐いて嘔吐いて、胃ん中ん物を、みんな吐いちょったが。そんでん……苦しか。嘔吐きが止まらん。胃が絞られるんご……」

母は顔を伏せ、ぐえっぐえっとまた嘔吐く。一つ結びにした長い髪が背中と一緒に震えていた。首筋に汗が滲《にじ》んで、髪が一本、貼り付いていた。吐瀉物より、その汗が嫌で、ひどく臭うようで、深津は顔をそむけた。

記憶が寄せてくる。細切れによみがえってくる。

少し、疎ましい。

頭の隅が鈍く疼《うず》く。二十年前は感じなかった吐き気を覚える。

「心配していたけれど、ぐっすり眠れちゃって。よかったわあ」

「そうですね。いい船だ。海も穏やかだったんでしょう」

「ねえ、運がよかったのかしらねえ。お天気も良くて」

老婦人は白いTシャツの上に真紅のブルゾンを羽織った。よく似合っている。

「お一人なの？」

「は？」

「お一人で旅行されてるんですか」

「ああ、いえ、旅行じゃなくて……」

東の間迷って、深津は告げた。

「里帰りです」

「あら？　そしたら、島のご出身？」

「そうです」

正直に答える。嘘や誤魔化しを口にしていると、どこかで辻褄《つじつま》が合わなくなる気がする。それが怖い。結婚生活の中で、ずっと感じていた怖れだった。

人には時に、優しい嘘も上手な誤魔化しも必要だと、誰かに言われた。彩菜だったか、彩菜の父親だったか、同僚だったか……よく覚えていない。おまえには、人に必要なものが具《そな》わっていない。と、面罵されたわけではなかった。思い出せない誰かとの何気ない会話の中で、ふっと耳にしただけだ。

それが残っている。頭の隅か、心の底かわからないが残っている。

「わたしは旅行者なの。島巡りのね」

老婦人は真紅のブルゾンの袖をまくり上げた。

「島巡り、ですか」

そういうのは、内海の島々でやることではないのか。湖水と見紛うような静かな海と、丸く穏やかな形の島々を巡る。甲板に叩《たた》きつける大粒の雨とも、横殴りの風とも、うねり逆巻き、何メートルもの高さまで盛り上がる波とも無縁の旅をする。

島巡りにはそんな印象しかない。これから降り立つ所は海の中から岩が突兀《とっこつ》と生え、断崖絶壁が囲む島だ。

「神さまに会いに行くの」

ブルゾンと同じ色のリュックを背負い、老婦人はにっと笑った。

「どんな島でも島であれば、神さまが必ずいるからね」

「神さま、ですか」

「そう。あなた、神無の人なら神無の神さまに会ったことない？」

〈御乗船のみなさまにお知らせいたします。あと、十五分で本船は神無島ユハタ港に到着いたします。下船なさるお客さまはご準備の上、案内所前にお集まりください。繰り返します。あと十五分で……〉

船内放送が老婦人の声に被《かぶ》さる。

「あら、急ぎましょう。おしゃべりしてる暇はなかったわね。あ、わたし、高見《たかみ》と言います。高く見るの高見です」

「あ、はあ、あの、槙屋深津です」

「マキヤさん、ね。牧場の牧に野原の野？」

「いや、槙の木の槙に屋根の屋です」

老婦人が首を傾《かし》げる。槙の字が思い当たらなかったのだろう。

そうか、名刺を渡せばよかったんだ。

リュックの中に、前任校のものながら名刺が入っていた。それを渡せばよかった。そう気が付いたのは老婦人が船室を出て行った直後だった。追いかけて手渡す気にもなれず、深津は毛布をざっと畳むと案内所前のスペースに急いだ。

甲板に出てみようか。

唐突に思った。

今の今まで浮かびもしなかった思いだ。早朝、六時よりかなり前に一度、目が覚めた。眠れなかった、あるいは早めに目覚めてしまった人たちがいるらしく、淡い常夜灯のついた室内にこそこそと動く気配がする。

「海を見に行くか」

「寒うない？」

「南の果てやぞ。寒いわけない」

関西風の語調で夫婦らしい男女の会話が聞こえ、深津の足元を誰かが忍び足で通った。

南の果てか。

そんなことはない。果てなんかどこにもないのだ。地球も人生も丸い。だから果ては存在しない。ぐるりと回って、元に帰るだけだ。

半覚醒の頭で考える。つまらないことを考えてるなと苦笑が漏れた。アイマスクをかけ直し、寝返りを打つと、また浅い眠りがやってきた。

あのとき僅かもそそられなかったのに、下船間際になって、ふっと甲板に出てみたくなった。

気紛《きまぐ》れ？　だとしたら、自分には珍しい情動だ。

階段を駆け上がり、重いドアを開ける。湿った風がまともにぶつかってきた。

海の風だ。潮の香りはしない。あれは地上だから匂うのだ。海の上では、全てが海だった。匂いも、風も、色も全て海に呑み込まれて一体になる。海より他のものなどない。

深津は前を見据えた。

海でないものがある。

海面からごつごつした黒っぽい巨岩が幾本も突き出していた。特に目を引く、ひときわ高く突き出た岩が二本、五、六十メートルの間を隔てて立っている。それは、深津が二十年前まで暮らしていた島の門柱のように見えた。

いや、確かに門柱なのだ。島の神々が海に出向くとき、海から帰るとき、この岩を門として通ると言い伝えられていた。だから、人は決して過《よぎ》ってはならぬと。もっとも、波が荒く大小の岩が散点する域を好んで進む船も人もいない。

フェリーも左に舵を取り、島の断崖に沿うて回り込む。目の前にあった神々の門柱がしだいに右手に移っていく。そして、ユハタ港が現れた。

白い突堤が見える。

不意に肩を摑《つか》まれた。

「お客さん、もうすぐ接岸じゃっで、船内に戻ってください」

青い作業服にヘルメットをかぶった男が顎をしゃくる。作業服の胸には、フェリーの運航会社の名が赤く縫い取られていた。

「あ、すみません」

頭を下げたはずみに、ボールペンが転がり落ちた。拾い、胸ポケットに戻す。

男が身じろぎした。瞬きする。唇がもぞもぞと動いた。

「……深津か？」

「は？」

「深津じゃなかね。槙屋の深津。間違いなかね。おいよ」

男が破顔した。笑いながら、自分の鼻のあたりを指差す。

「おいよ。わすれたね。清武《きよたけ》よ、有沢《ありさわ》の清武よ」

「ああ……」

有沢清武。記憶のどこかに引っ掛かっている。島には珍しい体軀《たいく》のいい少年、木登りが得意で、歌がうまかった。

靄が流れる。

頭の中を音もなく流れていく。

何もかも、どうでもよくなる。記憶をまさぐることが、ひどく億劫《おっくう》だった。

「清武……久しぶり」

記憶の端くれを摑んで、愛想笑いを浮かべる。

男が、有沢清武が大きく頷《うなず》いた。笑みはまだ、消えない。この笑顔、確かに見憶《みおぼ》えがあると、深津は唾を吞み込んだ。

「亮介《りょうすけ》から聞いちょったど。深津が島ん帰ってくっち。そいも、ガッコの先生になってじゃっち。

すぐには信じられんかったけど、ほんのこつやったな」

「うん、まあ……清武は船で働いてるのか」

「臨時で雇われちょっとよ。臨時ちゅっても、もうまるまる二年になっど。おいは、重機が使えって重宝されちょる」

「そうか。じゃあ今も島に?」

「うんにゃ。家は鹿児島よ。嫁も子もおっど。そいで、島には親がおる。この仕事しちょっと、ちょいでも顔を見らるっと嬉《うれ》しかど。あ、こげなん話は後でよか。早う船に入らんか」

そこで清武はすっと背筋を伸ばした。眉間に皺《しわ》を寄せる。

「お客さま、接岸時、離岸時の甲板への出入りは危険を伴います。ご遠慮ください」

「はい。以後気を付けます。申し訳ありませんでした」

深津は直立不動の姿勢から、頭を下げた。あはははと清武が笑う。深津は顔を伏せたまま、そっと息を吐いた。清武がふざけてくれたおかげで、何とか切り抜けられそうだ。

「今日は時間がなかで、ゆっくり話もできんけど、来週は島に泊まっとよ。そんとき、みんなと飲まんね。亮介や多美子《たみこ》が島に残っちょっでね。紗友里《さゆり》も帰ってきちょっど」

紗友里?　伊能《いのう》紗友里か。

巫女《みこ》姿の少女が鮮やかに浮かんだ。目の前にいる清武よりも生々しい。

紗友里が島に戻っている。もう二度と帰ってこないと思っていたのに……なぜ……。

「深津」

呼ばれて、深津は瞬きする。清武も瞼《まぶた》を二度、上下させた。

「おまえ、すっかい変わったね」

瞬きを止め、清武は続けた。

「なんか別人のごっ、見えらよ」

「そうか。けど二十年だぞ、清武。二十年も経てば人は変わるさ。それが当たり前だろう。それに、おまえ、おれのことがわかったじゃないか。別人じゃないからわかったんだろ」

清武が返事をする前に、背を向ける。さっき駆け上がった階段を、足早に降りる。降りながら頰に手をやる。先刻髭剃《ひげそ》りは済ませたから、手のひらには滑らかな感触だけがあった。

おまえ、すっかい変わったね。

耳にしたばかりの一言が頭の中をこだまする。蜂の羽音のように震えながらこだまして、消えも、薄れもしない。深津は耳を強く押さえて、頭を振った。

すっかり変わったか。変われたか。二十年前の自分を断ち切れているのか。

「はーい、間もなくですよ。港に着いたら、バスに乗り換えます。席順は自由ですから。ただし、一度座った場所からの移動はできません」

男の、男にしては甲高い声が響いた。

案内所前の人数は、十二、三人ばかりになっている。いかにも買い出し帰りといった風体の者は島民だろう。しかし、残りは旅行者らしい。みんな申し合わせたように、リュックを背負っている。防水加工を施した小振りだけれど容量のある袋だ。老婦人、高見の真紅のリュックが目についた。その前に、旅行会社の旗をかかげた背の高い男が立っていた。さっきから声を張り上げて、バス乗車時の注意を繰り返している。よく見ると男も女も、黄色い二等辺三角形の旗と同じ色、同じ形のシールを腕と荷物に貼っていた。

大半を中高齢者が占める一行は、旅行会社のツアー客らしい。

ツアー客がどうして、島に？

同じ鹿児島県でも、奄美大島ならわかる。リゾートホテルも観光資源もあって、大都市との空路も開けている。しかし、この島には何もない。近年になって、本数が増えたとはいえ、週に二度、フェリーが通うだけだ。それも海が時化れば、たちまち途絶える。出るも入るも不可能になり、文字通り孤島になるのだ。

深津がいたころ、島の産業は漁業が主だった。とくに鰹《かつお》漁が盛んで、鰹節を作る作業場が浜近くに建っていた。鰹をおろし、煮熟《しゃじゅく》し、焙乾《ばいかん》を繰り返したあと、黴《かび》を植え付けながら日干しする。昔は鰹漁が、今は鰹漁と畜産、酪農が島の経済を支えている。職種も数も限られる島では、現金収入に繋がる貴重な仕事だった。働き場がなければ人は、とくに若者は居つかない。留《とど》まりたい気持ちはあっても現実的に不可能なのだ。勢い、仕事を求めて島外に出て行く。出て行ったまま、帰らない。帰れない。

今、島の人口は百人をきっている。深津がいたころの半分ほどだ。そこに、観光客の一団がやってくる？　何を観に、何を楽しみに、だ？

船が軽く揺れた。よろめくほどではない。

「はい。神無島に着きましたよ。タラップは急で滑りやすいですから、気をつけてゆっくり降りてください。四時間後にはまた乗船していただきますから、不必要な荷物は置いておいて大丈夫ですからねぇ。貴重品だけは各自で管理、お願いしまーす。いいですか、このフェリーは周りの諸島を回って四時間後に戻ってきます。午後二時前です。その便に乗り遅れたら、三日後まで船は来ません。さあ、降ります。貴重品、大丈夫ですね」

男が声を張り上げる。

「わかってるわ。あの人、何べん同じこと言うんだろうね」

「言わないとわからないと思ってんじゃないの。年寄りが多いから」

「ちょっと、こっちを見下してるわけ。腹立つわ」

「なーんか頼りにならない感じよね。熊でも出たら真っ先に逃げ出すタイプよ、あれは」

「えーっ、ここ熊がいるの」

姉妹なのか友人同士なのか、初老の女性二人が男の悪口を言い合っている。

熊はいない。

大型動物が生きていくには、島は狭すぎた。狐《きつね》や鼬《いたち》はかなりの数いたけれど。

一番最後にタラップを降りる。

マイクロバスが止まっていた。ツアー客たちが乗り込もうとしている。

何もない港だ。それは、昔と変わらない。港と呼ぶにはあまりに粗末な場所だった。それでも、フェリーが着くと賑《にぎ》わう。今日は下船の客が多いだけに、深津が予想していたよりずっと賑やかだ。コンテナに入れられた荷物が降ろされ、段ボール箱が幾つも積み込まれる。

リュックを揺すり上げ、深津は空を見上げた。

碧空《あおぞら》だ。恐ろしいほど青い。この青は夜の闇に繋がる。

島民たちが集まってくる。フェリーが運んできた荷物を受け取りに来たのだ。その中に長身の老人がいた。三月だというのに厚めの長袖シャツにダウンのチョッキを着込んでいる。痩せているからか妙にひょろ長く見えた。しかし、眼光は鋭く、真夏の海原のようにぎらついている。

ぞくっ。

背筋に悪寒が走った。

「深津」

老人が呼んだ。

二　森の集落

老人が近づいてくる。

視線を深津から逸《そ》らさないまま一歩、一歩近づいてくる。右手に金属製のステッキが握られていた。コンクリートで固められた地面に突かれた先が、カッカッと乾いた音を響かせた。

カッ、カッ、カッ、カッ。

深津は呼吸を整える。リュックのショルダーハーネスを握り込む。老人は深津の手前二メートルほどのところで足を止めた。

「伯父さん、お久しぶりです」

頭を下げる。返事はない。ないとわかっていたから、戸惑いも訝りもしない。

クラクションを一つ鳴らして、バスが動き出した。

港から出れば、道はすぐに急勾配の上り坂になる。そのまま、うねりながら島の中心に位置する森の集落に繋がり、そこで途絶えていた。深津がいたころは、だ。そのころ、人が何とかすれ違える程度だった岨道《そばみち》は、今は軽トラが走れる幅に拡張され、集落の手前から港とは反対の海側に下り、海岸線に沿って島を一周する舗装道路に繋がっている、そうだ。その舗装道路も二十年前にはなかった。

外周十五キロ足らずの島の真ん中は盛り上がり、ザンカ山と呼ばれる凸起部になる。山といっても標高は六百メートルに届かない。しかし、亜熱帯の植物に覆われ、濃い緑に包まれた山が頂上を靄に沈めて立つ姿は荘厳ささえ感じさせる。この山に神が宿ると言い伝えられ、中腹の社で神事が廃れることなく続けられているのも、その姿故だろうか。

顔を上げ、深津は老人と改めて向き合った。

老けたな。

この男の上にも二十年の年月が等しく流れたのかと思い、当たり前だ、人は誰でも平等に年を取ると思い直す。人である限り、変わらぬままでいることはできない。変わらぬのは死者だけだ。

老人は確か昨年、古希を迎えたはずだ。そのわりには頭髪は豊かで黒い。ただ、顔には無数の皺が寄り、額や眼元には一等深く刻み込まれている。昔より細長く感じるのは頬がこけているせいだろう。くぼんだ丸い眼は白目がそれとわかるほど黄ばんでいた。日に焼けた障子紙に似た色だ。そのせいで、老人からはどこか病んだ気配が伝わってきた。

高砂徳人《たかさごのりと》。祝意に満ちた名を持つ老人は、深津の母の長兄にあたる。十五も年の開いた兄妹だ。

カツン。ステッキを鳴らして、徳人が一歩、前に出る。深津は僅かに足を引いた。

「仁海《ひとみ》が帰ってきちょっど」

少しも年を経ていない昔のままの声で、徳人は告げた。

「……知ってます」

仁海は母の名だ。深津が十二の年、共に島を出て、十九の年に深津の前から消えた。二人で暮らしていたアパートの一室からは母の持ち物だけがきれいに持ち去られていた。母が何年も使っていた赤い塗り箸まで消えていた。残り少なかった化粧水の瓶も歯ブラシもタオル地の小さなハンカチも布バッグも、履き古したスリッパさえ消えていた。自分の生きていた痕跡を能《あた》う限り拭い去ろうとしたかのような徹底ぶりだ。

その夜、アルバイト先の焼き肉店から牛カルビのパックを貰《もら》っていた。そのポリ袋をぶら下げたまま、深津は妙に冷え冷えとした六畳の部屋に何度も視線を巡らした。

予感はあった。

母がいつかいなくなるだろうという予感だ。

島を出てから、母はいつも漂っているみたいだった。都会の片隅で息子を育てながらも、針の腕が幸いして、仕立て直し専門の店に職を見つけることができても、数年後に店の一軒を任されるようになっても、おかげで暮らしがそこそこ落ち着き息子を大学にやることができるまでになっても、根はなかった。羽毛に似て、風船に似て、綿毛に似て、ちょっとした風にもさらわれてしまう。そんな危うさがいつも纏《まと》わりついていた。

カルビのパックを冷蔵庫に仕舞い、「母親がおらんごつなった」と呟《つぶや》いてみた。淋《さみ》しくも腹立たしくもない。予想通りに事が進んだというおかしさが、ゆらっと立ち上ってきただけだ。

母が残した物が三つだけあった。

通帳と印鑑とキャッシュカード。通帳の名義は槙屋深津となっていた。カードの暗証番号は島を出た月と日を順に並べたものだった。そして、通帳にはかなりの額が記されていた。深津一人なら切り詰めればだが、三年や四年は暮らしていける額だ。印字を辿《たど》れば、毎月、母が定額を貯《た》めていたとわかる。引き出した跡は一つもなかった。その金と焼き肉店の主人に助けられ、支えられて、深津は大学を卒業できた。

クラクションが鳴った。バスではなく黒いバンのものだ。

「先生。槙屋せんせーい」

バンからよく肥えた五十絡みの女性が降りてくる。パーマがとれかかっているのか、癖毛なのかあちこち好き勝手にはねたセミロングの髪が潮風になびいた。

「すみません。遅くなって。あれ、高砂さん、先にお出ででしたか」

二重顎の顔いっぱいに笑みを浮かべて、女性はひょこりと頭を下げた。

「神無島小・中学校の校長をしちょります水守花江《みずもりはなえ》です。て、県の教育委員会で顔合わせはすんどりますね。お久しぶりです、槙屋先生」

「あ、はい。これからお世話になります。よろしくお願いします」

深津も深く低頭した。水守からは緑の匂いが漂ってきた。海辺だから匂う。一旦、森に入ってしまったら周りと混ざり合い、紛れて、無になる。地上でしか海が匂わないのと同じだ。神無島小・中学校は森集落の外れにあり、海に向かって突き出した高台に建っている。西側が海に向かって開けている他は森に囲まれていた。これから深津が暮らす教員住宅は学校に近く、窓から海と森を眺められるらしい。

深津の記憶の中では黒ずんだ木造建築であったそれらは、ちょうど十五年前に建て替えられたそうだ。災害時、島民の避難場所にもなる学校は、自家発電の装置や非常用品の備蓄倉庫まで備えられていると聞いた。

変わるのだ。

二十年経てば、大抵のものは変わる。

南海に浮かぶ島であっても、人の営みがある限り変わらないわけがない。建物も生活も島の有り様も変わっていくのだ。

「えっと、どうします？　すぐに、学校の方に案内するつもりやったどん、先に高砂さん家《ち》に寄られますかね」

「高砂の家には」

水守が言い終わらないうちに、徳人が口を開く。

「これが住まう場所はなかね」

校長ではなく、深津に向けて言われたのは明らかだった。

「わかってます。住む気などもとからありません」

それだけ言い返すのに、深津は固くこぶしを握らねばならなかった。

徳人が背を向ける。ゆっくりと遠ざかっていく。

ほっ。吐息が漏れる。心身がひどく張り詰めていたことに、それで気が付いた。

「じゃあ、行きましょか。荷物は……そんだけ？」

「はい。だいたいはもう、送ってあるので」

「ああ、先週の便で届いとりますよ。まあ、若い人はほんとに荷物が少なくてよかねえ。わたしも、断捨離とかしたかち思っても、思うだけでちっとも片づかんもんね。子どもらには整理整頓、整理整頓ち、口すっぱく言っちょっとにね」

あははは。潮風を突き抜けて水守は笑い声を響かせた。伯父と甥《おい》の間で、火花に似て散った緊張と気まずさを吹き飛ばそうとしてくれたのかもしれない。

深津が乗り込むと、バンはバスよりも軽快なエンジン音をたてて港を出た。

「まさか、校長先生が迎えに来てくれるとは思いませんでした」

坂道を上りながら、水守に言う。言ったとたん、車体が僅かに弾んだ。道の保守点検がなおざりなのか、時折、車は乱暴に揺れる。それでも、昔の穴だらけの砂利《じゃり》道に比べたら格段に整備されていた。

「わたしは三年前に島に赴任してきたばかりでね、いわば新米じゃっで。雑用を一手に引き受けとる……あら、違いますよ。槙屋先生を迎えに行くのは雑用じゃなか。立派な仕事よ」

水守が右手を左右に振る。車がまた、揺れた。

三年前？　では、何も知らないのだろうか。

なぜ、おれが島を出ていったか誰からも聞かされていないのだろうか。

蘇鉄《そてつ》の葉が車窓を叩く。道の両側から伸びた濃緑色の葉は、植物より鉱物や金属に近いほど硬い。車体が傷つかないかと深津は、はらはらしたが、水守が気に掛ける風はいっさいなかった。進むたびに道が狭くなる……のではなかった。亜熱帯の木々が道の両側から張り出して道幅を蝕《むしば》んでいる。頭上には照葉樹の枝が伸びて日差しを遮っていた。

「学校では子どもたちが待っちょっとよ。休みでも新しい先生の顔が見たかち、ほとんどん者《もん》が集まっちょります。新学期からになりますけど小学一年が一人、二年が一人、四年が二人で、六年も一人です。中学生は一年と二年が二人ずつで三年が一人。それで全員です。みんな、わくわくしながら待っちょります」

「そんなに期待してもらったら、かえってプレッシャー感じますね」

「なんも。島は人の出入りが少なかでしょう。新しい先生が来られるの、子どもたちにとっては一大イベントなんですよ。しかも、わたしが赴任してきたときとは違って、今度は若いイケメン先生じゃっち、子どもらも興味津々なんです。自分らの知らん世界の空気が入ってくるのって、子どもたちにはよか刺激じゃっで」

「いや、ぼくはもともと島の出身ですし、イケメンじゃないですし……。うーん、やっぱりかなりのプレッシャーだな」

「謙遜、謙遜。十分、イケメンですよ」

水守がハンドルを回す。ここからは緩い下り坂になる。道はすぐに二手に分かれ、左はさらに緩やかに下り、右は勾配のある上り坂になる。下れば小・中学校に、上れば森集落に辿り着く。

森集落というのはむろん通り名で、正式な地区名はあるのだが、日常ではだれも正式名など呼ばない。かつては港近くに漁業を生業《なりわい》とする人々の海集落があったが、漁師の数は年を追うごとに減り続けて、深津が島を出たころには既に空き家が目立ち始めていた。二十年が経って、海集落は影も形もなくなっている。崩れかけた苫屋《とまや》さえ見当たらない。

ぼくはもともと島の出身ですし。

水守は、深津の言葉のそこにまったく反応しなかった。運転に気を取られ、ちゃんと聞いていなかった風に思えた。

自意識過剰、かな。

自分を嗤《わら》ってみる。

人は生きている。生きて変化している。二十年前、島で起こった事件などいつまでも引きずっているわけもない。

道端の低木に山羊《やぎ》が繋がれている。草を食《は》みながら、通り過ぎる車を見送っていた。

同じ風景だ。

昔から島では、道の脇に山羊を繋いで飼っていた。祭りの夜、島の神の祭壇に一頭の山羊を供える。どの山羊を供物にするか選ぶのは人でなく神なのだそうだ。道に繋いでおけば、神が気に入った山羊を選ぶ。選んだ証に山羊の片耳を赤く染めるのだとか。

山羊は貴重な家畜だ。それを供物とするのは、どの家にとってもかなりの負担になる。負担が偏らないように、集落の家は持ち回りで山羊を差し出していた。

と気が付いたのは、いつぐらいだったか。

山の中腹の社に引きだされた山羊は確かに片方の耳が赤かった。それは、神でなく人の手で付けられた色だ。竹笛の音に合わせてひょこひょこ動いていた赤い耳を、今でも思い出せる。あの風習は今でも続いているのだろうか。

「ほら、見えましたよ」

水守の声に我に返る。

いつの間にか伏せていた目を上げる。

視界が不意に明るくなった。森が途切れたのだ。森の中では灰色に沈んでいた舗装道路が日差しを浴びて、白く照り映える。白い道の向こうに、さらに白い一階建ての校舎が見えた。その横にはかまぼこ形の屋根だけ青い、一目で体育館とわかる建物が建っている。台風の通り道とまで呼ばれる列島で、二階のある家屋はほとんどない。学校も地にしがみつくように、平たく造られている。

バンが止まる。水守が勢いよくサイドブレーキを引いた。

「着きました。お疲れさま」

「ありがとうございました」

車から降りると、潮の香りがした。フェンスで囲まれたグラウンドの向こうには、東シナ海が広がっている。海と空の色は決して融け合わない。混ざりもしない。海には海の、空には空の青がある。空から注ぐ光を浴びて、海は青くきらめき、一枚の硬質ガラスのように見えた。これが濃灰色に変わり、ざわめき立ち、うねるとは俄《にわ》かには信じられない。島で育った者でさえ、春の海の穏やかさに騙《だま》されて一瞬、荒ぶる姿を失念する。

「あ、ほら出てきた、出てきた」

水守が丸い肩を竦めて、くすくすと笑う。

白い建物から、ばらばらと人影が飛び出してきたのだ。

「みんな、集まらんか。新しい先生、来られたで挨拶せんか」

水守が両手を上下に大きく動かす。すぐに深津の前に九人の児童、生徒たちが、その後ろに四人の大人が並んだ。

「みんな、槙屋先生に自己紹介をせんね」

水守の呼びかけに「はい」と答えたのは、中学の制服を着た五人だけだった。小学生たちは顔を見合わせ、照れ笑いを浮かべる。後退《あとずさ》りする子もいた。みんなよく日に焼けている。だから、歯の白さが際立った。昔、島には理髪店や美容院はなかった。女の子たちはおかっぱかそれよりさらに短いショートヘアが目立つ。小学生の男子は丸刈り、女の子たちはおかっぱかそれよりさらに短いショ月に一度、移動床屋が奄美大島か出張してくるだけだ。だから、子どもたちはほとんどが家の誰かに散髪してもらった。ら、たいていはバリカンで豪快に刈られてしまう。その方が涼しいし、すっきりする。というのが大人たちの言い分だが、素人《しろうと》がぞんざいに扱うバリカンは痛くて、子どもたちは皆、嫌がった。今でも同じようなものだと、聞いている。聞いていなくても、目の前の子どもたちの髪形を見れば、察せられる。一年生だろうか、ひときわ小柄な少年の頭は見事な虎刈りだった。

深津は丸刈りになったことがない。母の仁海がいつも工作用の鋏《はさみ》と剃刀《かみそり》で器用に髪を整えてくれたのだ。母は乞われて、子どもばかりか大人のカットまで引き受けていた。庭にイスを出して、古いシーツをケープがわりに巻く。「よか男にならんとね」。散髪を始める前に、母は必ずそう言った。笑いを含んだ柔らかな口調だった。

仁海が帰ってきちょっど。

徳人の張りのある声がよみがえる。

この島のどこかに、母は帰って暮らしている。いや、どこかではなく高砂の家にいるのだろう。調べるまでもない。調べる気もない。ただ、訝しくはある。

母はなぜ、ここに帰ってきたのか。

訝しくはあるけれど、強いて答えを知りたいとは望まない。何であっても強く乞うことも、激しく求めることも、十二の年に捨ててしまった気がする。捨てたとすれば島か海かにだろうが、海を渡っても島に降り立っても取り戻せるものではない。

「村沖徹《むらおきとおる》です。中学三年になります」

図抜けて背の高い、けれど痩せすぎなほど痩せている少年がひょこりと頭を下げた。

「槙屋深津です。よろしく」

深津も頭を下げる。少年はとなりの少女をちらりと見て、一歩、足を引いた。反対に、少女が前に出る。顔も身体付きも丸い。眼鏡《めがね》の奥の大きな瞳が、深津を真正面から捉えた。

「うちも槙屋です。槙屋智美《ともみ》、中二です。家は牧場してます。酪農じゃなくて畜産の方です。肉牛を育てとるんです。うちも牛は大好きです。畜産やりたくて、中学卒業したら、本土の農林高校に行きたいち思ってます」

島には槙屋姓が多い。同姓であることには驚かなかったが、少女のはきはきした物言いには心が動いた。島の子どもたちは、見知らぬ者を相手にしゃべることが苦手だ。限られた空間の中で限られた人々としか接触できない環境では、どうしても他人との距離を摑みにくくなる。何を話していいのか、どう接すればいいのかわけがわからず、後ろへと退《ひ》いてしまうのだ。神無島小・中学校のホームページにも『子どもたちが積極的、主体的に動き、人と接していけるように様々な試みをしています』と記されていた。少女、槙屋智美は島の子には珍しく、人見知りしない性《た》質《ち》のようだった。教師とはいえ初対面の相手に自分の夢、目標まできっちり伝えられるのだ。

「高見もも、です。中二です」

智美の横で小柄な少女が、これは恥ずかしげに目を伏せて名乗った。

高見と聞いて、島巡りの老女の顔が浮かんだ。真紅のブルゾンの背中も。しかし、高見はさほど珍しい姓ではない。船で乗り合わせた人と島の中学生が同姓であっても不思議でもなんでもないのだと思い直す。

中一の具内《ぐない》恭太《きようた》と重原《しげはら》祥子《しようこ》。この五人が中学生だ。小学六年の槙屋俊《しゆん》は智美の弟になるが、自分はそれほど牛が好きではないと、姉ほどではないがはっきりと伝えてきた。四年生の重原《しげはら》恵美《めぐみ》は祥子とは従姉妹《いとこ》になるらしい。眼元と口元がよく似ていた。もっとも、島の女たちは概して黒目勝ちの大きな眼をしている。

二年生の山原《やまはら》こころと一年生になる清志《きよし》は姉弟だった。清志は見事な虎刈り頭の少年だ。四月の入学式に、この頭で臨むのだろうか。それはそれで微笑《ほほえ》ましい図のように思え、深津は口元を綻《ほころ》ばせていた。

「もう一人、四年生がおります。洲上《すがみ》宇良《うら》て男の子です」

「四年生は、ぼくの生徒になりますよね」

水守に顔を向ける。四年と六年の複式学級を受け持つはずだ。今日は、休んでいるのだろうか。いや、そもそも、まだ春休みなのだから無理に出迎えに来る必要はないのだ。学校側が強制するはずもないから、子どもたちは自主的に集まってくれたのだろう。都合が悪かったり、その気にならなかったりした者が一人ぐらいいても不思議ではない。

「宇良は用心しちょっと」

恵美が深津を見上げて、告げる。

「え、用心?」

「うん。先生は初めての人じゃっで。宇良は初めて会う人には、用心すっとよ。様子をしっかい見てからでないと、出てこんの」

一瞬、意味が解せなかった。息を一つ呑み込んでから、笑顔を作る。

「ああ、すごい引っ込み思案な子なんだ。それとも、恥ずかしがりなのかな」

恵美がかぶりを振る。おかっぱの髪が揺れた。

「善《よ》か人か悪か人かわからんうちに会いたくなかで、悪か人ならずっと会いたくなかち、宇良が言うちょった」

「うん、宇良はわかっど」

山原こころが大きく頷く。弟、清志の手を強く握っている。

「善か人かどうか、じっと見ちょったらわかっど。先生が善か人ちわかったら、出てくっが」

「まあまあ、ちょっとちょっと、あんたたち、そげな話じゃ先生に失礼じゃなかかね」

水守が苦笑しながら、手を左右に振った。

「まるで槙屋先生を試しちょるみたいに聞こゆっがね。先生が嫌な気になるが」

言い出しっぺの恵美が首を竦めた。その恰好《かっこう》のまま、小さな声で詫びる。

「ごめんなさい」

「あ、いや、別に気を悪くしたりしないよ。けど、見るだけで善い人か悪い人かわかるなんて、すごくないか。まるで超能力だ」

笑顔のまま屈《かが》み、恵美の顔を覗き込む。ほんの少しだが、胸の内がざわついていた。

人の善悪を見抜く力があるのなら、その者の眼に人はどう映るのか。善き者は人のままで、悪《あ》しき者は異形としてさらされるのか。だとしたら自分は、一旦は捨てた故郷に舞い戻りながら頑《かたく》なに故郷の言葉を封印し、作り笑いなどをしている自分はどんな風なのだ。歪んで、曲がって、捻《ね》じれてはいないだろうか。

背筋が冷たい。悪寒を覚える。

「ウラは神さまの名ぁですからな、不思議な力があってもおかしくなかかもしれません」

恵美の後ろに立っていた大柄な男がさも愉快そうに笑った。こちらの笑いには作り物めいた気配は一切ない。

「本校の副校長をしとります、佐倉豊加《さくらとよか》です。槙屋先生、お待ちしておりましたよ」

背丈は深津とそう変わらないが、肩幅や胴回りは一・五倍はありそうだ。昔なら、偉丈夫と呼ばれてもおかしくない身体付きだろう。短く切りそろえている髪型も相まって、およそ教師らしからぬ強面《こわもて》だ。

よろしくお願いしますと、深津は低頭した。

「で、こちらは中学生担当の古竹隆一《ふるたけりゅういち》先生と美濃舞子《みのまいこ》先生。それから、槙屋先生と同じく小学生の担当になる草加周子《くさかちかこ》先生です」

佐倉が要領よく大人たちの紹介をする。

「これから仲良く、やりましょう。こんなんですけど、ぼく、槙屋先生とそんなに年、違わんので。よろしく」

古竹がずい分と広い額を叩いた。

「ええっ、ほんのごつか、先生」

具内恭太が頓狂《とんきょう》な声をあげ、古竹を振り返る。

「おい、恭太、なんね、その驚きっぷりは」

「古竹先生がそげなん若かとは思わんかった。びっくりしたが」

隣に立っていた美濃が噴き出す。痩せて首が長いので、鶴を連想してしまう。二十代の半ばぐらいだろうか。

「おかしい。恭太くん、最高。こげんに素直に驚かれるとどうしようもないわ、古竹先生」

「ぼくが老けとるんじゃなくて、槙屋先生が若う見えるんじゃなかですか」

「まあ、そういうこつにしときましょう。ね、草加先生」

「あ、はい。そういうこつにしちょってください。ちなみに、わたしも一応、槙屋先生と同じ三十代ですからね」

「あれ、草加先生、誕生日四月だがね。もうすぐ四十になっちゃや」

やはり恭太が口を挟む。意外に剽軽《ひょうきん》な性質なのだろうか。

「ま、この子は憎かこつ言うもんじゃね。もうすぐ四十はまだ三十代てことでしょうが」

草加がわざと頬を大きくふくらませる。子どもたちが一斉に笑った。

「年の話はそこまでにして。ほら、みんな、槙屋先生を部屋に案内せんね」

水守がぽんぽんと手を打つ。何かコツがあるのか、空に響くほど良い音だ。村沖徹を先頭に子どもたちがわっと走り出した。校門を出て森集落に向かう道を上っていく。

「校舎を改築したときに、教員住宅も場所を移して建て替えたて話です。真新しいとは、とても言えませんが、昔に比べたらずい分とよか暮らしになりました」

坂道を歩きながら、古竹が説明してくれる。

「ええ、立派な校舎が建っていたのには驚きました」

「槙屋先生は、この島のご出身なんですよね」

「……そうです」

「いつまで、おられました」

「十二です」

答えながら横を向く。

「食事が一番、困ります」

深津の表情を読んだのか、新任者にさりげなく情報を伝えてくれているのか、ただの話し好きなのか古竹は陽気な口調でしゃべり続けた。

「賄《まかな》いのおばさんなんておりませんし、外食できる店など島にはありませんから、食事は基本、自炊になります。ぼくは、料理が下手じゃし、島じゃ思うたように食材など手に入らんでしょう。海が荒れてフェリーが欠航したら備蓄しとる缶詰や冷凍食品で凌《しの》ぐんですけど、上手《うま》いこと調理できなくて大変です。槙屋先生、料理はできる方ですか」

「簡単なものなら作れます。一人暮らしが長かったので」

「それは、よかこつです。まあ、島の人が気の毒がって、よく差し入れしてくれて、それで何とか食いつないどります。たまあに、女房が佃煮《つくだに》やら漬物やらを送ってくれますしね」

「先生、単身赴任なんですか」

「そうなんです。実は、子どもが四人もおりまして」

指を四本立てて、古竹はへへっと笑いを漏らした。

「この少子化の時代に四人とは、立派ですねえ」

話題が自分から離れて行くことに、内心、安堵《あんど》する。深津はそれとなく話の方向を古竹の身上に向けた。

「息子さんと娘さん、何人いらっしゃるんです」

「それが四人とも女の子で。オルコットの『若草物語』日本版ですよ。ただ、現実は物語とは違うじゃなかですか。子どもを育てるのは、楽しいばっかでもないですしねえ。一番上の娘が中高一貫の私立校に通うとるんですが、まあ、驚くほど金がかかります」

「そんな大きな子どもさんがおられるんですか」

「学生結婚なもんで、長女はもう十三です。次女も同じ学校を受験するとかで我が家の財政はパンク寸前ですよ。女房ともども頭抱えとります」

「ああ、それで……」

島に赴任したんですかと言いかけて、深津は口をつぐんだ。古竹の気安い物言いに引き込まれて、言わずもがなのことを言いそうになってしまった。

島に赴任すれば、相当な額の僻地《へきち》手当が付く。金を使う場所も機会もほとんどなく、食事代もさほどかからない。給料の大半を家族に仕送りできる。それを目当てに島を希望する教師も多いと聞いた。古竹がそうであっても不思議ではないし、叱責《しっせき》などお門違いだろう。むしろ、僻地教育への情熱を胸にやってくる教師の方が始末が悪いことが多い。その情熱が信念と現実認識に裏打ちされた本物なら島にとっても、島の子たちにとっても幸運だ。けれど、根っこのない使命感や、ただの感傷でやってくる者はたいてい数カ月で音を上げてしまう。任期の半分も勤め上げず本土に帰ることもあるのだ。それに比べれば、家族の暮らしや未来がかかっている分、古竹のようなタイプの方が誠実に教育に打ち込む。本気で子どもたちに向かい合ってくれる。

よく、わかっていた。

つい今しがた出会った五人の教師がどんな想いを抱いて教壇に立っているのか、深津にはまだ推し量れない。深津自身、故郷への愛着や教育に対する情熱で舞い戻ったわけではないのだ。誰かを非難するなどできるわけがない。

「ほら、見えた。あれですよ」

古竹の声音がさらに朗らかに響いた。黙り込んだ深津を気遣っての明朗さだろうか。

顔を上げ、同年代の男の指差す方向を見る。

ガジュマルの森があった。

やたら瘤《こぶ》や皺の目立つ幹、幹や枝から垂れ下がる気根、艶やかな緑の葉。気根は地に届くとそのまま支柱となる。倒卵形の葉は厚さを増し、生い茂り、小さなイチジクに似た実をつけた。風に耐え、雨を凌ぎ、森を作る。

懐かしか。

唐突に湧いてきた感情に息が詰まる。思わず足を止めてしまった。

懐かしか？

なんよ、それ？　なんで、そげな気持ちになっとよ。

「先生、どうかされもしたよ」

古竹が振り返り、首を傾げる。不意に立ち止まった深津を訝しむように、瞬きを繰り返す。

「あ、いや。少し息が切れて……。ずっと平地ばっかり歩いていたからでしょうか。坂道が思いの外、きつく感じます」

「でしょう。ぼくなんか、今でも島の坂道には閉口しちょります。なんせ、平らな道ばほとんどなくて坂ばっかりでしょ。本土に帰ると、逆に平らな道ば歩くのが難儀に感じます。これが順応ちゅうもんでしょうかね」

そう言えば、運動場をよく歩かされた。

島に平らな場所は少ない。坂道と平地では、おのずと歩き方も変わってくる。

伏見《ふしみ》先生じゃ。

また、記憶がよみがえってくる。

伏見勝也《かつや》。島で十年近く教鞭をとって、定年も島で迎えた教師だ。博学で、特に植生や虫の生態に詳しかった。自分たちの島に希少種と呼ばれる植物や昆虫が多く生息していることを、深津は伏見から学んだ。教職課程を選んだのも、伏見の影響が少なからずあった……のかもしれない。

その伏見がグラウンドを歩くことを熱心に奨励していた。

「歩け。坂道じゃなかぞ。平らなとこを真っ直《ます》ぐ歩けんと、本土に行かれんど。歩け、歩いて歩き方を覚えるんじゃ」

風雨がひどくない限り、深津たちは毎日、グラウンドを何周も歩かされた。そこが島で最も広い平地だったのだ。

真っ白な顎鬚《あごひげ》をたくわえた、教師らしからぬ風貌の教師だった。深津が十一になった年、本土に帰り、半年もしない間に病没した。その報《しら》せが届いた日、伏見先生を偲《しの》んで島中が喪に服したのを覚えている。学校も漁も畑仕事も休んで、島民たちは家にこもり、ひたすら神に死者の安らぎを祈った。嗚咽《おえつ》の声があちこちから零《こぼ》れ、地を這《は》い、ガジュマルの森に吸い込まれていった。

記憶がよみがえってくる。

次々と、ゆっくりと、浮かび上がってくる。

目の前の風景に、何気ない言葉に、森の匂いに喚起されて生々しく姿を現す。

記憶は死んでいなかった。執拗《しつよう》に生き長らえていた。

子どもたちがガジュマルの大樹の前で手を振っている。その後ろに、白い壁の平屋があった。箱の形をした鉄筋の建物だ。その周りをガジュマルが囲っていた。

紗友里の家だったところか。

間違いない。間違うわけがない。

軒の低い、しかし、造りは堅牢《けんろう》な家だった。ガジュマルに寄り添うように、ひっそりと建っていた。伊能紗友里はその家に祖母と二人で暮らしていたのだ。祖母という人は占いをよくして、人の未来、運命を占形《うらかた》によって見取ることができると言われていた。

紗友里は伏見先生と前後して、島を出て行った。祖母が死んだからだ。島きっての占師は自分の定めだけは占いきれず、大風の朝、風に足をすくわれ転倒した。頭を強く打ち付け意識を失ったまま三日間は息をしていたが四日目に亡くなった。

祖母の初七日が来ない間に、紗友里は遠縁の者に引き取られていった。引き取られる先がどこなのか深津は聞かず仕舞いだったし、紗友里も告げようとはしなかった。

「こいで島から出て行かれるって、嬉しか」

とは言った。それから、にっと笑い満足げに鼻を鳴らした。

「あげな恥ずかしい真似《まね》をもうせんでよかち思たら、胸が清々すっと」

「恥ずかしい真似て、なんね」

「巫女の真似じゃ。オンバは占いの客がきよると、うちに巫女の真似をさせた。鈴のついた榊《さかき》を持って踊らにゃならん。そいが恥ずかしかった。ほんのこつ、嫌やったけど嫌て言うたら、後で死ぬほど打《ぶ》たれちょった。それで、しぶしぶ踊っとった。本土に行ったら、もう巫女にならんでよか。打たれもせん。ほんのこつ嬉しか」

長い髪を一つに結び、白装束に緋《ひ》の袴《はかま》をつけた紗友里の姿を深津は時々、目にしていた。ガジュマルの家の座敷で踊っているところも、一度だけだが覗き見したことがある。

優雅という言葉をまだ知らなかったけれど、美しく雅《みやび》だとは感じた。

恥ずかしかこつ、なか。紗友里は綺麗《きれい》じゃっど。

そう伝えたかったのに言葉は出てこなかった。

住人を失った家は荒れる。衰える。崩れる。一年後に深津が島を去ったときには、まだ辛うじて残ってはいたが、直にただの廃材の山になることは明らかだった。後に、教員住宅に建て替えられるとは、誰も予想できなかっただろうが。

「槙屋先生は101号室です。掃除はざっとですが、済ませとりますから。荷物も全部、運んどります」

水守が薄青のドアを開ける。子どもたちが後ろから覗き込もうと、首を伸ばしていた。

１ＬＤＫの間取りだ。

「単身用にできちょります。少し狭かですが、我慢してください」

水守が丸い肩を竦め、申し訳ないという風に両手を合わせた。

「とんでもない。上等ですよ。ほんとに綺麗にしてくださって、助かります。ありがとうございます」

「子どもらが手伝《てつど》うてくれました。みんな、はりきって掃除してくれもした。なっ」

水守の言葉に子どもたちは顔を見合わせ、はにかんだ笑みを浮かべた。

「そうか、ありがとう。感謝、感謝」

「おいが、荷物を運んだ。車から降ろしてここまで運んだと」

槙屋俊が半歩、前に出てくる。

「重かったど。おいと徹兄《にい》と二人掛かりでやっと運んだ。先生、あの荷物はなんね」

「ああ、本だな」

「本？　本ちあげに重かもんかの」

俊が瞬きする。食い込んできた重さを量るように、指を広げる。

「さあ、みんな。今日はもう帰らんね。春休みは一日三ページ、ドリルする約束やったどが。ちゃんと守っちょっとか？　俊、どげんよ」

「校長先生、俊はやっとらんよ。毎日、遊び惚《ほう》けちょっど。ゲームばっかいしとって、母さんにしがられた」

智美が暴露する。「あらまあ」と水守が顔を顰《しか》めた。

「そげなこつ、なか。おいはちゃんとドリルもしちょっとよ。今日もこれからするが。智姉《ねえ》はうるさか。すぐ人のことをチクるね。悪か女子《おなご》よ」

言うなり、俊が駆け出した。それで、子どもたちの固まりが解けた。それぞれに散っていく。教師たちもすぐに辞していった。

今日はともかく、ゆっくり休むのがいいと異口同音に言われた。新船とはいえ、東シナ海を渡る船旅がどれほど疲れるか、誰もが知っているのだ。

疲れた。

一人になると、疲れがじわりと滲んでくる。今日は、夕食を用意してくれるそうだが、疲労が勝って食欲はほとんどなかった。

畳の上に寝転ぶ。窓から、空とガジュマルの枝が見えた。

帰ってきたか。とうとう、帰ってきた。

母も紗友里も自分も、帰ってきてしまった。捨てたはずのあれこれを、また拾い集めるつもりなのか。捨てたまま、新たに生きていくつもりなのか。自分のことなのに、摑めない。

胸が苦しいようで、大きく息を吐いてしまった。

え？

飛び起きる。目を擦《こす》る。

ガジュマルの葉の間から顔が覗いている。少年の顔だ。ガジュマルに登り、じっとこちらを見ている。

風が吹いた。強い風にガジュマルの枝が揺れる。身をくねらせて何かを訴えているようだ。

ざわざわざわわ。

ざわざわざわわ。

風が森を騒がせている。

葉陰に少年が消えた。深津は、裸足《はだし》で外に飛び出す。

ざわざわざわわ。

ざわざわざわわ。

風が吹く。ガジュマルの気根が揺れる。緑が濃く匂う。

それだけだった。

人の気配はどこにもない。深津はガジュマルの木の下に呆然《ぼうぜん》と立っていた。


暫《しばら》く風の中に立ち竦み、ふっと我に返り、部屋に戻る。

少年を見たからではない。

いや、見たからだろうか。気持ちが妙にざわついていた。

ざっとでも片付けようと段ボール箱に手を伸ばしたが、伸ばした手が動かない。気持ちも動かない。いつまでも、ざわついている。

少年を見た。

黒々とした眉と二重の大きな眼をしていた。眸《ひとみ》も黒々としていた。もっとも、黒々とした眉と二重の大きな眼を持つ者は島では珍しくない。女子には特に多いが、男にもいる。その容貌が、原色の花に似て人目を引くことを、深津は島を離れてから知った。神無島の女は美しい。噂《うわさ》され、海賊や他の地の男たちが娘攫《さら》いに島を襲った時代も、口入れ人が女を買い付けに渡ってきた時代もあったそうだ。島の男衆が命懸けで海賊を撃退した武勇伝も、貧しさゆえに身を売った娘の悲話も伝承として残っている。

深津もそういう容姿をしている。さらに、黒い眉を寄せ大きな眼で相手を凝視する癖が、幼い時分からあった。本土では不躾《ぶしつけ》とも挑戦的とも受け取られる習性が、島では称される。猛々《たけだけ》しくあること、見えることは島の男には必須だった。いつ襲い掛かってくるか予断できない敵——ときに海賊であり、ときに天災だった——と戦い、島民を守り抜くためには必要な気性だと認められるのだ。

「おまえは剛毅な子じゃ。よか男になっが」

「深津は強か。頼もしか」

「ほんのこつ神無島の男やらい。将来が楽しみやっど」

そう称賛したのは誰だったか。母か伯父か島民の誰彼か……。忘れてしまった。

本土に渡り、そこで大人になり、深津は眉を剃《そ》り、形を整えるようになった。目を伏せることを覚え、瞬きをしきりにするようになった。もう真正面から他人を見詰めるような真似はしない。できない。相手に合わせて意味なく笑う技も、本意とかけ離れていても従う術《すべ》も身につけた。過去は過去に過ぎず、今を生きるための手立てにはならない。

ガジュマルの葉の間から覗いた顔は、かつての自分のようでもあり、子どもの自分が出逢った誰かのようでもあった。どちらにしても懐かしい。もう二度と出逢うことはないと思っていた顔だ。過去の顔だ。だから、驚いた。昔が一気に現在に流れ込んできた。そんな驚きに満たされた。

あれが、洲上宇良という少年だろうか。

引っ込み思案で用心深い少年はガジュマルの葉陰に隠れ、新任の教師を探っていたのか。おそらくそうだろう。他に考えられない。しかし、それにしてはと、深津は唾を呑み込む。開け放した窓に顔を向け、揺れるガジュマルを見詰める。

深津が庭に飛び出したとき、人の気配はどこにもなかった。木を下りた様子も落ちた物音も、走り去る姿も見なかったし聞かなかったのだ。ふっと掻き消えた。ありえないけれど、そうとしか思えない。

こめかみのあたりが鈍く疼く。頭蓋の奥の奥から、疼きが波動になって押し寄せてくるみたいだ。やはり船旅が応えているのだろうか。

深津は腰を上げ、外に出た。

ガジュマルは揺れ続けている。

むろん、樹上に人の姿も気配もない。葉擦れの音だけが降り注いでくる。この音を聞きながら学校に通い、島中を走り回り、森で遊んだ。

忘れていた。毎日、全身に浴びて暮らしていたというのに。

思い出した。紗友里とよくガジュマルに登った。他の子どもとも登った。

ガジュマルの、イチジクをとても小さくしたような実は鳥や蝙蝠《こうもり》の餌となり、その糞《ふん》に交ざった種は島のいたるところに落ちる。落ちて発芽し、生長する。枝を茂らせ、気根を垂らし、その気根は幹そのものや低木、岩塊に絡みついてやがて木を枯らし、岩を砕く。いわゆる、〝絞め殺しの木〟の一種だ。複雑に絡み合った気根の間に木が枯れ、岩が砕けたことで空間ができる。幼い子一人が身を縮めて何とか座れる程度のものから、何人もの子どもたちが入り込める巨大な鳥籠に似た形状のものまでさまざまだった。

ガジュマルの鳥籠から仰いだ空は網目状に区切られ、少し盛り上がって見えた。

紗友里が島を出る前日も、二人で登った。

鳥籠ではなく、太くまっすぐに伸びた枝に並んで座った。

海に太陽が沈もうとしていた。海面は凪《な》いで、よく磨かれた鏡のように空を映していた。太陽は怖いほど大きく、燃え盛る天体であることが生々しく感じられた。落日を背景にして、沖でイルカが跳ねた。臙脂《えんじ》色の日射《ひざ》しに刺し貫かれたかに見えた。けれど、すぐにまた、跳ねた。三度跳ねて、そのまま、海中に姿を隠した。

「もう、島には帰らん」

紗友里が告げた。驚きはしなかった。

「わかっちょっが」

深津の答えに、紗友里が身動《みじろ》ぎする。枝先が揺れた。紗友里が動いたからではなく、一陣の風が吹き過ぎたからだ。

「深津」

紗友里が身を寄せてくる。森とは異質の匂いがした。花でもない。さらりとした甘い香りではあるが花ではなかった。

「もう、逢えんが」

耳元での囁《ささや》きがくすぐったい。もう逢えない。その一言のせつなさより、くすぐったさが勝って深津は身を竦めてしまった。

「くすぐったいがね」

耳に手をやって横を向いたとき、唇が重ねられた。冷たくて柔らかかった。よく冷えた豆腐のようだった。どうしていいかわからず、固く歯を嚙《か》み締めた。

「いたっ」

紗友里が身を引いて、顔を歪めた。涙目になっている。嚙み締めた拍子に舌の先を嚙んだらしい。涙目のまま、紗友里は「馬鹿」と吐き捨てた。

記憶にあるのはそこまでだ。怒った紗友里は、おそらくその後、木を下りてしまったのだろう。少年の自分の間抜けさに、大人の深津は失笑してしまう。

島の少女は成熟を急ぐ。いや、急いでいた。紗友里だけでなく少女たちは、みな、少年らより一歩も二歩も先を歩いていたのだ。早く大人になること、早く女になることが生きる術であるかのように、少女時代を捨て去っていった。少年は追いつけない。

今はどげんか。

出迎えてくれた子どもたち一人一人の顔を探ってみる。まだ名前とうまく一致しない。

洲上宇良。

代わりのように、まだ逢ってもいない少年の名前が浮かぶ。そこにガジュマルの葉の間に見た顔が重なる。意志のある顔だった。意志、想《おも》い、感情、思考……さまざまなものがぎゅっと凝縮されて詰め込まれ、今にも破裂する。そんな印象が衝撃となりぶつかってきた。

脚が自然と動き、坂道を下っていく。道を上って森の集落に入る気になれなかったのだ。高砂の伯父の家に寄る気も、母や紗友里をおとなう気も起きない。

なんで帰ってきた？

他人事《ひとごと》のように自問する。

彩菜との結婚生活を終わりにする少し前、鹿児島県が、島への赴任を条件に臨時教諭を募集していることを知った。そのころには既に離婚に向けて、気持ちも現実も動き出していた。

現実的にはマンションは賃貸だったし子どもはいなかった。全てを受け入れる気持ちも、双方にできていた。揉《も》めることも争うことも、ほとんどなかったのだ。「理想の離婚、なんてものがあるなら、あたしたちがまさにそれよね。感心しちゃう」と彩菜は笑った。半分は冗談でも残り半分は本音だったろう。深津は同意の証に、真顔で頷いた。「それだけ執着がなかったってことかな。あたしはともかく、深津って執着心ゼロだから」。その一言の直後、彩菜は束《つか》の間《ま》、口元を引き締めた。「執着しない人に執着したって、惨めなだけだもんね」。直ぐに緩めた口でそう続けた。

離婚した現実から逃げたくて臨時教諭に応募したわけではない。新たにやり直すために島を選んだわけでもない。島に何かを置いてきた。何かが何なのかはわからないけれど、自分から抜け落ちたものが、まだ、島にはある。

回収しなければと思った。

島に戻り、置いてきた何かを回収しなければならない。それが、あの事件に関わるものであっても、だ。でなければ……でなければどうなのか、わからない。ただ、これが最初で最後の機会だ。これを逃すと、もう二度と島には戻れない。

ほとんど本能的に理解した。

教師としての実績や島出身であることが考慮されたのか、応募者がいなかったのか、採用はすんなりと決まり、細々とした手続きの後、深津は彩菜と暮らしたマンションともそれまでの職場とも別れを告げた。職場の同僚は、離婚が原因の選択だと勝手に解してくれたから、余計な説明はいらなかった。他人の誤解をありがたいと感じた。

海から風が渡ってくる。

神無島小・中学校に向け、ゆっくり歩く。時折、足を止め、頭上を見上げる。ガジュマルや蘇鉄の葉が潮風に弄《なぶ》られている。風がさっきより僅かに湿って感じられるのは、潮が満ちてきたからだろうか。

足が止まった。

道の端に人影が見えた。一つ、二つ。二人の人間が向かい合っている。いがみ合っている風はないが、親し気にしゃべっている様子でもない。ちょっとした緊迫感が伝わってきた。いつもなら、踵《きびす》を返す。他人の事に容喙《ようかい》する気などない。しかし、足は動かなかった。

あの子は……。

深津の方に向いて、顔を俯《うつむ》けている少女に見覚えがあった。

確か……高見だ。高見もも。自己紹介のときも目を伏せていた。

ももの前に立っている小柄な人物は背中しか見えない。しかし、誰なのかすぐにわかった。

真っ赤なブルゾン。その色と対をなすような白髪の頭。

ももが激しくかぶりを振った。拒絶の仕草だ。

「もも、ちゃんと聞きなさい！　もう、時間がないの」

苛立《いらだ》つ声が耳に届いてくる。ももが耳を塞《ふさ》いだ。そのまま、しゃがみこむ。

深津は走った。正式な赴任日は四月一日とはいえ、ももは神無島小・中学校の生徒であり、深津は教師だった。放っておくわけにはいかない。

深津の足音に、白髪の頭が振り向いた。

フェリーの中で言葉を交わした老婦人は大きく目を見張って、深津を見やった。

「まあ、あなたは……」

「槙屋です。教師です。四月からですが、この子の通っている学校の教師になります」

「先生？」

「はい。えっと、高見さんでしたね。高く見るの高見さん」

高見の目尻がひくりと動いた。

「ええ、そうです。ももの祖母になります」

高見が顎を上げた。一歩、深津に近づき、さらに顎を高くする。ももが、ゆっくりと立ち上がった。

「先生でいらっしゃるなら、丁度よかった。わたし、孫を連れて帰りたいのですけど」

「は？」

湿った風に高見の髪がなびく。白髪だが量が多く、艶があった。手入れの行き届いた髪だ。高見は眉を顰め、風から守るように鬢《びん》のあたりを押さえた。

「うちの子は、ももは、こんな島の学校にいるような子じゃないんです。わたしは、最初から反対してました。それを息子夫婦がわたしの知らない間に転校させて……、ですから、連れて帰りたいんです。先生、そのように取り計らってくださいな」

もう一歩、高見が前に出てきた。深津は後退る。まるで予想していなかった展開だ。祖母の背後で、ももが顔を上げる。目が合った。

嫌だ。帰りたくない。

少女の眸が叫んでいた。深津は軽く息を整える。

「そんなこと、できるわけがありません。転校には、それなりの手続きが必要です。何より、本人の意思確認が一番、大切でしょう。そこのところを飛ばして、急に連れて帰るなんて無茶です。それより、高見さんは、島巡りの旅でここに寄られたんじゃないんですか。船の中ではそう言っておられましたよね」

高見に話しかけながら、深津は頭の中で高見もものプロフィールを探っていた。県の教育委員会で出会った際、水守から児童、生徒一人一人についてざっと説明を受けていたのだ。確か、本籍地は東京だった。小五のときから不登校で、県が企画していた〝島の学校プロジェクト〟に、六年生の夏、参加してきたとあった。

「〝島の学校プロジェクト〟ちゅうて、都会の子にひと夏、ひと夏て言うても一週間から十日ほどの間なんですけど、その間、島の家にホームステイしてもらって、島の暮らしや自然に親しんでもらおうち計画です。ももはその一回目に参加して、翌春、中学生になるときに転校してきたんです。ずっと学校に行かれんで、でも、神無島の学校なら通える気がすっち言っちょりました。ご両親に連れられて来て、ホームステイしたお家《うち》に住んで、中学の二年生になりましたけど、一日も休まず通っちょります」

水守はそう伝えた後、調査票の表紙をそっと撫《な》でた。

「島がよか、都会が悪かち話じゃありません。都会がよくて島が悪かち話でもありません。子どもにとって、どこが生き易《やす》いかです。今のももには、神無島が気持ちに合《お》うたちことでしょう。うちは、よかったち思っちょります。あん子に合うた場所があって、よかったち思います」

はいと答えたけれど、深津の中で「高見もも」という少女は少しも立体的にならず、ぎこちない笑みを浮かべた写真でしかなかった。今は、違う。高見ももは肉体を持った、生きた人間として深津の前に立っている。

子どもにとって、どこが生き易いかです。

そうか、ももはここでちゃんと息ができるのか。

深津はできなかった。島で生きるのが苦しかった。

「連れて帰りたいんです。だから、島巡りの旅に参加したんです」

高見が叫ぶ。真紅のブルゾンが震える。

「息子たちに内緒で参加しました。ももに逢いたかったからです。こんな辺境の島、ツアーに参加しない限り来られないじゃないですか」

「いや、そんなことないでしょう。鹿児島港からフェリーに乗ればいいだけですから。奄美まで飛行機を使えば、フェリーで五時間ぐらいで来られますし……」

「辺境の島ですよ。絶海の孤島じゃないですか」

口が半開きになってしまった。

辺境の島？　絶海の孤島？　いつの時代の話よ？

「こんな不便な、世の中から取り残されたような所に、うちの孫を置いておくわけにはいきません。あまりにかわいそうです。どうしても、連れて帰りますから」

高見の叫びが一段と高くなる。品の良い佇《たたず》まいに似つかわしくない騒がしさだ。

島には確かに店と呼べるものはない。旅館もホテルもない。映画館や美術館は、むろん、ない。修学旅行で本土に渡って、初めて電車を見た。タクシーに乗った。店で買い物をした。美術館だの博物館だのに入った。そういう子はたくさんいる。深津もそうだった。都会に当たり前にあるものがここにはない。貧しくもある。島という限られた空間では、経済活動は著しく制限される。はるか昔から、島の暮らしと貧困は睦《むつ》まじかった。ぴたりとくっつき、離れることがなかった。今でも島内に裕福と言い切れる家は少ないだろう。だからといって、島民が不便を託《かこ》ち、世の中から取り残されたと嘆いているわけではない。

情報機器が発達し、発信も受信も格段に容易くなった時代だ。子どもたちも中学の授業で、パソコンの操作や仕組みを学ぶ。深津が検索した島や学校のホームページも子どもたちが作り上げたものだ。

都会の暮らしを基準にすれば島の生活はマイナスとしか映らないだろうが、基準を変えればまた違った光景が見えるはずだ。ただ、高見はそれを拒んでいる。頑なに拒んでいる。そんな気がした。

「高見さん、神さまに会いに来たと言われてませんでしたか」

老婦人の昂《たかぶ》りを静めたくて、話題を微妙にずらす。

神さまに会いに行くの。

船内で高見はそう言った。言った後、いたずらっぽく笑った。かわいらしい笑い方ができる人だと感じたから、よく覚えている。

「言いましたよ。今、そういうの流行《はや》りだから」

「流行り?」

「離島や山村を回って、日本古来の神さまのルーツを探るんです。探るったって、神社にお参りしたり、土地の人の話を聞いたり、祭りに参加したり、そんなものですけどね。流行ってるんですよ。年に何回かに分けて、ツアーが組まれたりするんです」

しかめ面のまま、それでも丁寧に高見は説明してくれた。律儀な性質なのかもしれない。

律儀で真面目《まじめ》で旧弊。だから、孫が都会から遠く離れた地にいることが許せないのか。

「じゃあ、別に神さまや旅に興味があったってわけじゃないんですね」

「興味はありますよ。今日だって、神社に参ってきました。えっと、あのなんとかいう山の」

「ザンカ山ですね」

「そうザンカ山。そこの神社です。そこに参って、やっと自由行動の時間がとれたんですよ」

「どうでしたか」

「えっ?」

「ザンカ山の神社です。島の神事のもとになる場所です。お参りされてどうでした」

高見が顎を引く。そうすると、どことなく用心深い顔つきになった。

「いい神社でしたよ。本土の神社とは雰囲気が違ってね。古くて、今にも壊れそうでしたけど。

でも、わたしはもものことが気になって、島の神社なんて正直どうでもよかったです。ええ、どうでもいいです」

高見はこぶしを握り、引いた顎を今度は突き出した。

「ほんとは二等船室の旅なんか嫌だったんですよ。でも、このツアーに参加しないと神無島に来られなかったんです。息子夫婦にばれちゃいけないから……。息子たちはわたしに何にも教えてくれないんです。神無島がどんな所なのか、ももがどんな暮らしをしているのか聞いてもろくに答えてくれなくて。ももに関わらなくていいみたいな言い方までされて……。この子を育てたのはわたしなんですよ」

高見が振り向き、ももを指差す。ももは、僅かに身体を縮めた。

「息子夫婦は共働きだから、わたしがこの子の面倒をずっとみてたんです。小学校に上がるまでずっと。ね、もも、そうよね」

ももは唇を嚙み締めて、黙っている。

「なのに、息子たちは、ももが学校に行ってないことも、島の学校に転校することも何にも知らせてくれなくて、わたしだけ何にも知らないままで……。ひどいと思いませんか、先生」

深津は「はあ」と囁きに近い声を出した。返事にもならない声だ。

「ももはこんな所にいるような子じゃないんです。小さいころから頭が良くて、運動も得意で、平仮名も片仮名も幼稚園に入る前には全部、読めて書けたんですから。お勉強もずっとトップクラスでした。なのにどうして、こんな島に閉じ込められなくちゃならないんです。まるで厄介者を捨てるみたいで……。かわいそうじゃありませんか。あんまりですよ。本当にかわいそうです。

わたしは、ももが不憫《ふびん》で不憫で、我慢できなかったんです」

感情は手もなく言葉に煽《あお》られる。高見の目尻から涙が零れた。

「違うよ」

ももが声を出した。風が強くなる。ももの華奢《きやしや》な身体が風に包まれる。

何かを探すように、ももの視線が空をさまよった。ほんの束の間だったが。それから、ももは息を吸い、吐き出す。深呼吸。それだけで少女の表情と口調が冷静になる。

「おばあちゃん、違うよ。あたし、かわいそうなんかじゃないよ」

冷静を通り越して、冷たささえ感じる声音だった。

「わざわざ来てくれて、ありがとう。でも、あたし、帰らない。中学卒業するまでこの島にいる。あたし、この島に連れて来てくれた父さんや母さんに感謝してるから」

「じゃあ、卒業したらどうするの」

孫に比べ、高見の感情は昂ったままだった。

「高校はどこを受験するつもり。こんな所にいたら、ろくに受験勉強なんてできないでしょう。塾なんてどこにもないんだから。もも、わかってるの。もうぎりぎりなのよ。受験にはね、将来がかかってるの。このままじゃ駄目なのよ、もも」

「うん。高校には行くつもり。中学卒業したら島から出ないといけないのも、わかってる。みんな、そうだもの。だから、みんなや先生と相談して、進学先を決める。だから、大丈夫。おばあちゃん、心配してくれてありがとう。でも、もう来なくていいよ。あたしが決めることだから、おばあちゃんには関係ないからね」

口調は穏やかだったが、中身は激しい。関係ないからと、ももは祖母を切り捨てた。

高見の顔色が変わる。血の気が引いて、青くなる。

「もも、あなたね……」

「おーい」と声が聞こえた。坂道の下、校門の前で数人の子どもたちが手を振っている。

「ももーっ。早来《はよ》んか。みんなで、宇良を呼びに行っが」

山原清志がまだ幼さの残る声でももを呼ぶ。入学式はこれからだというのに、呼び捨てだ。ほとんど家族の感覚なのだろう。

「わかった。今、行くが」

ももも声を張り上げる。伸びのある美しい声だった。それから駆け出した。駆け出す直前、祖母ではなく深津をちらりと見た。

ほとんど何も言わず突っ立っていただけの新任教師は、中学生からすれば、ずい分と頼りなく映っただろう。ももの視線に非難も軽蔑も含まれていなかったが、託すような光は宿っていた。

先生、後はお願いします、と。

「あ、もも、待って」

高見が呼び止めたときにはもう、ももは坂を駆け下りていた。

クラクションが響く。

「高見さん、集合の時間じゃないんですか」

「え？」

「集合時間。そろそろバスに戻らないといけないんじゃないですか。フェリーに乗り遅れると次の便まで何日も待つことになりますよ」

「ま、たいへん」

足元のリュックを背負うと、高見はそれをひと揺すりさせた。滑らかな動きだ。

「慣れてるんですね」

「は？　何です」

「リュックを背負うのですよ。慣れている感じがしました」

「はぁ……。まぁそうですかね。主人が亡くなってから一人旅の面白さを知ったものですから。それまでは、暮らしていくのに精一杯で……」

再びクラクションが鳴る。機械音だけれど、人間の苛立ちが伝わってくる。

「先生は、わたしのこと嫌な奴《やつ》だと思ってるでしょうね。高飛車で一方的で、島のこと悪く言って。でも、わたしは、本当にもものためには、ここにいちゃいけないと思ってるんです。わたしの夫は中学しか出ていなくて、そりゃあ苦労しました。結婚を決めたとき、わたしの両親は大反対だったんですよ。それを押しきって一緒になりました。ほとんど家出、駆け落ち同然でした」

「はあ……」

戸惑う。突然に身の上話を聞かされても、どう反応していいかわからない。

「結婚してから、やっと、親の気持ちがわかったんです。夫は職人でしたが、親方さんと上手くいかなくて辞めました。それから、職を転々としたんです。でも学歴がないから、ちゃんとした仕事に就けなくてね。わたしも必死で働いて、ええ、本当に死ぬほど働きました。幸い、わたしは大学卒ですので働き口はありました。それで、息子は……ものの父親には十分な教育を受けさせました。主人に内緒で実家に援助を頼んだりもしましたけど。そうでなければ、とても無理だったんです。でも、おかげで、息子はわたしたちのような苦労をすることなくすんだんですよ。それなのに、ももがドロップアウトするなんて。息子に苦労させなかったことが裏目に出ました。このままじゃ、ろくな学校に行けなくなって」

三度目のクラクション。

高見が声を引き攣《つ》らせる。悲鳴に似ていた。

「また、来ます」

「また来て、ももを説得します。あの子も息子夫婦も世間がどんなに厳しいか知らないんです。必ず連れて帰りますから」

さっき、ももがしたように高見も身を翻し走り出す。孫ほど軽やかではないが、しっかりした足取りだった。これなら、船のタラップも難なく降りられただろう。

ザザザザザーッ。

風がぶつかってきた。頭上の木がしなる。青い葉が千切れて、空に舞い上がった。

突風。思わず顔を逸らし、足を踏ん張った。

怒りが、風と一緒にぶつかってくる。

許さん。

声が耳を貫いた。後にキーンと耳鳴りがする。耳を押さえ、風の走るガジュマルの森に目をやる。顔が見えた。あの少年の顔だ。ガジュマルの葉陰にちらりと覗き、すぐに消えた。

幻だろうか。目の錯覚だろうか。光の加減で存在しないものを見てしまったのか。

心臓が締め付けられる。頭の隅で疼きが鼓動を打つ。

ずくん。ずくん。ずくん。

よく似た経験をした……気がする。記憶の底から息苦しさと疼きが滲み出てくる。しかし、それ以上は広がらず、再び記憶の砂に染み込んでしまった。

汗だけが残った。額や腋《わき》が、べとつく汗に濡れている。

「先生、槙屋先生」

呼ばれて顔を上げる。見知らぬ男が覗き込んでいた。汗が染みて、視界がぼやける。

「どげんしました。気分が、悪かですか」

見知らぬ男、ではない。知っている。さっき出逢ったばかりだ。

「古竹先生」

深津は額の汗を手の甲で拭った。古竹が表情を曇らせたまま、身を屈める。いつの間にかしゃがみ込んでいたのだ。

立ち上がる。

覗き込んでいた顔が僅かに下になる。

「すみません。何だか急に、ふらっときて」

「謝ることはなかです。疲れちょっとでしょう。船旅は、やっぱいきつかですもんね。ぼくなんか乗船の度に、丸半日は気分がすっきりせんで寝込んじょります」

古竹が屈託なく笑う。

「ええ、ほんとに。久しぶりだったので、余計にきつかったんでしょうかね」

適当に話を合わせる。心臓はもう苦しくない。疼きもない。ほっとする。胸の内でざわめく感情を、深津は無理やり抑え込んだ。

気のせいじゃ。あらんもんを見っちゅうのは、気のせいに過ぎん。

「明日、先生の歓迎会をしようち話になっちょります。大丈夫ですか」

「あ、ええ。もちろんです」

古竹を真似て屈託なく笑おうとしたが、上手くいったかどうかはわからない。歓迎会のことは、水守から予《あらかじ》め聞いていた。教師、子どもたちだけでなくその保護者や村の世話人も出席すると言う。昔は村中総出の祭り騒ぎだった。三日にわたって飲み食いして、盆踊りまで繰り出していた。さすがに昨今は、そこまでの歓迎にはならないらしい。

島に赴任してくる教師は短くても三年の間、島で暮らす。本土から渡って、暫くは島に留まる大切な客だった。子どもたちを託する相手でもある。だから、能う限りのもてなしをした。むろん、三年持たず、早々に逃げだす者もかなりの数いたが。

島で十年、教師を続けた伏見など、盆正月の休みや研修で本土に渡り、島に戻ってくる度に宴会を催されていた。

「何度も何度もこげん歓待されて、まさに極楽じゃが」

島の漁師が釣り上げたばかりだという鰹を肴《さかな》にして酒を飲み、上機嫌で笑っていた伏見を思い出す。漁師は伏見のために、海に出たのだ。

「深津、神無はよか故郷やっどが。そんこつ忘るんな」

「よかちいうのは、酒と鰹が美味《うま》かじゃっでや、先生」

「あ、こんガキは、ほんのこつ当てよった」

コップ酒を手に伏見が豪快に笑う。そういう笑い方が、酒が、よく似合う男だった。

神無はよい故郷だ。そのことを忘れるな。

酔ってはいたが、伏見は少年の深津に本気で伝えてくれた。心底から島に馴染《なじ》んでいたのだ。

あれほどの教師にはもう、出逢えないだろう。自分がなれるとも思えない。

「神無牛のすき焼きが出ます。あれ、まこち美味《うま》かですよ。なんちゅてん肉そのものに甘味があります。バイヤーが押し寄せてくっともわかりますね」

古竹が箸で、幻の肉を摘《つま》み上げる仕草をした。

「押し寄せる？　そんなに人気なんですか」

「あ、押し寄せてくるっちゅうのは、おおげさですが、美味《おい》しかち評判が高いのはほんのこつです。バイヤー、けっこう来ちょいますよ」

そう言われてみれば、船客の中に深津には正体の測れない男たちが何人かいた。多分、三人か四人。誰も五十絡みの男だった。島民とも旅行客とも異なる雰囲気を纏い、むっつり押し黙っていた。

「まあ、狭い島ですから、牛の数も限られちょります。けど、それが却《かえ》って値打ちば上げるとかでね。ぼくらには、ようわからんですが。噂では、都会のデパートでグラム四千円て値段で売られちょるらしいです」

「百グラム、四千円ですか」

「信じられんこっでしょうが。島の牛が百グラム四千円ですよ。特等じゃなかですか。正直、そげなん肉、本土におるときに口にしたこと、一度もなかったです」

「ええ、ぼくもないですね。学生時代は焼き肉屋でバイトしてましたけれど、四千円の肉は扱ってなかったです。扱っても売れなかったでしょうし」

「ですよね。そげなもんでしょう。グラム四千円の肉は庶民にゃ、縁がなかですよね。ボーナスのときでも、うちじゃ無理じゃっち思うなあ。食べさせてくれち言うたら、女房に怒鳴られます。それこそ、女房の額に角が生えてきます」

古竹と顔を見合わせ、笑う。

善人だっど。

古竹は善人だ。人の根が善い。そう感じた。深津の気分を少しでも楽にしようと、あれこれしゃべりかけてくれる。些《いささ》か煩わしくもあったが、他人の善意を無下にはできない。島を出てから、他人の善意に支えられて生きてきたのだ。

「鰹はどうです」

ふっと思い付いて問う。

「鰹、ですか」

「ええ、昔は宴席には必ず、鰹が並んでました。春から夏は鰹の漁期ですしね」

「ああ、今は鰹漁は昔ほど盛んにはしとりませんね。漁師が足らんとです。ちゅうか、漁師ではなかなか食べていかれんごつ、厳しか現実ですが」

深津は喉の奥で小さく呻いた。

鰹は一本釣りだ。羽毛を疑似餌にして船から引いて走るホロビキという漁法が、島には古くから伝わっていた。漁師たちは一、二トンの小さな漁船で海に繰り出す。鰹と飛び魚漁は島の重要な産業だった。深津が幼かった時代は。

何年も前から、魚群探知機を装備した本土の大型漁船団がやってくるようになった。島の漁師では太刀打ちできないだろう。最新の機器による漁法が、漁師の技と経験を頼りとする漁を凌駕《りょうが》したわけだ。そういう現実は前もって調べていた。なのに、古竹の人の善さに、つい、舌が空回りしてしまったか。

つまらんこつ、尋ねてしもうた。

「けど、明日は鰹が並ぶかもしれません。客が来ると、漁師さんに頼んで釣ってもらうこつ、ありますから。ああ、そう言えば昔は、島を挙げて鰹節を作っとったち聞きましたが」

「ええ……」

高砂の家は鰹漁と鰹節の生産を生業としていた。かつて、浜に並んだ鰹節小屋のほとんどが高砂家のものだった。島の家々も自宅用にみな鰹節を拵《こしら》えた。よい保存食になるのだ。生臭さと煙臭さの中に、鰹を炙《あぶ》るどっしりした匂いが混ざる。それに釣られて、烏《からす》たちが集まり騒ぐ。追い払うのは深津たち子どもの仕事だった。

深津は頭を振る。一旦ほどけ始めた記憶は止めどなく緩み、何もかもを垂れ流しそうだ。

「……やはり、少しふらつきます。部屋に帰って横になりますね」

人の善い男に小さな嘘をついて、深津は来た道を帰ろうとした。

ざわっ、ざわっ。

ガジュマルはまだ揺れている。東シナ海に浮かぶ島は、台風の直撃を受けることも珍しくない。

猛る風から民家や人を守ってくれるのがガジュマルだった。枝を広げ、気根を垂らし、増えていく姿は奇怪だ。増殖する怪物のように見える。その怪物が暴風や激しい日光を防いでくれるのだ。ガジュマルには神が宿る。

誰かに囁かれた。遠い過去に耳元で囁かれた。

ミツ、己《ウラ》はガジュマルにおっど。

唾を呑み込む。不意に泣きたくなった。この場に座り込み、声を上げて泣きたい。

なんで、なんでこげなん気持ちに……。

唇を強く嚙む。でないと、嗚咽が漏れてしまう。

「槙屋先生？」

古竹の視線と声を振り切って歩き出す。

己《ウラ》は満月が好きと。神無の満月が一等、好きと。

囁きが耳の外ではなく、奥から響く。響いて、血に混じり、身体中を流れていく。

足が止まった。

港に続く坂道を一台の軽トラが上ってくる。かなりのスピードだ。それを緩めないまま、曲がっていく。乱暴な運転だった。軽トラは古竹の前で、急停車した。

「先生、ももはどこね」

日に焼けた若い男が運転席から身を乗り出す。よく通る大声だ。

「もも？　知らんど。ももがどげんしたね」

「詳しかこつはようわからん。祖母《ばあ》さんち人が大怪我をしたらしか。港で転んだとかで」

深津は目を見張った。
真紅のブルゾンの背中が浮かぶ。
許さん。
風の音とともに聞いた声がよみがえる。
ガジュマルの森が大きく揺れた。

三　風の掟

翌日、予定通り、深津の歓迎会は催された。

水守は不参加だった。ヘリで奄美大島に緊急搬送された高見に付き添ったのだ。高見というより、孫のもものためだった。

高見は頭から血を流し、意識を失った。白髪を血に染めた姿は、とんでもない大怪我を負ったように見えた。報せを受けたももは動揺して、身体を震わせたという。まだ中二になったばかりだ。当然の反応だろう。

ももの両親への連絡も入院の手続きも必要だった。教師としても大人としても、動かねばならない。ももを抱えるようにして、水守はヘリに乗り込んだのだ。

「もものお祖母さん、昨夜、遅くに意識が戻ったち。まだ、詳しかこつはわからんどん命に別状はなかで、手術とかも必要なかげな」

朝早く、古竹が伝えてくれた。

島では太陽は海から昇り、海に沈む。水平線から半分ほど覗いた日輪の光を受けて、眩《まぶ》しそうに目を細めながら古竹は付け加えた。

「まだ、お休みかと思っちょったけど、先生、もものお祖母さんのこつ気にしちょらしたで、早く報せた方がよかかおもて……」

「とっくに起きてました。報せてくださって、ありがたいです」

起きていたのではなく、眠れなかった。風が吹き、ガジュマルが揺れる度に窓辺に寄り、目を凝らした。闇の中で、闇よりさらに黒い塊になって蠢《うごめ》く木々を見詰める。黒い塊を破って、黒い眉と大きな眸を具えた顔が浮き上がる気がした。むろん、気がするだけで、何も見えはしない。

そのうち、空が白み、光が注ぎ、黒い塊は徐々に鮮やかな緑の色に変わっていく。鳥が飛び立ち、ガジュマルの気根が朝日に淡く発光する。そういう時刻に、古竹はやってきて、高見の容態を教えてくれた。

「多分、二、三日で退院できるらしいです」

「ほんとに、よかった」

本心から安堵の声が漏れた。

「ほんのこつ、よかった。ももの両親も間もなく奄美せえ着くち」

古竹も笑みを浮かべる。

「ももが、どいだけ心細かったかと思うと……、ほんのこつ、ほっとしました」

古竹は言葉通り、ほっと息を吐き出した。そして、また笑む。深津は不自然にならないよう、古竹の笑顔から視線を逸らした。

安堵したのは事実だ。しかし、それは古竹のそれとは、少し、いや、かなりずれている。古竹は心底から、ももを案じていた。怪我を負った祖母の側《そば》で、おびえていないか。悲しんでいないか。辛《つら》くはないか。

気にやみ、落ち着かない一夜を過ごしたのだろう。

深津は違う。

もものことが全く気にならなかったわけではない。しかし、それは、感情のほんの一部分に過ぎなかった。深く心配するほど高見ももを知ってはいないのだ。大人として、教師としてほとんど義務的に心を寄せようとしているに過ぎない。

いったい、誰が高見を害したのだ。

深津は、ずっとそこに拘《こだわ》っていた。拘っている自分をおかしいと思う。おかしいとわかっている。高見が怪我をしたのは事故だ。加害者のいない、突発的な事故。老人がフェリーに乗り込もうとして突風に足をすくわれ横転した。頭を打ち、一時、意識不明になる。

不幸ではあるけれど、驚くほど珍しくはない。転倒による事故。今このときだって、いたるところで起こっているだろう出来事だ。

なのに、気にかかる。

誰かがいると、感じてしまう。

確かな意志を持って、高見を傷つけた誰かがいると。

傷つけた？　誰か……何と呼べばええかわからんど、その誰かは高見さんば傷つけるつもりだったたね。傷つけるだけのつもりだったたね。

殺意。さつい。さ・つ・い。

単語は三つの音節に分かれ、頭蓋の中で回る。意志とは殺意ではないのか。誰かは確かな殺意を持って……。

こめかみが、また疼き始める。

馬鹿馬鹿しい。何て馬鹿馬鹿しいこつ、考えとる。

耳の底で風音が響いた。

ザァーザァー、ザァーザァー。

ザァーザァー、ザァーザァー。

目を閉じる。眼裏《まなうら》に少年の顔が浮かんだ。ガジュマルの葉陰から現れ、葉陰に消えた顔だ。

あいつが、やったど……。

「で、先生の歓迎会、予定通り今日の夕方にやれち、校長から言われちょります」

「あ、いや、そんな。わざわざ……。もっと落ち着いてからでも構いませんが。校長先生がお帰りになってからの方がいいでしょう」

「それが、そうもいかんのです」

古竹が指を立て左右に動かした。

「先生を歓迎するちゅって島のみんなが、はりきっちょいもんで。昨日も言ったとおり、肉やら魚やら段取りして、準備万端怠りなしです。日延べして都合のつかん人が出っきたら、そいはそいで面倒なこつなります」

昔も現在も、〝学校〟は島の要《かなめ》の役をする。教育の場としてだけでなく、行事毎に島民の集う場所になるのだ。学校に関わるイベントは、それが運動会とか学習発表会とか定例のものはもちろん、教師の歓送迎会のような不定のものであっても、島民の貴重な娯楽になる。

それに、島では子どもたちは宝として扱われる。甘やかされはしないけれど、大切にはされた。子どもがいなくなるのは、衰退の前兆だ。恐ろしい。だから、若い命が育っていく様を島民は何よりも愛《め》でる。かけがえのないものとして守ろうとする。

高見が参ったと言ったザンカ山の神社、その祭神の中には子どもの神もいる。神体に形はなく、年に一度、祭りの夜、人に見える姿となって現れる。普段も、子どもたちが群れて遊んでいると、そっと入り込み仲間のふりをして一緒に遊ぶとも、仲間に入れてもらえないとひどく憤り、嵐を起こすとも言い伝えられている。

子どもの守り神であり、ひいては島の未来を司《つかさど》る神。けれど、神無島だけの神は島の外では通用しない。島にだけ生息する、島でしか生きられない絶滅危惧種の動植物のようだ。

子どもの神は、ウラと呼ばれる。現時でも祭りの夜、山羊はウラに捧げられるのか。ウラは子どもたちを見守り、ときに遊びに加わったりするのか。

深津は軽く頭を振った。

子どもたちを実際に守るのは神ではなく人だ。損なうのも人だ。

よく、わかっている。

「ともかく、やりまっしょう。先生はぼくたちとは違《ちご》て、この島のご出身です。逢いたいち思うとる人、多かでしょう。それに」

と、古竹がにんまり笑った。

「鰹が釣れたそうです。活《い》きのよかうちに食べんと、もったいなかでっしょう。鰹に神無牛、食材は揃《そろ》っちょります。食べん手はなかですよ、先生」

善良そのものの笑みを見ていると、言い返す気は失《う》せてしまう。

「そうですね」

と、相槌《あいづち》を打ち、深津も少しだけ笑んでみた。


「深津、深津」

呼ばれると同時に肩を叩かれた。

振り返る。偉軀の男が立っていた。

背丈も肩幅も並じゃない。黒々とした鬚が顎を覆っているから、余計にいかつく見える。昔なら、山賊とか野武士とかに喩《たと》えられもしよう風貌だ。ただ、眉の下の眼《め》は小さく、少し下がり気味で僅かの険しさもない。

その眼に見覚えがあった。

「……亮介、か」

「おうよ」

「ほんとに、亮介？」

ははは、と、男は明朗な笑い声をあげた。

「ほんなこつ、亮介じゃ。間違いなか」

「だよな、亮介だ。おまえ、でっかくなったなあ」

深津の知っている亮介は、同年代の島の子どもの中で一番、チビだった。痩せてもいた。体力もなくて、島を半周するマラソン大会ではいつも途中で音をあげて、道端にうずくまっていた。群を抜いて大きいわけではない深津よりも一回り小さく、貧弱な身体だったはずだ。当時、島の子の多くは本土の小学生に比べてかなり貧弱であった。当然、体力も劣る。本土の子にどう近づけるか、差をどこまで埋めていけるか、伏見たち教師は常に頭を悩ましていただろう。そんな島の子の内でも、亮介はさらにひ弱な印象だった。いや、印象ではなく実際に、そうだったのだ。それが……。

見上げる深津の視線を受け止め、亮介は肩を竦めた。

「中学の二年生くらいから、急に背が伸び出したとよ。一年の間で二十センチ以上、伸びたど。次の年も二十センチ。はは、びっくりすっが。おいが一番、驚いたが」

「いや、背だけじゃないだろう。えらくがっちりして、おまえ」

深津は口をつぐんだ。

まるで別人のごつ見ゆっど。

そう言いそうになったのだ。

島に戻ってから徐々に、心身が二十年前に引き戻されていく。ごく当たり前に使っていた標準語を操るのに骨が折れる。

神無島小・中学校の一階、図書室の前に広がるフリースペースは広く、一部が畳敷きになっている。寝転んで本が読めるようにと、副校長の佐倉が考案したそうだ。いかつい外見からは想像しがたいが、佐倉は司書の資格を持ち、国語教育、特に読書活動に熱心だった。

こぢんまりとした図書室には三列の書架しかなかったが、絵本、児童文学から古典、一般書まで揃っていた。聞けば、島民向けの貸し出しも担っているという。

そのフリースペースが歓迎会の会場だった。主役の深津を除いて、参加者は基本、一人一品を持ち寄る。そういう会になるようだ。

真ん中に設《しつら》えられた低いテーブルの上には、既にさまざまな料理が並んでいた。

「清武から連絡があったのよ。深津がほんのこつガッコの先生になったって。先生になって島せえ帰ってきたち。清武とはフェリーの中で出逢《でお》うたよ」

「ああ……」

「な、また、みんなで飲まんね。紗友里も帰ってきちょって」

亮介は清武と同じ言葉を口にした。それから、昔ながらの柔らかな笑みを浮かべた。

みんな、優しい。

二十年前、ほとんど逃げるように島を出た深津を、いや、深津と仁海を、受け入れてくれる優しさだ。

すうっと心が引き戻される。

父が亡くなった。その一周忌が済まないうちに島を出た。一周忌どころではない。確か四十九日の法要もまだだった。

ずくん。

こめかみが疼いた。心臓が鼓動を打つ。

父は死んだ。そうだ、死んだ。

事故だった。

足を滑らせて、崖から落ちた。足を滑らせて……。

高見さんと同じじゃなかね。

心臓が締め付けられる気がした。息が苦しくて、僅かに口を開ける。それまで、気にもならなかった料理――豚肉と果物の煮込み、ゴーヤチャンプルー、揚げ菓子、握り飯、大皿に盛られた鰹のタタキ、そして深津には名前もわからない品々――の匂いが鼻をついた。吐き気がする。

自分の内に芽生えた疑念が、絡まって離れない思案。

誰が高見を害したのだ。

それが父の死と重なる。不意打ちのように、唐突に重なってくる。

束の間、目を閉じる。父の死に様を記憶の中にまさぐる。

うつ伏せに倒れていた。鮮やかに紅い血が散っていた。血の他にも散っていたものがあったけれど、それが何か当時の深津にはわからなかった。

おそらく、脳漿《のうしょう》や脳髄そのものだったのだろう。

父の顔はわからない。後頭部しか見えない。右腕が妙な具合に曲がっている。古木の枝のようにくにゃりと曲がり、手のひらだけが上を向いているのだ。

深津は見下ろしていた。

父の死体を黙ったまま見ていた。

誰が父を害した？　誰が殺した？　誰が……。

「先生？」

現《うつつ》の若い声が耳朶《じだ》に触れる。視線も感じた。

目を開ける。

眼鏡《めがね》の奥からの視線とぶつかった。

「先生、気分悪かね？　大丈夫？」

丸い顔を傾けて、槙屋智美が瞬きする。中学二年生。牛が好きで、畜産をやりたくて中学卒業後は本土の農林高校に進みたいと告げた少女だ。人怖《ひとお》じしない、はきはきした言動が印象的だった。島に限らず、人数の極端に少ない小規模校では子どもたちは内向的になりがちだ。接触する相手の数が限られ、とっさの対応や初めて出会った相手とのコミュニケーションなどの力が育ちにくい。

そのように教わったし、認識もしてきた。しかし、智美は初対面のときからしっかりと、自分の夢や目標を語っていた。深津自身、子どものころ人怖じする性質ではなかったはずだ。

島の子だからこうだ。都会の子どもたちはこういうものだ。決めつけてしまえば視界が狭くなる。ふっと大学の恩師の言葉を思い出した。

「きみたちは教師を目指している。教師とは人に、子どもたち一人一人に目を向けていく職業だ。日々、生きて変わっていく子どもたちを相手にする仕事なんだ。こういうものだと決めつけてしまえば視界は狭くなり、視力は鈍る。そのことを忘れないように。プロの教師としての誇りをもち、決めつけを排して、子どもたちに向かい合って欲しい」

生育環境が人間の心身の発育に大きく影響する。その事実を前提にしても人はいつでも変わり得るし、特に子どもたちはどのようにも変化、成長する可能性が高い。教師とは子どもの可能性の発見を担う仕事でもある。

児童心理を専門とする教授は、淡々としていながら熱を感じる口調で、講義をした。

「むろん、教師の置かれている現状は厳しい。子どもの置かれている現状は、さらに厳しい。本来平等であるべき教育がひどく偏った歪《いびつ》なものになりつつある。学校という教師の職場がブラック企業に喩えられる時代だ。そういう時代に教師を目指すきみたちは、荒波に漕《こ》ぎ出す海人《あま》であるかもしれない。厳しい、改善されるべき問題点が山積みの職場だ。けれど、これからの人に向き合うやりがいに満ちた仕事でもある」

教授の言葉に感銘を受けた学生は、大勢いた。深津はしかし、どこか恥じるような心持ちになり、初老の教授から目を逸らしたものだ。経済的事情から浪人はできなかった。安全で確実な受験先が、たまたまこの大学の教育学部だったに過ぎない。

熱意などなかった。熱い情は、父を見下ろしていた間に深津から抜け落ちて、波間かガジュマルの根元に吸い込まれてしまった。

そう、島を出たときではなく、無残な姿の父を見たときに既に抜け落ちていたのだ。

「あ、ああ、大丈夫」

智美に笑いかける。作り笑いだ。少女の眼差しに見透かされる気がして、少し早口で付け加える。

「久々に出逢った幼馴染《おさななじみ》が、あんまり変わってたものだから、何というか、ちょっと驚いてしまってぼうっとなってた」

智美が亮介を見上げた。

「お父さん、ほんのごつ、そげん変わったね？」

「まあな。昔は島で一番のチビだったね。痩せてもおったしね」

「お父さんが、チビ？　信じられんが」

智美の眉が吊《つ》り上がる。

「え？　ええっ、え？　ちょっ、ちょっと待てよ。亮介、まさか」

亮介がにっと笑う。深津の驚愕《きょうがく》を楽しんでいる。そんな笑みだった。

「その、まさかよ。智美はおいの娘じゃ。で、六年生の俊は息子やっど。二人ともええ子じゃっで、よろしゅう頼みます。槙屋先生」

百九十センチ近くはあるだろう身体を折り曲げ、ひょこりとお辞儀をする。こういうお道化は、昔の名残《なごり》だ。智美の明るさは父親譲りなのだろうか。

「え……はあ、いや、こちらこそ。よろしくお願いします。お父さん」

つられて、深津もふざけてみる。ははっと亮介がまた笑い声を立てた。

「おいはもう、三児の父親よ。驚いたか、深津」

「え、三児の父って？」

「もう一人、女の子がおっど。まだ、一歳ばっかいやっどんな」

「中二を先頭に三児の父親かぁ。けど、おまえ、姓が違うのは婿入りしたわけか」

亮介の苗字は、入間《いるま》だった。子どもたちの調査票は精読して、頭に入れてある。智美と俊の保護者欄には、確かに〝槙屋亮介〟の名前が記されていた。目にはしたけれど〝入間亮介〟とは結びつかなかった。

「そいよ。高校を卒業してすぐ槙屋の家に婿に入ったが。深津も知っちょっどが。二つ上の雅美《まさみ》っちゅう女子よ」

「ああ、雅美姉か。へえっ、これまた驚きだ」

槙屋雅美。色黒のすらりとした美少女だった。

「高校が同じで、お互い寮住まいやった。で、まあ、おいが何かと頼りにして……。高校に入るまで島から外に出たこつ、ほとんどなか。正直、心細くてたまらんかった。そこを、雅美が面倒を見てくれやったのよ。んで、いつの間にか……」

「なるほど。そういう経緯《いきさつ》か。で、高校卒業と同時に結婚したのか」

「あたしがお母さんのお腹にできたのがきっかけやっち」

智美が自分の腹部を軽く撫《な》でる。

「つまり、できちゃった婚よ、先生」

少女の声はよく響く。フリースペースにいた数人が視線を向けてきた。智美はまるで動じる様子がない。父親の方は心持ち頬を赤らめ、何気なさそうに話題を変えた。

「雅美の家ち、覚えちょっか。昔から海のそばで、牛やら豚やらを飼《こ》うちょった家よ。今は槙屋牧場ち言うて、主に牛を飼育しとる」

「神無牛か」

「そげな名前がいつん間にかついたな。ま、どげな名前がついても牛は牛よ。うちの牛の肉は最高やっど。今日、どっさい持ってきたで、ずんばい食べんね」

「飼料が違《ちご》ど、先生。うちの企業秘密やっで、詳しくはしゃべれんけど」

智美が眼鏡を押し上げ、胸を張った。

「あたしも手伝っちょっと」

深津は目を細めて、智美を見やった。

まだ十三歳の少女の、この堂々とした誇りはどうだろうか。気圧《けお》されてしまう。

「亮介、立派な跡継ぎが育ってるな」

「いやあ。まだ、畜産のこつなんぞ何もわかっちょらんで、口ばっかよ。けど、まあ心意気だけはほんものやっでや。まっ、中学生やっで、先がどうなるかわからんけどな」

亮介の口調は明らかに弾んでいた。子が親の仕事を認め、貴《たつと》び、跡を継ぎたいと望んでいる。不安より喜びが何倍も勝るだろう。

亮介、よか、生き方してきたね。聞かんでもわかる。

地に足が着き、地に根を張った生き方だ。

やはり、気圧されてしまう。話しているのが少し、苦痛になってきた。

ガタガタガタ。ガタガタガタ。

ガタガタガタ。ガタガタガタ。

ガラスが鳴る。その音が、誰かの声のようにも思えた。

深津、深津、帰ってきちょったか。おいのこつ、忘れずに帰ってきちょったか。

懐かしいような、怖いような、聞いていたいような、聞いてはならないような声だ。

「あ、宇良」

智美が小さく叫ぶ。窓の外を指差した。

「宇良が外にいたか」

「うん。窓のとこにおったとよ。やっぱい、先生のこつ気になっとるみたい」

深津は亮介に向かって軽く頷くと、フリースペースから廊下に出た。

「あ、槙屋先生。どこせえ行かれます。もいっき、歓迎会が始まりますよ」

「すみません。すぐ帰ってきます」

すれ違った古竹に言い残して、外に走る。

グラウンドには花の匂いのする風が舞っていた。柔らかな色合いの、いかにも春らしい夕空が広がり、蝙蝠が飛び交っている。

日は海のかなたに沈みかけ、海面に臙脂色の筋を引いている。木々の影は地に伸びて、深夜の闇と同じほどに黒い。

少年の後ろ姿を視界の隅に捉えた。夕陽《ゆうひ》に染まった背中が校門の陰に消えていく。

「宇良、待ってくれ」

グラウンドを突っ切り、少年の背を追う。

「待て。止まれ、宇良」

宇良は止まらない。港に続く坂道を一気に駆け下りていく。

鹿のようだ。必死に逃れようとする子鹿みたいだ。宇良の眼には、自分は捕食者のように映っているのだろうかと、深津は考える。

宇良は用心しちょっと。

うん、宇良はわかっど。

善か人かどうか、じっと見ちょったらわかっど。

子どもたちに言われた。

宇良、おいがどげん見えた？　恐ろしか姿に見えちょっとか。そいで、逃ぐっとか。

坂を曲がる。

宇良はいなかった。舗装された路《みち》だけがある。昨日、深津が上ってきた路だ。人も車も見えず、烏が一羽、道の真ん中で何かをつついているだけだ。

「宇良」

呼んでみる。返事はない。かわりのように、ガジュマルが揺れた。風にざわざわと音を立て、揺れる。烏が飛び立った。くちばしに巻貝をくわえている。

呼吸を整え、深津はガジュマルの森の中に足を踏み入れた。踏み入れたとたん、時間が一気に進んだ気がした。茂った葉に光が遮られ、薄暗いのだ。異様に捻じれた根が足に絡まる。

昔、この辺りは深津の庭だった。深津だけでなく、島の子どもたちのかっこうの遊び場になっていた。浜辺で釣りもしたけれど、ガジュマルの森で遊ぶ時間が一番長かった。よじ登り、実を千切って投げ合い、軽やかにあちこちを飛び回った。

それが、この体たらくだ。

真っ直ぐ歩くのさえ、ままならない。根に足を取られ、前のめりに転びそうになる。気根を摑み、一足ずつ、ゆっくりと進まねばならない。

整えたばかりの呼吸が、また、乱れる。汗の染みたシャツが身体にひっつく。

自分の衰えを目の前に突き付けられた。

ほら、おまえはもう森を走れん。自由に、好き勝手に走り回れん。

くそっ。深津は唇を嚙んだ。唇を嚙み締め、進んでいく。

波の音がした。

ガジュマルの間を射るように光が差し込んでくる。潮の香も風と一緒に入り込んできた。土と潮と緑の匂いが混ざり合い、島の森の香りになる。

森を抜けた。

足元に海が広がっていた。太陽の半分が海面に隠れている。島では森を抜けると、必ず海に出る。よく荒れる海だが、今は穏やかだ。品のいい老婆みたいに静かに夜を迎えようとしている。

「宇良」

少年を呼び、辺りを見回す。

「宇良、いないのか。出てきてくれ」

ふっと気配を感じ、振り向く。

宇良が立っていた。ガジュマルの森を背景に両手をだらりと下げて、立っていた。

「宇良……洲上宇良くん、だね」

宇良は答えない。唇を一文字に結んだまま深津を見詰めている。

「あ、ぼくは槇屋深津と言います。四月から、きみたちの担任になる。よろしくな」

言いながら、少し焦《じ》れていた。こんなところで何をしているのだと自分を叱る。主役の深津がいなければ、歓迎会は始められない。古竹たちがやきもきしているだろう。

「すかんかった」

宇良がぼそりと呟いた。

「おいも、すかんかった。けど、あげなんこつしては、いかんかった」

「え?」

宇良の両眼が潤む。

「……宇良、何の話をしてる」

「ももが……ももが泣いちょっ。ももがかわいそうやらよ」

ざわざわざわわ。ざわざわざわわ。

風がガジュマルを煽《あお》り、ガジュマルは風のままに音を立て続ける。

「ももが帰ってこんかったら、どげんする。どげんすっとよ」

風は止《や》まない。ガジュマルの葉がどこかに飛んでいく。風に押され、深津は後退った。波の音が立ちのぼり、ぶつかってくる。

「ももは帰ってくる。このまま、いなくなったりしない」

声を張り上げていた。宇良が瞬きする。眸が乾いていく。

「帰ってくる? ほんのこつ、帰ってくっとね」

「ああ。お祖母さんの怪我は大丈夫だった。意識が戻って、お父さんやお母さんも駆けつけてきてくれたそうだ。ももは、直に戻ってくる」

ほう。宇良の口から長い息が漏れた。

「もものオンバは死んじょらん?」

「生きている。二、三日で退院できるそうだ。大丈夫、大丈夫だ、宇良」

風が凪《な》いだ。森も静まる。波の音だけが変わらず、響いてくる。

何気なく首を回し、海を見た。

崖の下にごつごつした岩が突き出ている。どれも濡《ぬ》れて黒く光っていた。

ここか?

父が落ちたのは、父が死んだのはここか?

くらりと風景が回った。眩暈《めまい》がする。身体の重さが消えた気がした。踏みしめようとした足が空に浮かぶ。

深津は息を呑み込んだ。

波の音が下から突き上げ、鼓膜に刺さる。


とっさに伸ばした手が何かを摑んだ。

硬い手応えだけれど、しなる。

ロープ?

深津は奥歯を噛みしめ、摑んだ指に力を込めた。もう一方の手を崖の縁にかける。指先が土にめり込む。爪の先が痛い。両足は空に浮いたままだ。

脳裡《のうり》に光が走る。

木漏れ日だ。

神無島の木漏れ日は、本土のそれのように柔らかくも儚《はかな》げでもない。重なり合った葉と葉の隙間を狙い、真っ直ぐに差し込んでくる。凄腕《すごうで》のスナイパー、その一撃に似て地上を襲ってくるのだ。ときに、肌に痛いほどの熱を伴って。

ガジュマルの森には、いたるところにそんな熱い木漏れ日があった。ガジュマルの葉が作り出す深い緑の影。そこにぽつぽつと穿《うが》たれたように浮かび上がる不定形な光。島の子どもたちはそんな光景を日常にして暮らしていた。広い平地がほとんどない島では、森は貴重な場所だ。枝を伸ばし、気根を下ろし、絡み合うように伸びているガジュマルの森は、子どもだけの場所だった。少女たちは、森からも遊びからも早々に卒業してしまうが、少年らはいつまでも、ときには中学を終えて島を出て行くまで森と戯れた。

「男の子ち、猿とかわらん」「ほんのこつ、いつまでたってん猿のままやらよ」。一足早く森を出た少女たちは地に立ち、いつの間にかそんなやりとりをするようになる。大人の顔でため息を吐《つ》きながら、あるいは苦笑しながら、だ。

確かに猿のようだった。そのころ、少年たちの間で流行っていた遊びはまさに〝サルマネ〟と名が付いていた。誰が付けたかは知らない。ルールはいたって単純で、親猿を一人決めて、残りは子猿になる。子猿は親猿と同じ動きをしなければならないというだけのものだった。親猿は初めは枝にぶら下がったり、軽く飛び跳ねる程度だが、そのうち、枝から枝に飛び移り始める。足や手を滑らせて落ちる者は何人もいたけれど、不思議と大怪我を負ったりはしなかった。「この島には、ウラがおっがね。ウラは子どもを守る神じゃっで、おはんらん子どもんうちは、ウラに守られちょったっど」。そう言ったのは母の仁海だっただろうか、教師の伏見だっただろうか。もしかしたら二人から、いや、もっと多くの大人から、似たような言葉を掛けられていたかもしれない。

ウラがいる。ウラに守られて、子どもは大きな怪我をすることも、まして命を落とすこともなく生きていけると大人たちは子どもに説いたのだ。

腕が痺《しび》れる。

深津は、自分が摑んでいるのがガジュマルの根だと気が付いた。崖を突き破るように伸びて露出している。湿り気が僅かに伝わってきた。

もう子どもではない。

不意に悟った。

おいはもう、子どもじゃなか。ウラはもう守ってはくれんど。

声が耳の奥から響いてくる。深津のものではない。

わいはもう、子どもじゃなか。おいはもう守ってはやらんど。

奥歯をさらに嚙み締める。汗が頰を伝った。指の皮膚が裂けたのか、血が細い筋になって手首まで伝わり流れてくる。

よく親猿になった。他の者が追いかけてこられないほど遠くの枝に飛び移ったりした。「深津にはついていけん。怖か」と泣いた子がいた。あれは……亮介ではなかったか。「まこち猿じゃ。猿んごとく身が軽かね」と笑ったのは清武だった気がする。

くっそうっ。

腹の底が熱くなる。この熱い情動が怒りなのか、怯えの裏返しなのか、まったく別の何かなのかわからない。負けたくないと感じた。誰に何に負けたくないのか、これもわからない。ただ、久々の熱さだった。とっくに失ったと思っていた熱さだ。怒りでも怯えでも別の何かでも、熱はエネルギーになる。身体と心を動かし、前に進ませる。

足先が崖に引っ掛かった。小さな窪《くぼ》みを見つけたのだ。

腕から一旦力を抜き、すぐに満身の力を込める。ガジュマルの根は逞《たくま》しく、深津の体重を支えてくれた。今度は露出した石の先端が足場になった。「うおーっ」と咆哮《ほうこう》に近い声を上げて、身体を持ち上げる。ざわっと風音がして、足首に風が纏わりついた。

恐怖を覚えた。

風に引きずり込まれる。

引きずり込まれ、海に落とされる。そんな恐怖におののく。それもまた、力になった。深津は空を蹴ると、もう一度、叫んだ。人とも獣ともつかぬ声が響いた。

地面に転がる。額を打ち付け、目の前で火花が散った。本当にやや黄色がかった火の粉が四方に飛んだのだ。

助かった……。

息が弾み、胸が苦しい。吐きそうだ。

深津は暫く、その場にうずくまっていた。動けなかった。

美しい音がした。澄んで高く、虚空に消える。耳から滑り込み、身体を巡り、浄化する。そんな音だった。頭上から降り注いでくる。

ピーチッチ。チリチリチリ。

ピーチッチ。チリチリチリ。

オオルリの鳴き声だと気が付いた。その名の通り瑠璃《るり》色の羽を持つ鳥だ。名前も姿も声も美しい。深津は身体を起こし、頭上を見回してみる。

どんな鳥もいなかった。もう飛び去ったのだろうか。

人の気配を感じ、振り向く。風が真正面からぶつかってきた。ザァザァと森も音を立てる。

「宇良……」

宇良は、足を僅かに広げて立っていた。乾ききった双眸を真っ直ぐに深津に向けている。そして、鳥がいた。瑠璃色の鳥が宇良の肩に止まっている。オオルリがこんな風に人に馴《な》れているのを見たのは、初めてだ。

一歩、少年に近づく。宇良が一歩、さがる。

「宇良、ちょっと待ってくれ。あのな」

深津が口を開くと同時に、オオルリが飛び立った。夕闇一歩手前の暮れてゆく空へと去っていく。それでも、羽は淡い光を弾《はじ》き瑠璃色に輝いた。

刹那《せつな》、見惚《みと》れてしまう。

地上に戻した深津の視線を避けるように、宇良がまた一歩、退いた。

「こわか」

吐息に近い囁きが漏れる。深津の耳は、辛《かろ》うじてそれを拾った。

「怖い？　何が怖いんだ、宇良」

宇良の顔は強張《こわば》っていた。眸の奥で怖気《おじけ》が揺れる。宇良は本気で怖がっている。

何を？　誰を？　おいを？

「先生を怖がってるのか？　まさかな」

微笑んでみる。優しいと、よく言われた笑顔だ。危険なものも威圧的なものも一切、含まない柔らかな笑みは、子どもたちには人気だった。保護者にも評判がよかった。

「ウラと同いじゃ。顔がわからんど」

強張った顔つきのまま、その一言を吐き捨てると、宇良は森の中に消えた。ガジュマルが枝を伸ばして、小さな身体を包み込んだように見えた。むろん、錯覚だ。

顔がわからんど。

どげな意味よ……。

思わず頰に手をやる。手のひらも頰もひりひりと疼いた。あっと声を上げそうになる。

夏、陰暦の七月、盂蘭盆会《うらぼんえ》の最後の日、ウラは山から降りてくる。普段は子どもとしか遊ばず、姿も見せない土着の神は、この日だけ、人に近い形《なり》をして島民の前に現れる。竹籠を土台にした異様な面をかぶり、全身に赤土を塗り、枇榔《びろう》で包む。男根を模した長い杖《つえ》を持ち、それを振り回して暴れるのだ。暴れながら踊る。跳び、回り、地に伏し、また跳ぶ。踊りと呼ぶには、荒々しいだけの単純な動きだが、島に災いをなす悪霊を追い払うと言い伝えられていた。

ぐわりと開いた真っ赤な口、真っ赤な眼、眼の間にぶら下がる長い鼻。

日本古来の神々とは明らかな異形をなす神は、遠く南の国から伝わったとも言われる。

ウラは面を着けている。決して素顔を見せないし、見てはいけないとも語り継がれていた。けれど、見た者がどうなるのか、見られたウラがどうなるのか。口碑は残っていない。

深津はもう一度、さっきよりゆっくりと頰をさすってみた。

こん顔が恐ろしか面ちかぶっちょるように、見えたが。

背中のあたりが寒くなる。遠くで、オオルリが鳴いた。


フリースペースに戻ってきた深津に、古竹が眉を吊り上げる。

「槙屋先生、どげんしました」血が出ちょります」

「はあ……。転んでしまいました。けど、たいしたことはありません」

「けど、瘤もできちょっとじゃなかですか。

「ほんとに、大丈夫です。このぐらいの傷、すぐに治ります」

古竹の親切が少しばかり疎ましい。一人になりたいと思った。頬の傷がひりひりする。瘤も疼く。人間だからだ。人間だから、傷を負えば痛い。疼く。この顔は、竹籠の面とは違う。血も肉も皮膚もある。なのに、宇良は怯えた。怯えて、逃げてしまった。

「あたしが手当てしましょうか」

柔らかな声が背後で響いた。古竹の顔つきが明るくなる。

「おお、そうじゃ。看護師さんがおられた」

看護師？　島に看護師がおるとか？

振り返る。深津も「おお」と叫んでいた。

「ふふ、深津、ほんのこつ久しぶり。あたしが誰かわかるね」

「……紗友里だよな。伊能紗友里」

「ピンポーン。大正解」

紗友里がゆらりと手首から先を揺らした。その仕草が巫女姿で舞っていた少女を思い起こさせる。しかし、目の前にいるのは、すらりとした長身でショートボブ、ほとんど化粧気のない女性だった。大人の女だ。ただ、眼元にも口元にも顎のあたりにも、昔の面影は残っていた。都会の街中でばったり出逢ったとしても、伊能紗友里だとわかるのではないか。

「紗友里、看護師になってたのか」

「そう。島ん出て、鹿児島の親戚に引き取られて、そこから看護師の学校に通わせてもらえた。運がよかったち思っちょっと。オンバと一緒にこの島におったら、看護学校なんて夢のまた夢で終わっちょった。あ、傷、手当てせんとね」

紗友里は白い大形の救急箱を深津の鼻先まで、持ち上げた。

「いつも、救急箱を携帯してるのか」

「そげなんわけなか。いくら看護師でんバッグ代わりに救急箱を提げて歩いたりせんよ。けど、人が集まる所には、持っていっとよ。人が集まれば、怪我すっことも多かで。ほら、座って、傷を見せんね。あぁ、こんくらいなら水洗いをして、ワセリン塗っちょけば治る。水道が外にあってね」

丁寧に水洗いした傷の上に粘着性の強い薬を塗り付けていく。レモンよりさらに鮮やかな黄色だ。

紗友里の動きは無駄がなく、軽やかだった。

「けど、帰ってきたんだな」

「うん？」

「もう二度と島には帰らないって言ってた。あちっ」

傷を押された。熱いと勘違いするほどの痛みが走る。深津は思わず顔を歪めていた。

「こんくらいの傷で痛がらんで。昔は擦り傷だらけやったがね」

「なぜ、帰ってきた」

「久しぶりに逢うたどん、尋問すっとや？　深津、嫌な大人になったね。困ったもんだわ」

茶化した口調だったが、眼は笑っていない。深津に向けた視線が尖《とが》る。

「ああ、よかもんがあった」

紗友里は、不意に朗らかな声を出すと、テーブルの上のラップを掴み、深津の傷に巻き始めた。

「うわっ、痛っ。紗友里、わざと手荒くしてないか」

「他人のこと、なんやかや詮索すっでだわ。はい、できた。ラップを巻いちょけば、痛みが軽くなるが。昔の深津なら、舐《な》めてお終《しま》いにしちょったほどの傷やが。こげなんで悲鳴をあぐっなんて、情けなか男になったね。そいも困ったもんよ」

「……すまん」

詫《わ》びる。紗友里が瞬きした。その表情も少女ではなく、十分に大人になった女のものだった。

ガジュマルの枝に座り、唇を寄せたときから二十年以上が過ぎている。紗友里も深津も、唇を重ねる以上のことを知った。もう、並んで水平線に沈む夕陽を見ることはないだろう。

「なんで、謝るの。どっちかちいえば、お礼を言ゆとこじゃなかね。『あいがと』ち」

「あれやこれや詮索した。久しぶりに逢ったのに、嫌な大人の面を見せてしまって……」

なぜ、詮索したのだろう。いつも、他人との間合いを上手くとってきた。近づき過ぎないように、踏み込まないように、踏み込まれないように気を配ってきた。ほとんど習い性となって、心が自然と他人との距離を測ってしまうほどだった。

わたしに……というより、〝今〟に焦点が合ってないんだよねぇ、深津は。

彩菜の呟きがよみがえってきた。妻との間さえ測ってしまう男に対する一言は、諦めと安堵と少しばかりの悲しみを含んでいた。

なのに詮索した。幼馴染というだけの女の私的な事情を穿《ほじく》ろうとした。

間合いの取り方がわからんくなっちょっとや？

ふっと気が付いた。

ユハタ港に着いてから、白い靄が現れない。何もかもを包み、曖昧にぼかし、心を萎えさせる靄が一度もわいていなかった。まだ、着いたばかりだ。何も始まっていない。本土にいたころだって、そんなに頻繁に現れたわけではない。ただ……。

深津は窓の外に眼をやった。

室内が明るいので、暗く沈んで見える。それでも残照が淡く空を照らし、群青と茄子紺《なすこん》、二つの色合いに分けていた。瞬《またた》く星が散っている。

島は圧倒的な緑に覆われている。夜は光を吸い込み漆黒となり、陽が昇れば光を弾き煌《きら》めく緑だ。その緑に圧されて、靄は散ってしまったのではないか。

身体が震えた。

靄が消えてしまったら、それまで曖昧にぼかしていた何かがくっきりと姿を見せたら、くっきりと姿を見てしまったらどうなるだろう。

宇良が怯えた仮面を外さねばならないとしたら。

ぐびりと音が聞こえた。自分が生唾を呑み込んだ音だと解するのに、少し時間がいった。

「うらがかえろうちゆたと」

紗友里が呪文を唱えた。意味不明の音の連なりが耳朶に触れる。

「は？　なんて？」

紗友里が笑った。明らかな苦笑だった。真顔になり、ゆっくりと言い直す。

「あんね、宇良が言うたの。『おっかん、島に帰ろう』って」

まじまじと紗友里を見詰めてしまう。口が半開きになったまま、閉じられない。

あははと紗友里が笑った。

「やだ、深津、なんて顔しちょっとよ。おかしか。そげんのを〝鳩《はと》が豆鉄砲を食ったよう〟ってゆんじゃなかとね。ははは、ほんのこつ、おかしか」

「……いやでも、驚いて……。宇良は紗友里の子なのか」

「そう、あたしの息子」

紗友里が自分の胸を軽く叩いた。口元が引き締まる。

「うちが育てちょる」

宇良の苗字は洲上だった。紗友里は、洲上という男と結婚したのか。そして、別れた？　その後、息子を連れて島に戻ってきた。そういう経緯なのだろうか。けれど、調査票には両親の名前が記されている。母親の欄には確かに〝紗友里〟とあった。気にもしなかった。亮介のときと同じだ。過去と結び付かない。だから、驚く。過去が今に、いや、反対だ。今が過去にしっかりと繋がっている。その事実に驚いてしまう。

父親は、博之《ひろゆき》だったか信之《のぶゆき》だったか、そんな二文字の名前だったはずだ。その男と紗友里は夫婦になり、島で暮らしているのか。

「知りたか?」

紗友里が僅かに顎を上げた。挑むような眼付きになっている。

わたしの〝今〟を知りたいかと、紗友里は挑む眼付きで尋ねてきたのだ。深津は、頭を横に振った。「いや」と答える。

「学校の活動に関係ないことは、知らなくていい。もし、宇良のことで尋ねなきゃならないことができたら、そのときは、教師として保護者に連絡するから」

紗友里が顎を引く。口元に笑みが浮かんだ。こんどは、冷笑のようだ。

「パターン通りのいたらん答えやなあ。だいたい、標準語をしゃべっちょっ男はいたらん。あたしの旦那と同じじゃわ」

「旦那さんは標準語なんだ」

「あたしとしては、元旦那ち言おごたっどん、なかなか離婚してくれんの。鹿児島生まれんくせに、方言使うたぁ田舎《いなか》くせっち。馬鹿やわ」

「だから離婚したいのか」

「馬鹿とは一緒に暮らせん」

そこで、紗友里は大きく息を吐いた。

「旦那とは働いていた鹿児島の病院で知り合ったとよ。医者よ。プロポーズされたとき、正直、当たりち思うた。あたし、ずっと貧乏やったで、こいで楽に暮らすって思うた。じゃっどん、やっぱい打算が入るとやっせんね。いろいろあって、もう一緒に暮らせんち思うたの。幸い、看護師の資格もあったで、島でも暮らしていくっとよ。島んしにも喜んでもらえる」

神無島には病院がない。看護師が常駐してくれれば島民にとって、心丈夫だろう。島を離れた紗友里は、息子を連れた看護師として迎え入れられたのだ。

「あのな、深津」

紗友里が真正面から見詰めてくる。口調から力が抜けた。

「宇良のことじゃっどん」

「うん」

「あん子に逢うた？」

深津はゆっくりと首肯した。手のひらの傷が脈打った気がした。

「どう思うた」

「どうって……まだ、一言二言しか話してないし」

深津の当たり障りのない返事を厭うように、紗友里はかぶりを振った。

「あん子、不思議やね。旦那と上手くいかんで、あたしが落ち込んどったとき言うたと。『おっかん、島に帰ろう』ち言うた。まだ五歳で島んこっち、ないも知らんはずなのに。島に帰ろうじゃっど。ほんのこつ真剣な顔で……。宇良は旦那や義母がなんど注意してん、教えてん島ん言葉を使うんじゃ。生まれてから一度も行ったことんなか島の言葉を。他ん言葉を知らんのごつ。そいが、旦那も義母も気に入らんで、しまいには旦那が……」

紗友里が口をつぐむ。喉元が上下した。

暴力か。

紗友里が辛うじて呑み込んだ一言が察せられる。方言云々《うんぬん》など離婚の因《もと》にはならなかった。暴力だ。家庭という囲われた場所で起こり、育ち、肥大していくおぞましいもの。

父親は五歳の息子に暴力を振るった。叩いた。殴った。蹴った。踏みつけた。引きずりまわした。怒鳴った。罵った。

息子は泣き喚く。その声がさらに父親を煽る。

五歳の子に何ができただろう。泣くより他に何ができただろう。絶対的な力を持って、自分を痛めつけてくる相手と戦うなんの術もない。

父親は息子を惨《むご》く扱いながら、快感に酔う。

自分が絶対的な支配者である快感。自分を脅かす何ものもない快感。決して反撃のない戦いの快感。酔って、慣れて、さらに強い快感を望む。

おれに逆らうことは許さない。おれはおまえの支配者だ。おれはおまえに何をしてもいいのだ。おまえは弱い。愚かだ。無能だ。だから、従え。ひれ伏せ。おれを崇《あが》めろ。

五歳でなくても、もっと大きくても、父親と対等の体格を息子が獲得するまで、この理不尽な一方的な支配は続く。

「やめて、ごめんなさい。ごめんなさい」

息子は父から逃れようと、こぶしを振るう。大人より一回りも二回りも小さなこぶしだ。それが、父の頬を叩いた。

「てめえっ」

人の面などとっくに脱ぎ捨てた父は、鬼の本性を露《あら》わにし、怒りのままに叩く、殴る、蹴る、踏みつける。血が出る。骨が軋《きし》む。肉が裂ける。

虐待なんて言葉で片づけられない。どんな名も付けようがない地獄なのだ。

「そうか、おまえ息子を守ったんだな」

紗友里が俯けていた顔を上げた。

「守って、ここまで逃げてきたのか」

「深津……」

紗友里は母親であることを放棄しなかった。宇良を抱えて逃げる道を選んだ。おそらく、紗友里もまた夫から惨く扱われていただろう。紗友里の夫は半ば正気を失っていた。快感に正気を侵されたのか、もともと歪だった精神に支配者の快感が入り込んだのか。そういう男が、妻を見逃すはずがない。

ここにも自分より弱い、支配下に置くべき者がいるではないか。

紗友里は支配下に置かれなかった。息子を抱いて、島に戻ってきた。強いと思う。

「楽な暮らしに目が眩《くら》んで、好きでもなか男と結婚したあたしも悪か。間違っちょった。あたしが苦しむのも苦労するのもしかたなか。宇良には何の罪もなかでね」

もう一度、息を吐き、紗友里は軽く頭を振った。

「宇良は大人の男が苦手じゃ。わっぜ怖がっ。慣れるまでに時間がわっぜかかっとよ」

紗友里は立ち上がると、深津に深々と頭を下げた。

「槙屋先生、どうかよろしゅうお願いします」

深津も慌てて腰を上げる。

「はい。お母さん、こちらこそ、よろしくお願いします」

「こらっ、おまえら何をしちょっとか。準備ができた。はよ来《け》え。深津、おめは今日の主役なんじゃぞ。はよ、前に行かんか」

亮介が背中を押してくる。

「旧交を温めるんは後でよか。これから、時間はたっぷりあっで。ほら、乾杯じゃ。乾杯しよう。紗友里も早《はよ》せい」

既にアルコールが入っているのか、亮介はさらに陽気になっていた。楽し気だ。アルコールのせいだけでなく、本当に楽しいのかもしれない。紗友里に続いて、深津までも神無島に帰ってきてくれたと、喜んでくれているのかもしれない。

紗友里が横に並んだ。

「あたしは先に帰る。宇良が家に一人きりじゃっで」

「そうか」

「深津に逢えてよかった。ちゅてん、あたし、しょっちゅう学校に来っでね。健康診断とか手伝いに。週に二日は、半日だけじゃっどん保健室にも来っで」

「そうか。じゃあ、またな」

「深津」

紗友里が声を潜める。吐息が深津の首筋にかかった。

「おばさんのこっ知っちょっとや?」

仁海のことだ。母が島に帰っていることを知っているのかと、紗友里は問うてきた。

「知ってる。船から降りたとたん、伯父貴に告げられた」

告げられる前から知ってはいた。あの日、突然に消えた母が生まれた島に帰っていると。

「ないごて、帰ってきたかも知っちょっか?」

「いや。でも、何となく想像はつく」

「逢わんの?」

紗友里は口元を押さえる仕草で、「ごめん」と謝った。

「余計なごつ、ゆてしもた。大きなお世話じゃね。じゃっどん、あたしは看護師じゃっで……」

「わかってる。けど、ほんとに大きなお世話だ」

「深津……」

亮介がテーブルの前で手を振っている。佐倉がマイクを手に挨拶を始めた。

「えー、みなさん。今日は、お忙しいところをお集まりいただき、学校を代表して御礼申し上げます。ただいまから、わが神無島小・中学校に新しく赴任してこられた槙屋先生の歓迎会を始めたいと思います」

佐倉の横に並び、一礼する。身体を起こしたとき、戸口から出て行く紗友里が見えた。

「えー、本来ならば本校の校長がご挨拶をするところではありますが、みなさま、ご存じのように生徒の保護者が怪我をするという事故が起こりまして」

「副校長、話が長か。せっかくの鰹が干からぶっど」

誰かが野次を飛ばし、拍手が起こる。

「こんくらいの挨拶が聞けんでどげんすっとよ。じゃっどん、おいも鰹が食いたか。挨拶はここまでにして、無礼講にしようか。よかですか、槙屋先生」

「もちろんです」

深津に文句はなかった。島民の前でどんな挨拶ができるのか、まとまっていなかった。深津が島を出て行った経緯を知っている者も知らない者もいる。

「かんぱーい」

佐倉がグラスを掲げる。形も大きさも中身もまちまちのグラスが高く持ち上げられた。

「かんぱーい。かんぱーい」

「槙屋先生、ようこそ、ようこそ」

「島に若い人が増えたち。めでたか」

「先生には島で結婚して、子どもを作って欲しかね」

「また、そげなん気の早い話を。ほんのこつ、せっかちやね」

「おお、さすが鰹は美味かね」

「肉もよか味じゃっど。美味か、美味か」

さまざまな声や音が入り混じり、広がっていく。間もなく、酔いが回ってきた島民たちは島に伝わる古い盆踊りを踊り始めるだろう。足と手をちぐはぐに動かし、滑稽でさえある動きは本土のものとは異質だ。リズミカルで、力強く、原始舞踊に発していることが頷ける。

改めて、周りを見回す。

南側の窓が少し開いているのは、神のためだ。賑わいと酒の香りに誘われて神が入ってきやすいように、出て行けるように、窓はいつも開けてある。

夜の風が吹きこんでくる。冷たくはない。島の三月はもう夏のとば口だ。

「先生」

智美が肉のしぐれ煮を載せた皿を差し出す。

「うちの肉じゃ。食べてみてくれんね。あたしが味付けした」

「おっ、ありがとう。いただくよ」

肉は柔らかく、薄味なのに旨味《うまみ》がじわりと染みてくる。

「これは……美味いな」

「ほんのこつ？　美味か？」

「美味い。ほんとに美味い。肉も最高だけど、味付けもたいしたもんだ」

智美が白い歯を覗かせた。ほっと息を吐く。

「先生、さっき宇良を追いかけて行ったよね」

「ああ」

肉を呑み込む。味と香りは舌の上に残っていた。

「話ができたか？」

「ほとんど、できなかった。逃げられてしまって」

「宇良、もものこつ気にしちょった？」

「……気にしてた。もものお祖母さんの怪我がたいしたことなくて、ももすぐに帰ってくると伝えたら、安心してたけどな」

「自分がやったと思っちょる」

箸が止まった。肉を摘んだまま、智美の顔を覗き込んだ。

「宇良が高見さんを？　もものお祖母さんを転ばしたと思ってる？」

「そう。宇良はももと仲がよか。ももも宇良を可愛がっちょる。ほんのこつ姉と弟ごたっ。そのももを、お祖母さんが無理に連れて帰ろうとしたで、宇良は怒ったんじゃ」

「ももとお祖母さんの話、聞いたのか」

智美が頷く。

「聞いた。気になったから聞いたよ。離れとったから全部はわからんで、でもだいたいはわかっとよ。お祖母さん、ももが島におったらやっせんて言っちょった。それで、無理に連れて帰るて……。あたし、ももがあんまま連れて行かるっかち思て、ドキドキしちょった。でも、大丈夫でよかったち思った。けど、宇良はお祖母さんのこつ、わっぜ怒って、許さんち言っちょった。そしたらお祖母さん、怪我したやろ。宇良は自分が怒ったで、ウラの神が転ばしたち思っちょっ」

神が人に代わって、誰かを害する。

ありえない。しかし、宇良は信じている。自分と同じ名前の神の存在を。

「宇良、怖がってなかったね？　泣いてなかったね？」

「大丈夫。ちゃんと伝えた。もものお祖母さんは無事で、ももすぐに帰ってくるって。そしたら、喜んでた。安心したのかな」

生徒に嘘をついた。宇良は深津に怯えて、駆け去ったのだ。宇良は深津が仮面をかぶっていると、言い放った。

「よかった。宇良のせいじゃなかち、先生、ゆてくれたね」

智美の屈託のない笑顔から視線を逸らすために深津は、しぐれ煮を口に運んだ。

「宇良とウラの神は繋がっちょる。あたし、たまに思う。何で思うか、ようわからんけど思うよ。先生」

「そうか」としか答えられなかった。肩にオオルリを止まらせた少年は、子どもの守護神に繋がっているのだろうか。

わからない。わかっているのは、自分が教師であるということだ。

洲上宇良。おれの生徒じゃ。

深津は胸の内で呟く。春休みが終われば、教室で向かい合う。担任と教え子として。

ガタッ。

窓ガラスが僅かに鳴った。暫くして、もう一度鳴った。

「おおっ、神さんが入ってきた」

亮介が手を叩く。「踊れ、踊れ、ウラの神さんを歓迎すっど」と別の男の声がした。

トントントントン、トントントントン。

いつの間にか小さな太鼓が並び、村沖徹と具内恭太が撥《ばち》で打ち鳴らす。

トントントントトト、トントントントトト。

トーントントン、トーントントントン、トトトントントン。

太鼓が響く。人々が踊り出す。
窓ガラスがはっきりと鳴った。鳴った音が太鼓の音に吞み込まれる。
花の匂いのする風が吹き込んできた。

四　夏に向かって

四月七日、神無島小・中学校の入学式が執り行われた。

島の四月は、光も風も夏の兆しをたっぷり含んでいる。

深津は久しぶりに礼服を身につけ、式に臨んだ。

前列に三人の児童が、その後ろに在校生が並ぶ。

急なことだったが、新学年が始まると同時に二人、新入生と転入生が島にやって来た。一人は、深津の受け持つ中・高学年クラスだ。

「本来なら、もう少し早く連絡があったはずやったどん、いろんな事情で急なことになりました。たいへんやっかかもしれんどん、よろしく頼もんど」

水守校長から告げられ、転入生の書類一式を渡されたのは三月の最後の日だった。「はい」と答えた。〝いろんな事情〟については、書類の内の一つに記されていた。

「児童、生徒が増えてくれるったぁ嬉しかけど、大人としても教育者としても複雑じゃね」

水守がため息を吐く。

清畠《きよはた》莉里《りり》、四年生。清畠流《ながれ》、一年生。姉と弟だった。

二人とも父親の名前は記入欄になかった。父親は別であるらしい。

深津の隣で低学年担任の草加周子が、何かを小さく呟いた。

水守は深津と草加を交互に見やり、話を続ける。

「いわゆる、シングルマザーやなあ。こん母親が子どもをアパートに置き去りにしたまま帰ってこんくなった。祖父母が引き取ったが世間体を気にしっせえ、家に置いてよごたなか。何でも、江戸の前から続く名家じゃっち」

地方で屈指の名家の次女が、高校を中退し家を飛び出した。都会に出て二人の子を産みはしたが、育てきれず、1DKのアパートから自分一人、姿を消した。発覚したのは姉の無断欠席を心配した小学校の担任がアパートを訪れたからだ。母親の行方は判明したものの、経済的にも精神的にも、子どもの養育は不可能とされ莉里と流は祖父母に引き取られることになった。しかし、次女の行動を家の恥と断言する祖父は、二人の孫の存在まで疎ましく感じたらしい。流が片時も莉里の傍《そば》から離れないのも、莉里が小学校に行きたがらないのも、莉里の仕草や顔立ちが次女に似ているのも腹立たしく、時折、暴力さえ振るった。本人は躾《しつけ》だと言い張っていたようだが。見かねた祖母がたまたま手にした情報を頼りに、神無島への離島留学を申し込んできた。

そういう経緯らしい。

よくある話といえばそれまでだ。気難しく旧弊な父親と娘の確執。大人になり切れない娘は母親という重荷を背負いきれず、全ての責任を放棄して逃げ出す。

育児放棄、暴力、加害者としての大人と被害者である子どもの構図。負の連鎖。

よくある話だ。よく聞く言葉だ。しかし、当の子どもたちにとっては自分たちだけの現実、否《いや》応《おう》なく背負わされてしまった現実に他ならない。〝よくある話〟などでは、決して済まされない。多数の事例の一つに納まってお終いにはならないのだ。

「ほんのこつ複雑だわ。ないごてこげん世の中になったんでしょうねえ。子どもって本当は安心して笑うて大きんならな、いかんのにねえ」

水守が口元を歪め、俯く。深津は書類に目を通しながら「ええ」と答えた。

どの時代、どんな世の中、どんな国にも不安の中で泣きながら生きている子どもはいた。大勢、いた。今もいる。前に勤務していた学校で、「今の日本のように、豊かで平和な国で大きくなれる子どもは幸せだ。なのに、その幸せに感謝することを忘れ、当たり前だと思ってしまう。どれだけの人の努力と献身で、自分たちの幸せが成り立っているか気付かせねばならない。それを教えるのも大人の役目だ」と発言した男がいた。マスコミなどでもたまに顔を見る教育評論家だった。確か、その学校の卒業生で、開校百周年だか何だかの記念講演会の講師に呼ばれていた。

ずい分と見当はずれなことを言う。

会場の後ろで聴きながら、軽い頭痛を覚えていた。

子どもは生まれてくる場所など選べない。生まれたときから、その子の幸せを担保することが大人の役目なのだ。どの子にも人としての暮らしと教育、安心して笑いながら大きくなれる環境を約束する。それができるから大人なのだ。

子どもからの感謝を想定しての役目など、あるはずがない。

教育評論家はそのことを知らなかった。知ろうともしなかっただろう。離島の学校の校長は知っている。知っているから、大人が大人の役割を果たしていない現実に頭を抱え込む。

「二人とも洲上さんのところで、預かってもらうんですね」

深津はあえて具体的な、些細《ささい》な質問をした。

「そう。留学の子は基本的に、島んしに預かってもらいます。少しでも家庭ん味わゆっごつ。洲上さん、気持ちよう引き受けてくれたわ。宇良と莉里さんは同じ学年やし。上手くいけば、よかけどなあ」

「宇良なら、大丈夫でしょう」

さりげなく口にしたつもりだが、水守は弾かれたように顔を上げた。

「槙屋先生、宇良のごつ、ようわかっちょらいね」

「あ、いや。まだ……わかるところまでは……」

あの歓迎会の夜以降、宇良には逢っていない。一昨日《おととい》、ももと一緒にいるのを遠目に見たぐらいだ。けれど、確信できた。

宇良なら大丈夫だ。

子どもを拒んだりしない。

こわか。

ウラと同いじゃ。顔がわからんど。

宇良に告げられた。眸の中には怯えと拒絶があった。激しくはなかったけれど、むしろ静かではあったけれど、確かな怯えと拒絶だった。

けれど、莉里という少女も流という少年も、宇良は受け入れるだろう。怖がりも拒みもしないはずだ。どうして言い切れるのだと問われても、上手く説明できない。ただ、子どもたちは、受けた傷の巧みな繕い方も誤魔化し方も知らない。硬い表情で黙り込むのが精一杯だ。

この傷に触れないで。そっとしておいて。

無表情の裏側で、必死に訴える声を宇良の耳は捕らえるだろう。もっと深い場所からの声もすくい上げるかもしれない。

「そうなあ。宇良も洲上さんも苦労しちょっとよ。他人の気持ちちゅうものがようわかっちょっが。したち、先生、うちらは教師です。誰かに任せんと、うちらなりにきばりましょう」

「はい」

深津と草加は同時に答え、寸の間、顔を見合わせた。草加が僅かに笑む。

「お二人ともよろしくお願いします」

水守が頭を下げた。

一礼して校長室を出る。今度は草加が先に「はい」と返事をした。

といっても職員室をパーティションで仕切っただけの一隅で、校長室というより簡易応接室に近い。

自分の机に戻り、書類にもう一度、目を通す。

どんな子らなんか。

「槙屋先生、ちょっとよかですか」

草加が声を掛けてくる。隣の席なので話はしやすい。

「実はうちの夫、県の児童相談所の職員をしちょります」

「え、草加先生、独身じゃなかったんですか」

草加はまもなく四十になる。目尻や口元にそれ相応の皺も目立ちながら、童女のような雰囲気が漂う。丸い顔の輪郭とやはり丸く、きれいな双眸のおかげだろう。

ぱんと音がするほど強く背中を叩かれた。

「やだっ、そげに若《わこ》う見えもした？　槙屋先生、口上手やわあ。口説かれんよう用心しまっしょ。あはははは」

「いや、口説くつもりはないんですけど、てっきり独身かと……」

「口説いてかまわんですよ。槙屋先生、うちの亭主よりだいぶよか男じゃからね」

草加がまた、声を上げて笑う。この学校の職員は概して陽気だ。それが生来の性質なのか、この島の教師として身につけた姿勢なのか、島の光や熱に影響された結果なのか深津にはまだ推し量れない。

「結婚して、もう十五年近くになります。子どももおらんし、離れて暮らしてみるのもよかち話になって、わたしだけここに赴任しました」

「そうですか」

できる限りそっけなく返事をする。これ以上、草加の個人事情に踏み込む気はない。ただ、児童相談所の一言には引っ掛かる。

「児相にお勤めというと、今度の新入生と転入生のことですね」

草加が頷く。

「ええ。清畠姉弟《きょうだい》、お祖父《じい》ちゃん家《ち》に引き取られる前に短い間やったどん、児相におったんですよ。ほんの二、三日やったらしかけど」

「それは……」

もう一度、草加は頷いて見せた。もう、笑っていない。

「ええ、お祖父ちゃんが引き取るのを嫌がって揉めたんです。孫やちゅうのに、よほど意固地なしなんじゃなあえ」

「……ですね」

祖父というのは、典型的な独裁者タイプなのだ。周りの全てを支配下に置かなければ気が済まない。抗《あらが》う者を徹底的に拒み、潰《つぶ》し、虐げる。支配下から逃げ出した次女は、娘ではなく裏切者、抵抗者、つまり忌むべき相手となった。孫に暴力を振るうのも、次女に対する仕置きのつもりなのだろう。

人格が歪んでいる。

紗友里の夫も妻や子を殴りつけたという。

歪み、崩れた者は暴力に向かう。躾、正義、罰……どう理由を付けても、どう正当化しようとしても暴力は暴力、振るう者の歪みそのものだ。

人はどうしてこうも容易く歪形《いびつなり》に堕《お》ちるのか。

悪寒がした。背筋を冷たい汗が伝う。

「先生?」

草加が覗き込んできた。

「どげんした?」

「あ、いえ。すみません。話を聞かせてください。児相での様子についてですよね」

「じゃった。児相におったときから弟の流くん、もうお姉ちゃんにぴったりくっついて片時も離れんらしか。ちょっとでも離そうとしたら、大声で泣き喚いてパニックになったとか」

「それは、しんどいですね」

「お姉ちゃんがね」

「ええ」

姉の莉里はこの春で小学四年生、まだ九歳だ。九歳の少女が自分に縋《すが》りついてくる弟を支えねばならない。母親に棄《す》てられ、祖父から疎まれ、莉里自身一人で立っているのがやっとではないのか。周りの大人から理不尽に背負わされた荷は、どれほどの重さだろう。

「ほんのこつ惨い話やわ。しんど過ぎるが」

草加が呟く。独り言だったのだろうが、すぐ傍にいた深津の耳には届いた。呟きは、さらに続いた。ほとんど、囁きになる。

「何がでくっか、考えんないけんな」

ああこの人もわかっているんだ。

少女の荷物の重さをちゃんとわかっている。それを背負わせた者の責任もわかっている。

「せんせーいっ」

職員室のドアが勢いよく開いて、智美を先頭に子どもたちが入ってくる。

「入学式に飾る花、こんくれあったらよかや？」

ティッシュの花飾りが山盛りになった段ボール箱を差し出す。

「おお、上等、上等。きれいやらい。ようきばったね。あいがと。こいを飾り付けないけんよ。もうひときばりじゃ」

智美の後ろから、弟の俊が顔を覗かせる。その後ろには宇良もいた。

「おいは、もう遊びごたっ。学校の手伝いは飽いた」

「あんた、もう六年生やがね。遊んでばっかりでよかわけがなかやろ」

智美が顔を顰める。俊は姉に向かって、舌を突き出した。

「うるさか女子は嫌わるっど。おいはもう、遊びに行ってね。清志、宇良、行っが」

俊が身を翻し、廊下からグラウンドに飛び出す。その後を清志と宇良が追う。

「俊、ゲームばっかりしちょったら、母さんに怒らるってな」

俊が振り向き、また舌を出した。清志と宇良も、それを真似てあかんべをする。

「もう、ほんのこつ困った男らやわ。いっちょん当てにならん」

智美が頬を膨らませる。横で、ももが笑っていた。

深津は立ち上がり、グラウンドを横切っていく宇良を、視線で追いかける。

〝いっちょん当てにならん〟困った少年そのものだった。遊びたくて、じっとしていられなくて、誰かが駆け出すと後を追ってしまう。

この前の、神と人の間《あわい》にいるような雰囲気は微塵《みじん》もなかった。

「智ちゃん、よかがね。飾り付けはうちらでやろう。その方が早済むよ」

ももが、まだ笑いを残した声で言う。

「それに、清志は入学式の主役じゃっで。手伝わすのもかわいそうじゃ」

「ももちゃん、清志こそ当てにならんよ。お花をぐちゃぐちゃにするぐらいのもんじゃって。おらん方がよかよ。うちらで、きばろう」

清志の姉、山原こころが訳知り顔で言う。二年生のこころの澄ました物言いに草加が噴き出す。ももも智美も身体を震わせて、笑った。

深津も釣り込まれて笑ってしまった。

開け放したドアから風が吹き込み、笑い声をさらっていく。宇良の姿はみるみる小さくなり、深津の視界から消えていった。


入学式の日。

清志は虎刈りのままだった。それでも、白いブラウスに紺色の上着と半ズボンという恰好だ。主役に相応《ふさわ》しい晴れ着姿だった。

清畠莉里は清志の横に立っていた。その腰に手を回して、流がしがみついている。莉里は春らしい薄桃色の上下、流はベージュの上着に緑のチェックの半ズボンをはいている。品の良い服装ではあるが、二人ともサイズが合っていなかった。上下ともにぶかぶかで、流の手は袖の中に埋もれてしまっている。

「入学用にお祖母さんが用意したんじゃろうけど、サイズがわからんかったんやなあ。昨日、慌てて直そうとしたけど、間に合わんかった。うち、あんまり裁縫が得意じゃなかで。でも、きばって直せばよかった。かわいそうやったね。ごめんね」

式が始まる前、紗友里が申し訳なさそうに話しかけてきた。

入学式、卒業式といった学校の式典には、在校生の保護者も出席する。ときには、祖父母も出席する。何の係わりもない島民も保護者席に座って構わなかった。紗友里は、宇良の母親ではなく莉里と流の保護者代わりとして式に臨んでいた。

「昨夜、お祖母さんから電話ちもろうた。『よろしゅう頼みます』て何度も言われた。ようわからんどん、泣いちょられたごたったわ。本当は孫と暮らそごたっとかもな」

「そうだな。そうかもしれないけど……」

祖母が泣いても、何も変わらない。

祖母もその娘の母親も、弱いのだ。孫を、子を守れないほど弱い。弱さは罪だと、深津は思う。そして、自分自身も誰かを守れるほど強くはない。

新入生と転入生の三人に目をやる。

清志と視線が合った。

いつもより頰が赤い。笑いかけると、もぞもぞと唇を動かし、歯を覗かせた。並んだ歯は、まだ乳歯だ。「先生、今日はおっかんが、わっぜ、きばって歯を磨いてくれた」と、さっき口の中を見せてくれた。

「昨夜、爪も切った。耳ん後ろもきれいに洗うた。ぴかぴかやっど」

「おお、ぴかぴかの一年生だな」

「うん。おっかんもぴかぴかや。ぴかぴかに化粧をしちょっ」

清志の母親久仁子《くにこ》は入念に化粧をし、胸に薔薇《ばら》のコサージュを着けて保護者席の一番前に座っていた。父親は奄美大島の工場で働き、数カ月に一度しか帰ってこられない。

莉里は真っ直ぐ前を向いている。深津と目を合わそうとはしなかった。深津だけでなく誰とも合わそうとしない。

式が始まり、水守校長が「莉里ちゃん、流くん、清志くん。今日は本当におめでとう。これからはみんな、神無島小・中学校の子どもですよ」と挨拶し、一人一人の顔をゆっくりと見回したときも、その眼差《まなざ》しを受け止めようとはしなかった。前は向いているが大人から視線を微妙にずらしている。合わせることを忌んでいるというより怖がっているようだった。

流は姉にしがみつき、顔を押し付けている。姉を除く世の中の全てを遮断していると、深津には思えた。中学生を含めた在校生が歓迎の歌を歌っているときも、牛乳パックで拵えた鉛筆立てを贈ったときも、その姿勢を変えようとはしなかった。

それは式が終わり、教室に移動しても同じだった。

流は低学年の部屋ではなく、姉について中・高学年クラスの教室に入ってきた。

「流くん、清志くんやこころちゃんのいるお部屋に行こう。一年生の教科書やお道具を渡すってね。お姉ちゃんも槇屋先生からお話を聞かないけんでね」

草加が何度か説得したが、姉から離れようとはしなかった。

この手を離したら、どこかに連れ去られてしまう。そう信じているかのように、薄桃色の上着を摑んでいる。そのために莉里の上着は一方に引っぱられ、妙な具合に歪んでいた。

莉里は何も言わなかった。弟を嫌がる素振りも見せなかった。押し黙り、何もない机の上を見詰めている。

草加がため息を吐いた。

「槙屋先生、どげんしましょう」

「そうですね。今日のところはこのままでも」

深津が口を開いたとき、窓から風が吹き込んできた。教卓に置いた出席簿やチョーク箱が床に落ちる。チョークの何本かは折れ、転がった。

それほど強い風じゃないのに、なぜ？

辺りを見回す。髪が引っぱられた……気がした。むろん、気のせいだ。

「きゃっ」

莉里が小さな叫び声をあげた。紗友里が今朝、ツインテールに整えたという髪の先が揺れている。チョークを拾い上げ、深津は尋ねた。

「どうした？」

「誰かが髪の毛を引っぱって……」

莉里が答える。小さな声だったが、初めて耳にする少女の声だった。

「ああ、そうか。ウラが悪さをしたんだな」

「ウラ？」

莉里が隣に座る宇良を見やった。

「おい、何もしちょらん。おいじゃなか」

痴漢を疑われた男のように、宇良は両手を上げてひらひらと振った。

「ああ、そっちの宇良じゃないな。莉里、この島にはな、ウラという神さまがいるんだ」

莉里が瞬きする。視線がきっちりと合わさった。

「神さま?」

「そう。子どもを、子どもだけを守ってくれる神さまだ。ウラという名前のな」

もう一度、莉里が宇良を見る。宇良はもう一度、両手を振った。

「そう、宇良は神さまから名前を貰ったんだ。そうだよな、宇良」

「知らん」

宇良が横を向く。しかし、すぐに前に向き直った。

「一緒でよか」

「うん?」

「小学生はみんな一緒に勉強、すればよか」

「あら、でも一年と六年が一緒て言うのもなあ」

草加が首を傾げる。眉が心持ち寄った。

「先生、おれはかまわん。一緒でもよかじゃ」

六年生の俊が手を挙げる。「あたしもかまわん」と、四年生の恵美が言った。

「どうせ、給食も体育も音楽も一緒じゃっで。やっけど、あたしが本を読ん邪魔したら、怒っるかもしれんじゃ」

恵美は本好きで、外遊びよりも屋内で本を読むほうがずっと楽しいと公言している。やはり読書が趣味の従姉妹、祥子と図書委員を務めていた。

深津と草加は顔を見合わせ、どちらからともなく頷く。

「ほな、そうしましょうか。ずっとちゅうわけにもいかんでしょうが、暫くの間、合同授業でよかですか、槙屋先生」

「はい。それでいきましょう」

草加は屈みこみ、流に声を掛けた。

「流くん、ほしたら、暫くはお姉ちゃんと一緒に勉強せんとね。それでよかね」

流が僅かに動いた。首を縦に振ったのだろうか。

「そっか、ほしたら、そうしよう。みんなと一緒にきばろうね。よか子じゃもんね」

草加が流の頭に手を置く。とたん、流が大声を響かせた。

「うわあっ」

叫びながら闇雲に片手を振り回す。もう一方の手は姉の上着をさらに強く握り込んだ。その力に莉里の身体が傾いだ。

「きゃっ」。流の手にしたたかに顔を打たれ、草加が尻もちをつく。廊下にいた紗友里と久仁子も、山原姉弟も息を呑み込んだ。

「あ、こら。落ち着け、落ち着くんだ」

深津が押さえようとすると、流はさらに暴れ、泣き喚く。

「止めて、触るな。やだ、やだ、怖い」

深津は一瞬、棒立ちになった。身体が硬直して一ミリも動かない。

止めて、止めて、止めて。

流とは別の、しかし、同じように幼い声が響く。耳の奥でこだまする。

「あっちいけ。止めて、止めて。ごめんなさい。ごめんなさい」

止めて、止めて、止めて。ごめんなせ。ごめんなせ。

ガタガタガタ。ガタガタガタ。

窓ガラスが鳴った。風がぶつかってくる。少しよろめいた。耳の奥から声が消える。低い耳鳴りだけが残った。

莉里が弟の身体に手を回した。抱き締める。魔法にかかったかのように、流の動きと喚き声が収まった。しゃくりあげながら姉に抱き着く。

深津は尻もちをついたままの草加を助け起こした。

「あ……す、すみません。あいがと」

「大丈夫ですか。頬が赤くなってます」

立ち上がり、草加は首を左右に振った。ジャカード織のスーツの前を軽く叩く。

「迂闊《うかつ》でした。頭、触ったぁやっせんかったね。気がつかんでごめんね」

しゃくりあげている流にそっと、語り掛ける。

「流くん、ほんのこつごめんな。先生こっ嫌いにならんでな」

「流は嫌うちょるんじゃなか」

宇良が席から立ち上がる。風がTシャツの裾と前髪を揺らした。

「怖がっちょっど。怖くて我慢できんかったど」

「宇良」

廊下で紗友里が顔を顰めて、手を左右に振っている。いらぬことを言うなとのジェスチャーだ。

草加は長い息を吐き出した。

「そうなん。先生、怖がられたがね。どげんしたらよかかなあ。宇良、教えてくれんか」

「知らん。おいにもわからん。先生が自分で考えればよか」

「宇良！」

今度ははっきりと紗友里が息子の名を呼んだ。たった一言だが怒気が含まれていた。あんた、何を調子に乗っちょっとよ。もう、許さんど。

母親が呑み込んだ怒声を感じたのかどうか、宇良はひょいと肩を竦め、席に座った。

「そうね、自分で考えんなやっせんね」

草加が泣き笑いのような表情になる。それから、背筋を伸ばした。二度、手を叩く。

「はい、それなら低学年組はこちらの教室にお引っ越しします。お母さん方、申し訳ありませんが、机を運ぶの手伝ってくいやい。はいはい、みんなも動く、動く」

俊が素早く立ち上がり、教室を出て行く。恵美も後に続いた。宇良はティッシュを取り出すと、流に差し出した。

「洟《はな》ぐれえ自分で拭け。姉ちゃんの服がやっせんことなっど」

流はティッシュを受け取り洟と涙を拭いた。莉里がもう一度、丁寧に拭きとってやる。

窓ガラスが風に鳴る。

宇良が顎を上げ、深津をちらりと見た。見られたように感じた。

おめはいつも、黙って見ちょっだけなんじゃな。

誰かが耳元で囁いた。目を見張り、宇良を凝視する。

今の声は……誰だ？　誰が囁いた。おまえはいつでも傍観者なのだなと。

「机、持ってきたぞ。先生、どけっ置っ？」

俊が低学年用の机を運んでくる。後ろから清志とこころがイスを抱えて入ってきた。こころはともかく、小柄な清志はイスに抱えられているみたいだ。よたよたと歩く姿がかわいくて、いかにも新一年生といった風情だった。

「まあまあ、清志くん、あいがとね。重かったやろう」

草加が目を細める。清志は得意げな表情で、にっと笑った。

「これくれ、平気よ。もっと重くても持つっど」

「まぁ頼もしか。ほんのこつ、将来が楽しみやわ」

「先生、清志は当てにならんど。家ではいっちょん手伝いせんで、お母さんに、よう怒られちょっど。昨日だって」

「そげんこつなか。こころだって、よう怒られちょる」

慌てて姉の言葉を遮ろうとする清志の様子に、草加が、続いて紗友里と久仁子が笑い出した。深津も笑っていた。自然と笑い声が零れたのだ。

流が顔を上げる。周りに視線を巡らす。そこに未知の不思議な光景が広がっているかのように、瞬きもせず見ている。

莉里は俯いたままだった。

「児相からの報告にはないのですけれど」

草加が発言している。抑えの利いた低い声音だった。

「清畠流は、身体に触られるのを嫌がります。嫌がるちゅうか、怯えとります。これは、おそらく一方的な暴力を受け続けて、その恐怖からじゃっち推測されます」

「児相から引き取られた後、怖い思いをしたんじゃなかろうかね」

水守がこめかみのあたりを押さえ、息を吐く。

入学式の後、午後一時から始まった職員会議の空気は、いつもより重く翳《かげ》っていた。窓からは、夏近いぎらつく空が見える。一段と濃くなった緑の匂いを、風が運んでくる。

「一時的に児相が預かっていたときは、どうやったんでしょうか。身体に痣《あざ》とか傷とかは見当たらんかったんですか」

中学生担任の美濃舞子の問いに、草加は軽く首肯した。

「身体的虐待の兆候はなかったそうです。母親は責任感に乏しく、子ども二人をアパートに置いたまま丸一日帰らんちこつも多かったみたいですし、結局、育児放棄して出て行ってしまいましたが、暴力は振るうてなかったようです」

「じゃあ、お祖父さんが……」

「でしょうね」

「お祖父さんが孫に暴力を振るうた？　信じられんわ。そげんこと絶対に信じられん」

美濃の口調に怒りが滲む。島の子に負けないほど色黒だが、二十代の若さが日に焼けた肌に艶を与え、引き締まった体軀とともに健康的で大らかな見場を作っていた。

「美濃先生、もしかしてお祖父ちゃん子？」

古竹が軽い物言いで尋ねる。場の雰囲気を和らげようとしたのだろう。

「お祖父ちゃん、お祖母ちゃん子です。親が共働きだったんで、ずっと預けられちょりました。両親は厳しかとこもありましたが、祖父母は、とても愛情深くて優しかったです。お祖父ちゃん、お祖母ちゃんてそういうもんでしょ」

そういうものではないだろう。

人は人だ。親だ祖父母だという前に、人だ。無条件に子や孫を愛せるわけではない。愛せない者がいる。自分しか愛せない者、自分すら愛せない者がいるのだ。

「ともかく、学校全体で気をつけていきましょう。流くんもやけど、お姉ちゃんの方も気になるし。清畠姉弟については草加先生、槇屋先生だけでなく教職員全員がきちんと情報を共有しとくようにしましょう。もちろん、他の子もそうです。特に村沖徹は来年が受験だし、進路については学校全体でバックアップしていかんとね」

「校長、その件なのですが、オープンスクールの資料について説明させてもらいます。その後、今年度の大雑把な行事予定と四月の日程に移ります」

佐倉副校長が立ち上がる。

小学生七人、中学生五人。僅か十二人の児童、生徒だが知らねばならないこと、手を打たねばならないこと、思案せねばならないこと、話し合わねばならないことは多い。山積みだ。

以前勤務していた都会の学校と、そう変わらない。

児童数、千人を超えるマンモス校と離島の小・中学校。抱える問題は重なりもするし、まるで異なりもする。

大人からの暴力、虐待の問題は重なる。前任校でもそれを疑われる児童が学年に幾人もいた。

直接、打擲《ちょうちゃく》するのではなく言葉や態度で子どもを追い詰めるケースが多く、月に二度ほど回ってくるスクールカウンセラーの言葉を借りると、「可視化できないだけに発覚し難《にく》く、陰険で質《たち》が悪い」ものだった。育児放棄を疑うケースもあったし、不登校児もいた。

「どうしようもない。もう一杯一杯だ。とても手が回らないんだ。これ以上、もう無理だ」

同僚の男性教師が声を引き攣らせて叫ぶのを聞いた。

授業、会議、課外活動、放課後のクラブ指導、行事担当、書類作成、研修会、家庭訪問、クラス運営、また会議、行事、課外活動……。確かに一杯一杯だった。本気で子どもたちに関わろうとすれば、さらに時間は削られる。

叫んでいた男性教師は心身を病んで、休職した。

島ではどうだろう。人の心身を蝕むほどの多事多忙は、緩和されるのだろうか。

確かに時間の流れは緩やかだ。

水平線から昇る朝陽《あさひ》も、水平線に沈む夕陽も目にできる。土の匂い、風の香りも感じられる。濃密な人間関係があり、見知らぬ他人などどこにもいない。けれど、島の学校には島の学校の問題も苦労もあった。現実が壁となり教師たちの前に、子どもたちの前に立ち塞がる。

楽園など、どこにも存在しない。

議題は、学校の現状と未来に移っていった。

「この先、島ん子だけでは学校の維持は難しかです。来年度の新入生は二人ですし、再来年は一人です」

「副校長、それはやはり、外から児童を受け入れんとって、こつですか」

草加が佐倉を見上げる。

「児童数を増やすて点からだけ言うなら、それも一つの手段ち思うとりますが」

「けど、そしたら、清畠流や莉里んごつ困難を抱えた子が集まるち考えられませんか。自然の中で癒されて、子どもが立ち直っていくような話になったら、わたしたちの手に負えなくならんかと、少し、心配です」

草加が俯いた。「確かに」と古竹が呟き、美濃が「キャパオーバーかあ」と呟きよりやや大きな声で言った。佐倉が顔を深津に向ける。

「槙屋先生、何か意見がありますか」

「そうですね。草加先生の仰《おっしゃ》る通りだと思います」

自然の中で癒されて、子どもたちが立ち直っていく。大人に負わされた傷から回復していく。夢物語だ。根のない、ふわふわとした虚構に過ぎない。人は容易く人を傷つける。傷つけられる。けれど、救うのは、回復させるのは至難なのだ。

「けど、ともかく今はやるしかないとも思います。現実に僕らの前に、流や莉里がいるわけですから。現実の問題として具体的に関わっていくしかないでしょう」

正解。模範解答だ。島の学校の抱えた、あるいは背負った問題は深くて重い。どれほど話し合っても、悩んでも、解決方法などありはしない。

「そうですね。島に子どもがいないわけやなし、この先、生まれんわけやなし。槙屋先生のゆ通り、目ん前ん現実と向き合いましょう。他県からの子どもの受け入れについては、教育委員会とも相談してみます」

水守校長の一言を潮に、長い会議が終わった。

「あらまっ」

紗友里が瞬きして、笑う。一瞬、少女の面影がよみがえった。

「槙屋先生じゃなか。どげんした？　まさか、突然の家庭訪問？」

「いや、紗友里。今日は仕事、休みか？」

「うん。入学式やからね。明日は診療所に奄美のお医者さんが来っち。そしたら、忙しゅうなっと。入学式、今日でほんのこつよかった」

紗友里は港の近くの二階屋に住んでいた。ガジュマルに囲まれてはいるが、祖母と住んでいたあの家の暗さはない。白い壁が夕方の光を弾いて、眩《まぶ》しいほどだ。高砂の伯父の持ち家を借りたのだと、紗友里は告げた。

「うちが看護師になって帰ってきたこつ、高砂のおんじ喜んでくれて、無料《ただ》んよな家賃で貸してくれた。シングルマザー初心者やって、ほんのこつ助かったわ」

「あの人は島にプラスになる者には、とことん優しいからな」

そのかわり、島の害になるとみなせば徹底して排除する。そういう男だ。

「子どもたちは？」

「二階におる。流も莉里も外には出んの。大人しゅう遊んじょる。宇良も珍しゅう外に出んで、ゲームしちょっわ」

「そうか。じゃあ、外でちょっとだけ話がしたい。いいかな」

「……ええけど。何？　もしかしてプロポーズをするつもりね？　うち、まだ、亭主と正式に離婚できちょらんよ。かまわんの？」

紗友里がサンダルに足を入れながら、また笑う。もう、大人の笑顔に戻っていた。

「紗友里、そういう冗談が言えるほど大人になったんだな」

「いろいろ、苦労したもの。けど、外に出ったぁ、子どもに聞かせよごたなかで？」

「うん。ちょっと、尋ねたいことがあるんだ」

「流んこつ？　莉里の方？」

「いや」と、深津はかぶりを振った。

「宇良のことを聞きたい」

紗友里の表情が強張った。表情の消えた顔の中で、二つの眸が光った。


風が吹いて、木立がさわさわと人の囁きに似た音を立てる。

暮れなずむ空はまだ青く、木々の間からは赤みを帯びた日の光が差し込んで、地に不定形な紋様を描いていた。

「気持ちよか日やなあ。暮れるっのが惜しかど」

紗友里が空を仰ぎながら、短い髪を手でなでつける。

「こういう日もあるな。何もかもが、きれいで優しく思えるみたいな」

「そうやなあ。ずっとこげん日が続けばち思ゆっとね。そげんこつ、あっわけなかけど」

深津も紗友里もこれからやってくる季節の激しさは、よくわかっている。島は台風の通り道だ。

森も家も根こそぎひっくり返し、全てを破壊するかのような風、怒りのこもった礫に似て地を叩く雨。荒れ狂うという表現がぴったりの嵐にこれから先、島は何度も見舞われる。

「で、あたしにないを聞こごたっど？」

後ろに立つ深津を振り返り、紗友里は心持ち顎を上げた。

この癖は変わっていない。

警戒したとき、自分の意志を貫くと決意したとき、相手に苛立ったとき、紗友里は挑む者の仕草で顎を上げる。そうすると、目元も僅かばかり持ち上がり、鋭利な印象が加わるのだ。宇良を連れ、島行きのフェリーに乗った夜も、紗友里の顎は上がり、視線は尖って真っ直ぐ前に向けられていただろう。

「宇良んこつて、何ね？　教師として気になっこつがあったとや？」

「教師としてじゃない。個人的に知りたいんだ」

「は？　何ね、それ。職務の範疇《はんちゅう》を超えちょっじゃなかと」

「うん。超えてる。だから、嫌だったら答えなくていい」

「範疇でも嫌なら答えんわ。なんね、偉そうに。ないさぁんつもり？」

「怒るなよ」

「怒っちょらん。じゃっても、あたしは母親じゃっでね。あん子を守らないけんの」

紗友里は腰に手を当て、さらに顎を上げた。

「おれは担任だ。宇良に危害を加えるような真似、するわけないだろう」

腰に手を当てた恰好のまま、紗友里は鼻から息を吐き出した。

「わからんが。男は信用できん。いっき力尽くでゆことを聞かそうとすっがね」

「力尽くって、暴力ということか」

ほんの一瞬だが、紗友里の眉が寄った。尖って挑戦的な眼の中に暗みが走る。

「宇良は大人から暴力を受けていたんだな」

「それは、歓迎会の夜に話したやろ。しつこっ聞かんで」

一息を吐き出し、紗友里は続けた。口調は急に凪いで、淡々としていた。

「前にも話したよ。宇良は島言葉しかしゃべらん。そいが洲上ん家のしたちには気に入らんで、どしこ注意しても直らんのが腹立たしかちて、夫も夫ん父親も〝躾〟じゃちゆて打ったくっとじゃ」

紗友里が横を向く。その横顔が歪む。思い出したくない記憶が、忘れようとして忘れられない事実がよみがえる。何年たっても顔を歪ませる事実の記憶。

「あ、紗友里……」

すまんと詫びようとした。

また、無遠慮に他人の内に踏み込んでしまったと悔やむ。けれど、紗友里を止めることはできなかった。続きを聞きたい。

宇良のことを深く知りたい。

紗友里に告げたように、教師としての義務や責任感からではなく、深津自身の望みに過ぎない。極めて個人的な欲望だ。それを満たすために、紗友里の記憶を掻き立てた。

「な、深津」

紗友里が一歩、前に出てくる。頬が赤らんで、双眸が潤んでいた。泣いているのでも怯えているのでもない。怒りが急流のように、紗友里の内を巡っていた。

「信じられる？　五歳ん子を大人が打ったくっとじゃ。なあ、信じられる？」

「多い、な」

何とか答える。母親の怒りが熱かった。

「殴る蹴るって暴力を〝躾〟だと言い張る大人は……たくさん、いる」

自分の言葉の薄っぺらさに、深津は吐きそうになる。薄っぺらな言葉は怒りの熱に炙《あぶ》られて、瞬く間に燃え尽きてしまう。

「目の前で宇良が打ったかれて、あたし、ようやっと目が覚めた。こん人ら最低じゃち、やっと気が付いた。それまでは遠慮しちょった。洲上ん家んしたちは立派で、あたしは島育ちの貧乏育ちで、一段低か人間なんじゃって」

理解できる。

深津自身、本土の都会に初めて触れたとき、その華やかさに、眩しさに、賑やかさに、便利さに気圧《けお》された。島で生まれ育ったことを恥じる気持ちを抱き、臆した。

「じゃって逆ろうたらやっせんと、思い込んじょった。宇良には悪かことした。もっとはよ、目が覚めちょりゃ辛か目に遭わんで済んだのよ」

紗友里の肩が下がる。怒りに膨らんでいた身体が萎《しぼ》んでいく。

「あたしが弱かった。弱かったで、宇良を傷つけた。そう思うとやりきれん気持ちよ。母親なのに情けんなかよ」

「けど、弱いままじゃなかっただろうが。宇良と一緒に帰ってきたんだ。ちゃんと宇良を守れたってことじゃないか」

「ちごと」

違うと紗友里はかぶりを振った。

「あたしが宇良を守ったんじゃなくて、宇良があたしを守ってくれたんじゃ。宇良に守られて、帰ってきたと。帰ってこられたと。あたし一人では、ないもできんかった」

左右に頭を振り、紗友里は身を縮めた。

「あはっ。あたしの話ばっかしちょってん、しかたなかね。深津、あんた、宇良んないが聞きとうてきたとよ？」

頭上で鳥が鳴いた。見上げると、黒い鳥の群れが鳴き交わしながら、空を過っていく。

「昔、庭に飛び魚を干しちょったら、鳥がしょっちゅう狙いに来て、往生したね」

「ああ、追い払っても追い払ってもしつこくやってきて、隙を見ては盗んでいく。鶏の雛《ひな》なんかもよく、やられてたなあ」

「憎か鳥だわ。今でも腹ん立つ。蛙《かえる》も雀《すずめ》もおらんのに、鳥だけはたくさんおっが」

紗友里は空を行く鳥に向かって、右手を突き出した。

「宇良はどうして、島の言葉しかしゃべらなかったんだろうか」

紗友里の手がゆっくりと下げられる。

「それに、なぜ島に帰ろうと言い出したんだ？　島のことなんか、何も知らないはずだろう」

「……うん。夫や義父母からは、あたしが島んこつ吹き込んでん、散々、責められた。あたし、宇良に島ん話なんかした覚えは、まったくなかった」

「なのに、宇良は、紗友里に島に帰ることを促した」

「そう……。ほんのこておかしかことじゃ」

「宇良に尋ねたことあるのか。どうして、島のことを知ってたって」

「ある。けど、あん子、生まれたときから知っちょったち、ゆうん。島でなら安心して暮らせるちわかっちょったって。ないごて、わかっちょったのかち尋ねたこともある」

深津に向き直り、紗友里は微《かす》かに笑んだ。

「そしたら、教えてもろうたち。誰かはわからんどん、教えてもろうたち」

「誰かに教えてもらった……」

紗友里と目が合った。紗友里の笑みが広がる。

「神さま、かな」

「島の神、か」

「うん。宇良を妊娠したときな、まだ男か女かもわからんときやったどん、名前が浮かんだのよ。宇良って。あたし、こん子にはそん名前しかないって思うた。そいで強引に宇良って名付けたと。珍しく義父が賛成してくれて決まった。なんでん、〝うら〟って日本の古か言葉で〝心〟て意味があっどって。響きもよかち賛成してくれた。洲上の家は、義父の言うことが絶対やっで。夫も義母も逆らえん。けど、あたし、ないごて名前が浮かんだんかな。今、考えゆっと、そいも不思議やね」

ウラは島の神の名だ。神無島を離れ、婚家で苦労していた紗友里が生まれてくる子に島と所縁《ゆかり》のある名前を付ける。心理学的には無意識の意識とでも説明できるのだろうか。

けれど、説明の範疇から零れ出てしまう何かを深津は感じていた。

「そうだな。島の神が自分の名前を贈ったのかもしれない。いずれ、島に帰ってこいと紗友里に伝えるために、な」

「深津もそげん思う？」

「思う」

「そんなら、宇良が島んこつ知っちょっても不思議じゃなかね」

「いや、十分、不思議だけどな」

「深津」

紗友里は瞬きした後、半歩だけ深津に近づいた。

「深津は、ないごて帰ってきた？」

我知らず息を呑み込んでいた。

「離婚したち聞いたけど、そいが理由じゃなかよね。お母さんが帰ってきたででもなかね。まだ、逢いにいっちょらんのやろ」

「行ってない」

「おばさんも、深津に逢いに来んの」

頷く。母は、おそらく高砂の家の離れにいるだろう。小さな島だ。逢いに行くことは容易い。裏木戸から入れば、誰にも逢わず離れを訪れることもできる。深津の住んでいるのは教員住宅だ。門があるわけでなし、管理人がいるわけでもない。高砂の家よりさらに容易くおとなえる。しかし、母も息子も互いに逢おうとはしない。

「おふくろは一言も残さずに、おれの前から消えた。ある日、不意にいなくなったんだ。もう十……何年前になるかな」

「おばさんのこつ、怨《うら》んどるの」

「いいや、ちっとも。そんな感情はない」

怨みや怒りはない。母は深津の暮らしが成り立つだけの金を用意してくれていた。愛されていなかったはずはない。母は、仁海は精一杯の力で息子を愛し、守ろうとした。今、ここにいる紗友里のように。

「おふくろはきっと」

限界だったのだと言おうとして、深津は口をつぐむ。

母は、仁海は限界だったのだ。息子と暮らすことができなかった。そして、十九の深津は半人前ながら、何とか一人で生きていけるまでに育っていた。

しゃべりたい。

唐突に欲望が頭をもたげる。紗友里に洗いざらい打ち明けたい。話したい。聞いてもらいたい。

紗友里が島を出た後、何があったのか。二十年前のあの夜、自分が何をしたのか。

なあ、紗友里。おいは人を殺したと。

「ごめんね。深津のプライバシーに踏み込んでしもたね」

紗友里が目を伏せる。

「あたしね、もしかしたらって思うたと。もしかしたら、深津もウラに呼ばれたんじゃらせんかって。ウラに呼ばれて帰ってきたんじゃらせんかって」

「おれが？　まさか」

ウラは子どものための神だ。子どももいない大人を呼んだりはしない。

「かあちゃん」

玄関から宇良が飛び出してきた。

「俊兄とこ、遊びに行ってくっで」

「今から？　もう、夕方やらよ。先生ん前で、そげんこっゆうてよかと？」

宇良は母に言われて初めて、深津に気が付いたようだ。口を窄《すぼ》め、少しばかり後退りする。

「先生、ないしに来たとや？」

「宇良が遊んでばっかりじゃないか気になって、見に来た」

とたん、宇良の唇が尖る。そういう表情をすると、母親によく似てくる。

「プリント、ちゃんとやった。な、莉里」

後ろから出てきた莉里と流に、宇良が同意を求めた。流は姉の手を握っていたが、抱き着いてはいなかった。しかし、深津を見るなり、姉の後ろに隠れてしまう。莉里は硬い顔つきのままだ。

深津は前屈みになり、宇良の顔を覗き込んだ。

「三年生の復習プリント、二枚ともちゃんとやったか。計算問題と漢字練習のやつ」

「だから、やったって。あげんの簡単じゃっで、十分でできた」

「そりゃあ頼もしいな。で、その後は莉里とゲーム、してたのか」

「莉里だけじゃなか。みんなでしちょった。けど、俊兄が山羊《やぎ》ん世話をすっちゅうで、一緒にやっ。莉里と流も一緒にやっ。山羊に触ったことなかちゅうで、連れて行っと」

宇良が駆け出す。莉里と流も手をつないだまま、深津の前を走り過ぎた。

「ご飯までに帰らんかったや、おかず、なかでね」

紗友里が叫んだときには、三人の姿はもうガジュマルの陰に見えなくなっていた。

「みんなでゲームをやってたのか」

「うん。あたしには、ようわからん。離れちょってもチームを組んで一緒に遊べるらしいね。お互い話もできっと。今、夢中になっちょっと。YouTube もおもしろかち、よう見とる。じゃっけど、山羊ん世話も楽しからしい」

「そうか。当たり前だけど、おれたちのときとは違うんだな」

「うん、違うね。でも、山羊ん世話が好きなんは同じだよ」

ゲームに夢中になり、YouTube をおもしろいと言う。教師に驚き、遊びにわくわくしながら駆ける。子どもだ。今どきの、そして、昔と変わらない子どもそのものだ。ガジュマルの森で見た、あの得体の知れない姿はどこにも窺《うかが》えない。

紗友里が三人の消えたあたりを見詰めたまま、呟いた。

「莉里も流も、ほとんど口をきかん。なんか大人を怖がっちょで」

「うん。怖がってるな。それに……」

「信用しちょらん」

「わかるか」

「わかっとよ。子どもたちだけじゃと、ボソボソしゃべっし、笑うこともあっみて。じゃっどん、あたしがおっと、緊張して黙ってしまうのよ。あん子ら、大人はみんな怖かのかな」

深津は昔読んだ漫画を思い出した。事故で脳と両眼に大きな損傷を受けた少年が手術を受け、一命を取り留め失明も免れる。しかし、そのときから、周りの大人が異様な姿に見えるようになった。口から牙《きば》を覗かせた狂暴な大男だったり、双頭の蛇であったり、ぶよぶよと膨れ上がった怪物であったり、全身が銀色の目も鼻も口もないロボットであったり、と。少年は恐れ戦《おのの》き、都市の中を逃げ惑う。その話をすると、紗友里も読んだ覚えがあると言った。

「図書室にあった漫画よ。あれ、最後はどうなったんじゃっけ?」

「うーん、はっきり思い出せないな。ハッピーエンドじゃなかった気はするけど」

「莉里や流には、あたしらが、あげな化け物に見えちょっちゃ?」

紗友里が重ねて問うてくる。

どうだろうか。化け物、怪物の類ではないとしても、〝恐ろしいもの〟なのかもしれない。いつ、自分に襲い掛かってくるかわからない獰猛《どうもう》な存在なのかもしれない。

「あん子らも呼ばれたんじゃろか」

紗友里が呟く。頰に指先を当て、ため息を漏らす。

「ウラは、大人に痛めつけられた子を島に呼ぶんじゃろうか」

深津はかぶりを振った。耳元を風が吹き過ぎていく。

「そんなことしたら、島は子どもで溢れかえってしまう」

紗友里は頰から指を離し、深津を見上げてきた。

今、この国で、平和でそこそこに豊かだと言われる国で、暴力にさらされている子どもたちがどれくらいいるのか。打擲、ネグレクト、暴言、支配、強制。身体と心を損なう圧倒的な力に踏みにじられる子どもたちの数。見当がつかなかった。当の子どもが命を失わなければメディアは動かない。亡くなってやっとスポットを当てる。光の逸れた闇の部分に、怯え、竦み、泣き、叫び、命乞いをしなければならない無数の子たちがいる。

深津にわかっているのは、それだけだった。

「じゃね。そげなこっあっわけなかと頭ではわかっちょっと。じゃっどん、島で暮らしちょっと、ふっとそんな気になっとよ」

「だといいな」

「え？」

「そういう神が、この島にいるんだったらいいな」

「うん。よかね。ほんのこつ、よか」

鳥が去ってしまった空は静かで、風も凪いだ。揺れ動かないガジュマルがゆっくりと夕闇に沈んでいく。

「深津、夕ご飯、食べて帰りやんせ」

紗友里が軽い調子で誘ってくれた。

「てした物はなかどん、飛び魚汁を作ったと」

「へえ、それは懐かしいな」

飛び魚の干物で出汁《だし》を取り、野菜や魚の切り身を入れて味噌《みそ》と酒粕《さけかす》で味を調える。昔から島でよく食された料理の一つだ。そういえば母は島を出てから一度も、この料理を作らなかった。飛び魚の干物が手に入らなかったから、ではないだろう。

「たくさん作ったで、食べて帰りやんせ。自分でゆともないじゃっどん、あたしの料理、なかなかうんまかよ」

「うん。紗友里は小さいときから、台所仕事してたもんな。料理上手なのは知ってる。けど、おれがいたら、宇良たちが嫌がるだろう。せっかくの飛び魚汁の味がわからなくなるって」

「確かにそうじゃね。じゃ、止めとこ」

「レシピ、教えてくれよ。おれも作ってみる」

「あはっ。それもよかね。わかった、また、教えちゃる。けど、な、深津」

紗友里の声音が心持ち、硬くなった。

「子どもらは深津が、じゃなくて大人が、特に大人ん男が苦手じゃ。前にもゆたばっ、宇良は大人に慣るっまでに時間がかかっと。莉里や流はもっとかかっかもしれん」

「……だな。覚悟はしてる」

紗友里は視線を逸らし、両手をすり合わせた。瞬きが増える。迷っている証だ。

「何だよ。言いたいことがあるなら、ちゃんと話してくれ。子どもたちのことならできる限り把握しときたいし」

暫く躊躇《ためら》い、紗友里がぼそりと口にした。やはり、硬い口調だった。

「夜尿《おねしょ》すっと」

「流がか。まだ、一年生だし、心細いのもあるだろうな」

「流やなか。お姉ちゃんの方」

「え、莉里？　莉里が夜尿を」

莉里はほとんどしゃべらないが、芯はしっかりしているように見えた。縋りついてくる弟を邪険にするでもなく受け止め、面倒を見ている。健気《けなげ》なほどだ。頭もよく、勉強への意欲も十分にあると深津は判断していた。

「昨夜も漏らした。着替えさせようとしたら、わっぜ泣いて、震えながら泣いて謝っと。『ごめんなさい。ごめんなさい』て。それから」

紗友里が喉元に手をやる。何かが閊《つか》えているかのような仕草だ。

「『もうしないから、捨てないで、ママ』て、ゆた。ママ、ママってずっと泣いちょった」

返す言葉がない。黙って立っているしかできなかった。

「深津、あん子はもうぎりぎりじゃ。これ以上、無理させたら、あん子は潰れっしもごがね」

腕を摑まれた。紗友里の指が食いこんでくる。

「なあ、深津。わたしらに、ないがでくっかね。あん子たちに、ないがでくっかね」

何ができるだろうか。

口の中も頭も乾いて、ひりつく。

何ができるだろうか。

「まず、食事を……」

乾いた口から漏れた声は小さく、罅割《ひびわ》れて消えてしまいそうだ。紗友里が聞き取れないという風に、眉を顰《ひそ》めた。

「まず、食事をさせてやってくれ。少しでも多く、食べられるように気を配ってもらいたい」

「食事、な」

紗友里が深津の目の前に指を広げ、親指を折り込んだ。「それから？」

「それから、風呂。ゆっくり入浴させてやってくれ」

「莉里と流は一緒に入る。他ん者とは入らん。あたしが様子を見に覗っとも嫌がっ。なかから鍵、掛けちょっと」

「ちゃんと食事ができて、身体《からだ》を温められて、清潔な物を身につけられて、安心して眠れる。そういう場があるだけで生き延びられる。おれは、そう思ってる」

幸せかどうかはわからない。でも、生き延びられる。夜中に叩き起こされることも、突然、わけもわからず殴られることも、罵られることもない日々が保障されるなら、生きていける。

「お風呂、着替え、睡眠」

紗友里は呟きながら、一本一本、指を折っていく。

「他には？」

「それだけで十分だ」

「わかった。力まんとやってみる。なんか、きばらなんって力が入り過ぎちょったかね。ようは、宇良にすっと同じことすりゃよかね、先生」

「そうです。よろしく頼みます。お母さん」

「はい。確かに承りましてございます。どうかご安心あそばしてくださいませ」

「何だそりゃあ。舌を嚙むぞ」

「ほんのこつ、あぶなか。もう止むっ」

紗友里が笑う。よく通る、軽やかな笑い声だ。安定を感じた。落ち着いて、豹変《ひょうへん》も反転もない。この大人なら大丈夫だ。子どもを任せられる。

安堵の息を吐きたくなる。それを呑み込むと、胸の底が静かに冷えていった。

おれは駄目だな。

こんな風に笑えない。危うくて、脆《もろ》い。

紗友里は出逢ったころの彩菜に似ている。大らかに笑うことができる。深津と別れ、彩菜はまた、あの笑い声を取り戻しただろうか。

かつて妻だった人は、慈しまれて育つ中でごく自然に笑顔や笑声を手に入れた。紗友里は違うだろう。少しも優しくない、険しい現実を潜《くぐ》り抜けて、今やっと笑えるようになった。比べても意味はないとわかっているけれど、よく似た笑い方をする女の後ろには、まるで異なった年月が連なっていた。

「深津、どげんした?」

紗友里が覗き込み、僅かに目を細めた。「いや、別に」と曖昧にごまかす。紗友里はそれ以上、踏み込んでこなかった。

「あん子ら、夕ご飯までにちゃんと帰ってくっかな。宇良は飛び出したら、お腹が減っまで帰ってこんの。ほんのこて、男の子って手がかかっとな。でもな、宇良がおってくれて、よかった。ほんのこて、よかった」

紗友里は深津ではなく、ガジュマルの森に向かって独り言のように呟いた。

「今日は、小学校の一年生から中学生までの合同授業、つまり一緒に勉強します」

教壇に立ち、深津は児童、生徒たちにさっと視線を巡らした。

全員で十二名。入学したばかりの清志と流から、中学三年に進級した村沖徹までずらりと机を並べている。後ろには古竹と美濃が、教壇の横には草加が立っていた。

「先生、勉強って何の勉強すっと？」

六年生の槙屋俊が辺りを見回し、問うてくる。

「清志は平仮名がやっと読め出せたばっかりじゃ。一緒に勉強なんて、できん」

「へえ、清志。もう字が読めるのか。すごいな」

「うん」

清志は深津を見上げ、胸を張った。

「かあちゃんが、字が読めんと一年生になれんてゆたで、きばった。自分ん名前も書けっじゃ」

「名前が書けるのか。ほんとに頑張ったんだな。でも、今日は字は書かなくていいぞ。今日は、島の神について勉強する」

教室の空気が少しざわつく。

「神無島には神無島だけの神さまたちが、いる。みんな、知っているかな」

手が挙がる。

十本。十の腕が、あるものは真っ直ぐに、あるものは遠慮がちに伸ばされた。

「え？」。少し驚いていた。十人の手が挙がるだろうとは予測していた。島の子たちは、むろん、知っている。ザンカ山の神社に祀《まつ》られている神々だ。

盂蘭盆会の最終日、ザンカ祭りが執り行われる。本土のそれとは異なり、南方に由来すると言われる祭祀《さいし》は民俗学的にも観光資源としても注目されているらしく、本祭りを挟んだ数日間、島は観光客やマスコミの人々で賑やかになる。島に三軒ある民宿はもちろん満室となり、学校の体育館も簡易の宿泊施設に変わる。運動場にテントを張ることも許可され、キャンプ場さながら大小のテントが立ちもする。昔と違って、今は実にカラフルな物が並ぶので、おとぎの国のような景観になると、歓迎会のとき、亮介が語っていた。

子どもたちも島に古くから伝わる盆の踊りに加わり、枇榔の葉で全身を覆い、異様な仮面をつけた神々を踊りながら迎える。

盆を過ぎても地に留《とど》まろうとする死霊を連れ帰り、悪霊らを追い払う神の中にウラもいた。他の神々より一回り小さな面をつけ、どの神よりも軽やかに動きまわる。

「宇良は、ないごて手を挙げん？」

清志が宇良をちらりと見やり、首を傾げた。それから、挙げた手をくるりと回す。

「ないごて、莉里が知っちょっとや？」

莉里は肩を窄め、手を下ろそうとした。

「なぁ、ないごて知っちょっとや」

清志が席から身を乗り出す。十二人の子どもたちは、小学一年から四年まで六人と、六年生、中学生の六人に分かれ、二列に座っていた。前の列の清志は横に並ぶ莉里を覗き込もうとして、机ごと前に倒れてしまった。

「ほんのこて、馬鹿やなあ。かあちゃんに言い付くっでね」

姉のこころが舌を鳴らす。蓮《はす》っ葉《ぱ》な女のようで、深津はつい笑ってしまった。転んで痛かったのか、恥ずかしかったのか、姉の言葉が刺さったのか、清志は半泣きになっている。草加が机を直し背中をさすってやると、しゃくりあげ始めた。

「もう、すぐ泣く。もう幼稚園じゃなかとに、げんねか」

「こころ、ちょっと厳しすぎるぞ。もう少し、一年生には優しく頼む」

「けど、先生、清志は甘え過ぎよ。いつまでも甘えちょったら本当ん一年生になれんって、かあちゃんがゆちょった。清志、しっかりしやんせ！」

姉に一喝されて、清志が唇を一文字に結ぶ。涙を拭いて、席に座る。島の女は、年齢に関わりなく強い。表に出すか、内に秘めるかは別にして、嫋々《じょうじょう》と男に寄り掛かっていては生き残れなかった、かつての島女の強さを今も引き継いでいる。

流が身動ぎした。

莉里を見上げる。相変わらず固く摑んだ姉の腕を束の間、見詰める。

「けど、本当に莉里はどうして島の神さまたちを知っているんだ」

「……教えてもらった」

小さな、今にも消え入りそうな声だったが、確かに莉里の声だった。

「え、教えてもらったのか。そうか、宇良が教えてくれたんだな」

莉里も流も大人の男に怯える。あまり、近づかないよう注意しながら、深津は少女に尋ねた。

しかし、莉里はかぶりを振り、俯いた。

「おいは何もゆてない」

宇良が唇を尖らせる。心外だといった顔つきだ。

「おいは遊んで、ゲームして、山羊ん世話をしただけじゃ。神さぁん話なんかしちょらん」

莉里が何かを呟いた。「お祖母ちゃん」と聞こえた。

「あぁ、お祖母ちゃんが教えてくれたのか」

返事はない。莉里は俯いたままだ。

「お祖母ちゃん、どんな話をしてくれたかな」

問うたとたん、左右から視線が突き刺さってきた。宇良と草加のものだ。宇良は眉間に皺を寄せ、深津を睨《にら》んでくる。草加は軽く頭を横に振った。

先生、それ以上はやっせん。

それ以上は駄目だ。急《せ》くなと、草加の眼差しが告げてくる。

ぎりぎりのところで生きてきた子どもは、罅割れたガラス細工のようなものだ。ちょっとした力で壊れてしまう。

深津は息を整えた。

細心の注意を払い丁寧に様子を見ていく。けれど、決してこわごわとは接しない。莉里は自分の受け持った子なのだ。

莉里から宇良に、白い少女の顔から日に焼けて褐色に近い少年の面に視線を移す。

「宇良は、どうして手を挙げなかった」

知らないわけがない。宇良は神に呼ばれた子なのだ。

「宇良？」

「神さぁん話なんか、しごちゃなか」

言い捨てて、宇良は横を向く。

「うわぁ、態度、悪か」

「ほんなこつ、悪か」

宇良と同じ新四年生の恵美と、こころが同時に眉を顰める。

「宇良はいっき拗《す》ぬっとが、ようなかね」

「まこち、いつまでん幼稚園児よ。ようなかね」

今度は、立ち話中の中年女性を思わせる口振りで、二人の少女は宇良を責めた。それから、くすくすと笑い合う。宇良はさらに唇を尖らせた。

「おいは拗ねたりしちょらん。幼稚園児じゃなか」

「拗ねちょっがね。唇が尖っちょっらよ。宇良はいっき拗ねっ」

恵美が大きな目を細め、ふんと鼻を鳴らした。わざとだろう、いかにも意地悪そうな顔つきと仕草だ。十代の前後にかけて、少女たちは競うように、急くように大人になっていく。大人の優しさも意地悪さも残酷さも取り込み、眼差しや物言いを覚えていく。

少年たちは敵《かな》わない。

宇良はまた横を向き、黙り込んだ。慰めているのか、俊が後ろから背中を叩く。

離島の小さな学校の、教室の光景だ。微笑ましくも、賑やかでもあるけれど、小学生同士のやりとりは、深津には馴染《なじ》みのものだった。宇良は馴染みの光景の中にきちんと納まっている。多少反抗的ではあるが、同年代にやり込められ、悔しくて唇を噛む小学生。その範疇から僅かもはみ出していない。深津を恐れている風も、拒んでいる様子もない。

では、あれは何だったのだ。

深津は宇良の横顔を見詰めた。

ガジュマルの森で接した姿は、オオルリを肩に止め立っていた姿は何だったのだ。人とも少年とも異質の気配を、確かに身に纏っていた。

ウラと同いじゃ。顔がわからんど。

おまえは仮面をつけている。まだ、つけている。

深津にそう言い捨てたあれは……。

風が吹き込んできた。開け放った窓から入り、教室を過り、廊下へと抜けていく。

深津は宇良から視線を外し、教室の後ろに控えていた古竹に向かって頷く。

「これから、中学生に島の神について発表してもらいます。去年の発表会と同じものだけど、莉里と流にも知ってもらいたいので、もう一度、みんなで見てみよう」

美濃が窓にカーテンを引く。遮光効果のあるぶ厚い物だ。とたん、教室内が薄暗くなった。

「古竹先生、お願いします。中学生もよろしく」

予め伝えてあったので、中学生たちの動きは滑らかだった。一年生二人、二年生二人、三年生一人、計五人が天井から吊り下げたスクリーン横に並ぶ。古竹がプロジェクターの操作を始めた。

小学生たちが一斉に前を向く。宇良も小さなスクリーンに目を凝らしていた。そこに、島の神、正確には、神に扮《ふん》した人の姿が映し出される。

大きく開いた赤い口の中には乱杙歯《らんぐいば》が並ぶ。竹籠の面は細長く頭と思《おぼ》しき先には四枚の羽根が付いていた。

「この神は、大神と呼ばれる神の長です。人々に新たな生を与える力があるとされています」

高見ももの柔らかな声が響く。その声でももは、島に伝わる神々の伝説を短く紹介した。その中にウラもいた。

「ウラは子どもを守る神さまです。疫病や不幸、あらゆる災いから子どもを守ると言い伝えられています。普段は他の神々のように山ではなく集落のガジュマルの森に住むと言われています。子どもたちが遊んでいると、子どもの姿に変わり一緒に遊びたがるそうです」

ウラも大神たちと同様に、赤土と枇榔に包まれた身体と異様な面の姿だった。ただ、面は一回り小さく、口も他の神ほど大きくはない。

「わたしの発表はこれで終わります。次は具内くんの発表です」

一年生の具内恭太は島の盆踊りについて、同じく一年の重原祥子はザンカ神社について、二年生の槙屋智美は盆踊りの稽古について、最後の村沖徹は祭りの由来について語った。

二十分に満たない発表が終わり、中学生五人が礼をしたとき、カーテンがふわりと膨らんだ。厚手のカーテンを押しのけるように、風が吹いてくる。

深津は、自分が汗ばんでいることに気が付いた。風が流れることで、蒸し暑さが軽減されていたのだとも気付く。

風と光が教室内を満たす。

深津は大きく息を吸い込んだ。

「この島には、子どもを守る神さまがいます」

深津は莉里と流に語り掛けた。乾いていく汗が心地よい。

「子どもを厄災、嫌なこと、辛いこと、苦しいこと、悲しいことから守ってくれる神さまがいるんだ。普段は見えないけれど、確かにいる」

だから、安心していいんだ。もう、何も恐れなくていいんだ。

流が顔を上げた。視線が合った。出逢ってから初めて、視線が結びついた。

「……うそ」

囁きに近い声が零れる。流ではなく莉里の口から、零れる。

「そんなの嘘、だ」

不意に顔を上げ、眼を怒らせ、莉里は深津を見る。

「そんな神さま、どこにもいない」

莉里の声と身体が震えた。

五　明日という一日

五月、島は夏の真っただ中にある。

太陽の光が降り注ぎ、森の緑はさらに濃くなり、黒みを増す。海は青い発光体のようだ。空からの光を弾《はじ》くのではなく、自らが光を放っている。

眩《まぶ》しい。

真夏の東シナ海はまともに目を向けていられないほど、眩しい。その青い眩しさがグラウンドの向こうに広がっている。

グラウンドには子どもたちがいた。

「槙屋先生……」

草加が喉の奥から押し出したような掠《かす》れ声で、深津を呼んだ。

「離れちょりますよ」

「ええ、離れてますね」

深津は職員室の窓から身を乗り出し、目を凝らす。

流と清志がグラウンドの真ん中で一輪車を漕《こ》いでいた。九月の運動会では、小、中学生全員が一輪車乗りを披露する。中学生と中・高学年の小学生は、リズムに合わせてループや8の字を描いたり、単純ながらダンスもどきの動きをする。小学一、二年生は十メートルほど先のポールを回ってくるプログラムが定番になっていた。もっとも、子どもたちは一輪車が好きで、学校行事に関わりなく一年中、乗り回しているようだ。

清志と流は、宇良や俊、中学生たちに補助されながら一輪車に挑戦していた。

流の傍らに莉里の姿は見えなかった。

「初めて……ですよね」

草加が掠れ声のまま呟《つぶや》いた。「ええ」と答えた深津の声音も、心持ち嗄《か》れていたかもしれない。

「流が一人でおっところ、初めて見たわ」

「ぼくもです」

正確には流は一人ではない。清志たちがいる。けれど莉里がいないのだ。常に姉のどこかにしがみ付いていた腕を流は、今、横に開いていた。はっきりと確かめられないが、引き締まった真剣な表情をしているようだ。

「あ、あっ、転んだ」

草加が小さく叫んだ。清志の一輪車がよろけ、流にぶつかり、二人して地面に尻もちをついたのだ。ももが流を、俊が清志を抱き上げる。

「あらあら、大変じゃ。助けがいっかな」

「いや、もうちょっと我慢しましょう」

「そうね、もう少し様子を見てましょうか。じゃっけど、派手に泣いちょっど」

泣いているのは清志だ。俊に支えられたまま声を張り上げている。流の方は立ったまま、ももに汚れを叩《はた》いてもらっていた。ももが流の顔を覗《のぞ》き込み何か尋ねたようだ。流は二度ほど首を縦に動かした。「どこも痛くない？」「うん。大丈夫」。そんなやりとりを交わしているのだろうか。

グラウンドで遊んでいた子どもたちがわらわらと集まってくる。

「そんくれんこっで泣くち、やっせんぼやなあ」

今度は、はっきりと少女の声が届いてきた。

こころだ。清志の姉は、手を腰に当てて、泣き続ける弟を睨《にら》んでいた。

「清志はやっせんぼだって、おやっどんに言いつくっど」

魔法をかけられたように、清志がぴたりと泣き止《や》む。

「おう、さすがお姉ちゃんじゃ。弟の扱い方をよう知っちょっ」

草加が笑う。仕事の都合で別々に暮らす父親は、清志にとって離れているが故に特別な存在なのだ。しゃくりあげながら、懸命に涙を堪《こら》えている姿を見ていると、胸の底が仄《ほの》かに温《ぬく》もってくる。清志がどんな大人になるのか、深津に見通せるわけもない。他者を平気で傷つける者に、虐げる者に、力尽《ちからず》くで支配しようとする者になるかもしれない。〝絶対にならない〟とは誰も断言できないのだ。けれど、今、ここにいる清志は健気《けなげ》で、立派だ。自分と懸命に闘い、踏ん張っている。

負くんな。負くんな。

負けるな、負けるなと言葉にならないエールを送っていた。

「おお、流もきばっちょるな」

草加の声が弾む。ももに手を添えてもらって、流は一輪車にまたがろうとしていた。横には、宇良が見守るかのように立っている。

「ももの手を握ってますね」

「ほんとだ。入学式んときは、わたしが触れただけでパニックになったのにね。今は、しっかり握っちょ」

草加が、爪を短く切り揃《そろ》えた指を組み合わせる。祈りに似た形だ。

「わたしはまだ、触らせてもらえん。パニックまではならんけど、傍《そば》に寄っただけで身体《からだ》を竦《すく》めっと。何か、せつなか」

「草加先生が、じゃなくて、大人が駄目なんです。紗友里、いや、洲上さんも、まだ、避けられると言ってました。ただ、以前に比べて、ご飯はよく食べるようになったそうです。宇良とは話ができて、昨日は一緒に風呂に入ったとか」

「ああ、学校に連絡が来とりましたね。そうなぁ、親代わりの洲上さんでも打ち解けてもらえんのじゃっで、わたしが焦ってん仕方なかかね」

ゆっくりでええねと草加は笑い、大きく伸びをした。

流が前屈《まえかが》みになり、ペダルに足を掛ける。その動きに合わせ、ももと宇良が足早に歩く。流が何か言い、宇良が答えたようだが聞き取れない。

「ももも宇良も優しいですね」

と口にしてから、深津は耳朶《じだ》が熱くなるほどの羞恥を覚えた。〝優しい〟という一言が抱え持つ意味は重い。重くて深くて、底がない。そういう言葉を軽々しく使ってしまう自分が恥ずかしい。いたたまれない気持ちになる。

「弱か者は、優しゅうなかと生き延びられませんからねえ。二人とも辛《つら》か目にあっちょってね。ようわかっちょるんでしょうねえ」

草加がぼそりと呟いた。誰に向けた台詞《せりふ》でもないのだろう、くぐもった声音だ。

その通りだと首肯しそうになる。

腕力も武力も、狡猾《こうかつ》さも持たない者、凌《しの》ぎ方も誤魔化し方も知らない者にとって優しさは唯一の防御になる。優しく他人と繋《つな》がれば、孤立せずにすむ。孤立しなければ圧倒的な暴力や支配から逃れられる可能性が出てくる。

子どもたちは、本能的にそれを悟っているのかもしれない。

わっと歓声が上がる。ほんの一、二メートルだが、ももの助けを借りず、流が自力で前に進んだのだ。清志がこころに何か訴えている。こころが手を差し出す。それに縋《すが》り、一輪車に乗ろうとする。俊と宇良が後ろから身体を支えた。

同い年の流に負けたくない。清志の想いをごく当たり前に受け止めた行動だ。

海から風が吹いてきた。光に塗《まみ》れた風が子どもたちを包む。

宇良がふっと空を仰いだ。それから、視線を辺りに巡らした。その視線が束《つか》の間《ま》、絡んだ気がした。これだけ離れているのに、眼差《まなざ》しが迫ってくる。

深津は窓から離れた。職員室を出る。

グラウンドの子どもたちは、上手《うま》くやっている。

一輪車は、流が姉から離れるきっかけになったらしい。思いがけないきっかけだ。子どもたちといると、思いがけないきっかけが積み重なっていく。また、歓声が響いた。拍手まで交ざっている。

うん、上手くやっている。後は……。

教室だ。

軽く瞬《まばた》きをしてみる。さっきの宇良の眼差しが、貼り付いているみたいだ。険しくはなかった。ただ、強く何かを促していると感じられた。

教室に足を向ける。

まだ、小学生七人は同じ教室で学んでいる。流が莉里から離れられるのなら、来月からは二室に分けることができるかもしれない。

焦りは禁物だ。成果や結果を求めてはならない。逸《はや》ってはならない。

深津はそっとドアを開けた。

恵美と莉里の二人がいた。莉里はイスに座り、恵美は莉里の手元を覗き込んでいる。

「あっ、先生」

顔を上げ恵美が笑う。前歯が白く、きれいに並んでいる。莉里は担任を見ようとはしなかった。しかし、あからさまに拒む気配もない。

「二人で何をしてるんだ。みんな、グラウンドで遊んでるぞ」

「あのな、莉里ちゃん、わっぜかイラストが上手《うま》か。たまがった」

驚くほど絵が上手いのだと、恵美は頬を染めて教えてくれた。眸《ひとみ》には同級生に対する畏敬の念が浮かんでいる。図工の授業、これまでは常に流がくっついていたので、莉里はろくに絵筆を持つことができなかった。今は、自由になった右手でノートに何かを描き込んでいる。

「そんなに上手いのか。莉里、先生にも見せてくれないか」

「莉里ちゃん、先生に見せんね。こげん上手なら、恥ずかしがっことはなかよ」

恵美が莉里の顔を覗き込む。莉里は無言のまま手を引っ込めた。無地のノートの上には、ふわりと裾の広がったドレス姿の少女が描かれていた。色鉛筆で丁寧に塗られたドレスは淡い紫色で、少女は同系色のリボンを着けている。踊っているのか、弾んでいるのか、スカートの裾や髪の先が揺れている風に見える。色使いもデッサンも目を引くほど上手い。

「すごいな」

本気で感心していた。

「な、わっぜか上手か」

恵美が我がことのように誇る。恵美はどちらかと言うと引っ込み思案で、あまり自己を主張しない。大勢で賑《にぎ》やかに活動するより、一人で読書をしたり、作文をする方を好む。そんな少女だった。だからこそ、莉里の孤独に共鳴できた。と、考えるのは大人の勝手な想像に過ぎないだろう。勝手な願望と言い換えられるかもしれない。恵美には恵美の生い立ちがあり、思考があり、性格がある。その内の一つの歯車が、たまたま莉里と嚙《か》み合っただけだ。人と人との間で、共鳴や共感などそう簡単に生まれるものではない。生まれたように見せることは容易《たやす》かろうが。

ただ、莉里は恵美と一緒にいても苦痛の素振りは見せない。いつもより、落ち着いてさえいる。

ふっと閃《ひらめ》いた。

「なあ、恵美、草加先生から聞いたんだけど、春休みに自分で物語を書いたんだって」

恵美が瞬きする。よく日に焼けた頬に血の色が差した。莉里が顔を上げて、まともに恵美を見詰めた。

「読ませてもらったけど、おもしろかった。莉里の絵と同じくらい、すごいなと思ったぞ」

「莉里ちゃんのイラストほどすごくはなか」

恵美はかぶりを振る。肩のあたりで切り揃えた髪が揺れた。

「いや、おもしろかったぞ。あの話、莉里にイラストを付けてもらったらどうだ？　そしたら、先生がきれいに製本するから」

「製本？」

「本の形にすることだ。図書室の本みたいに、ちゃんとした形にはならないけど、みんなが読めるぐらいには作れる。どうだ、やってみないか」

「けど……」

頬をさらに赤らめて、恵美が下を向く。

「どんなお話？」

莉里が問うた。小さな、今にも消え入りそうな声だったけれど、恵美に向けられたものだった。恵美が顔を上げる。莉里と目を合わせる。

「えっとな……海の神さまの話」

これも小さな、囁《ささや》きに近い声で答えた。

「海の神さま？」

「うん。海の底に住んじょる神さまが、空を飛びとうて、カモメから翼を貸してもらう話」

「海の神さまって、人魚？」

「人魚とはちごど。人間ん形をしちょっ。イルカやクジラが仲間で」

へえと莉里が声音を大きくした。口元が僅《わず》かに綻《ほころ》んで、微笑《ほほえ》みを作った。

「男の神さま？」

「女も男もおる。主人公は女の子。人間時間じゃと三百歳じゃっけど、海時間じゃと十歳やっど」

「人間時間、海時間」

莉里の背筋がすっと伸びる。

「おもしろそう。読みたい。恵美ちゃん、読ませて」

勢いのある口調だ。恵美が黒目をうろつかせた。それから「ええけど」と呟く。

「じゃあ、莉里は後で職員室に寄ってくれ。コピー、渡すから」

「けど、あたし、恥ずかしい」

また頰を赤らめる恵美を無視して、莉里は深津を見返してきた。

「先生、あたしが絵を描いたら、ほんとに本にしてくれるの」

「ああ、もちろん。できるだけちゃんとした物を作るよ」

「一冊だけじゃなくて、二冊とか三冊とかできる？」

「そうだな。コピーすれば問題ないと思う。他の先生にも手伝ってもらって何冊か作ろうか」

莉里が驚くほど大きく目を見張った。

「ほんとに？　じゃあ、やる。あたし、イルカもクジラも描けるよ。ね、恵美ちゃん、任せて。絶対、すてきなイラスト、付けてあげるから」

自信に満ちた口調と態度だった。これが、本来の莉里の姿だろうか。深津は、微《かす》かな違和感を覚えた。しかし、それを無理やり抑え込む。

莉里は弟が離れ、心身共に軽くなったのだ。身に余る重荷から解き放たれて、自分らしさを取り戻しつつある。

流は一輪車、莉里はイラストという回復のためのきっかけを上手く摑《つか》んだ。だとすれば、教育の効果、学校という場所の可能性を示したことになる。

そう考えていいのだろうか。

そう考えたい。

この島で莉里や流の傷がゆっくりと、けれど、確実に癒《い》えていると信じたい。

廊下を歩きながら、深津は夏の空気を吸い込んだ。グラウンドの土埃《つちぼこり》が交じっていたのか、咳《せ》き込んでしまった。軽い咳《せき》はすぐに治まった。心持ち乱れた髪を指で搔《か》き上げたとき、風が吹き込んできた。小枝が頰に当たる。それほど強い風ではなかったのに、かなりの勢いで飛んできたのだ。廊下に落ちたそれを拾い上げる。十センチに満たない枯れ枝だった。

前を向き、僅かに息を詰める。

宇良が立っていた。

両手をだらりと下げて、真正面から深津を見ていた。それは束の間の凝視だった。深津が何か言う前に、宇良は身を翻し昇降口に消えた。

初めて出会ったときと、同じだ。

こちらの心の裡《うち》を見抜くような、見透かすような、それでいて奥の奥に怯《おび》えを潜ませたような眼差しを向けた後、唐突に去っていく。

深津は胸を押さえた。手のひらに自分の鼓動が伝わってくる。

信じちょらんくせに、信じちょっふりをしちょっ。卑怯《ひきょう》者じゃな。

耳元で誰かが囁いた。鼓動が激しくなる。

誰かが囁いた？　いや、違う。ただの風の音だ。

「先生、もうすぐ業間休みが終わります。教室に戻るが」

草加が職員室から出てきた。脇には教材の束が抱えられている。

「流が姉から離れられるようなら、教室を別にしてもいいですね」

提案してみたが、草加は首を傾《かし》げて、僅かの間、黙り込んだ。

「いつまでも一緒にいると依存度が増す気がします。せっかく、離れて活動できるようになったのだから、授業中だけでも思い切って離してみてはどうでしょうか」

新学期が始まって、既に二カ月近くが経《た》とうとしている。教師として、当たり前の提案だと思ったが、草加は同意を示さなかった。

「わたしはまだ、早い気がします」

「でも、このままだと、莉里も流もいつまで経っても」

「槙屋先生」

草加は首を横に振り、空いている手で深津の腕を二度、叩《たた》いた。

「さっき確認したばっかりじゃなかですか。焦ったたち仕方なかて。ゆっくりやりましょ」

教材を抱え直し、草加が歩き出す。その後ろ姿が教室に消えるまで、ぼんやりと見送っていた。

すぐに、子どもたちを呼ぶ声が響いてきた。

「あと三分で授業が始まっど。みんな、入らんね」

時期尚早《しょうそう》だと草加は言ったのだ。

生身の人間、ましてや子どもたちを相手にして、事が思い通りに進むわけがないと。

おれは焦っちょるんか。

自分に問うてみる。この島で教師としての結果を出そうと、焦っているのか。

よくわからない。ただ、莉里や流が、そして宇良が、この島で大らかに暮らし、育ち、幸せに生きていく。その助力になれたら……。

ほんとうか？　ほんとうにそう思うちょるんか？　おまえの本音は違《ち》ごどが。

風音と一緒に語り掛けてくる何かがいる。

何かを振り払うために、深津は強く頭を振った。


一週間は何事もなく、いや、少しだが明るい兆しを見せつつ過ぎていった。

流も清志も一輪車を何とか乗りこなせるようになり、グラウンドの端から端まで一度も止まらず漕ぎ切ることを目標にしている。流は授業中も莉里と離れ、自分の席に一人、座れるようになった。莉里は業間休みや放課後、恵美といる時間が目に見えて増えていた。二人の少女はときには顔を寄せてひそひそと話を続け、ときには楽し気に笑い合ったりしている。

やはり、上手くいっているのだと、深津は一人頷《うなず》く。

「先生、海の神さまの話、だいぶできたよ」

金曜日の放課後、恵美がそっと耳打ちしてきた。

「莉里ちゃんが、きれいなイラストを描いてくれた。あと二枚で全部だよ」

「そうか。楽しみだな。表紙はどんなのにするんだ」

「表紙？」

「そうさ。本には表紙がいる。そこにタイトル、つまり本の名前と作者と絵描きさんの名前を入れるんだ。図書室や学級文庫の本はみんなそうなってるだろう」

恵美の口が開く。息を吸い込み、吐き出す。

「作者って……あたしのこと？」

「そう、恵美のことだ」

「絵描きさんは、莉里ちゃんだよね」

「うん、そうだ」

深津は黒板に白いチョークで、縦長の長方形を描く。青いチョークで、上部に『海の神さま』とタイトルを入れた。その下に、『作・重原恵美　絵・清畠莉里』と、今度は赤で記す。

「ほら、こんな感じになるんだ。莉里に表紙のイラストも描いてもらうといい。タイトルや恵美たちの名前は、先生が引き受けようか」

「ほんとに？」

「ほんとさ。あ、校長先生に頼んでみてもいいな。校長先生は、ものすごく字がきれいだから」

「うん。頼んでみたか。あたし、莉里ちゃんに話してくっ」

恵美は跳ねるような軽い足取りで、教室から出て行く。出て行く直前に振り返り、深津に向かって手を振った。

「先生、あいがと。さようなら」

「ああ、さようなら。また、月曜日に元気で逢《あ》おうな」

「うん。バイバイ」

薄紫色のランドセルが視界から消える。恵美の足音が遠ざかる。まもなく、

「恵美ちゃーん、一緒に帰ろ」

「ごめん。莉里ちゃんとこに寄ってくっ。先に帰っちょって」

グラウンドから、こころと恵美のやりとりが聞こえてきた。窓から覗くと、校門の前にこころが一人、ぽつんと立っていた。その傍らを清志と流が走り過ぎる。体育館横の駐輪場に、一輪車を取りに行くつもりなのだ。

「清志、宿題してからじゃなかと遊んだらやっせんち、おっかんに言われちょっやろ」

「明日は休みじゃっで、遊んでよかち」

「おめは馬鹿や。遊んでばっかりで勉強も手伝いもせん。おやっどんが帰ってきたら言いつくっど」

こころが怒鳴ったけれど清志には届かなかった。流と競り合うように、体育館の陰に走り込んでいった。こころは鮮やかなピンクのランドセルを揺すると、歩き出す。心なしか、うなだれているようだ。

「あぁ、ちょっと不味《まず》いかもしれんねえ」

背後でため息と呟きが聞こえた。振り返る。

「校長」

水守花江が半袖Tシャツとトレパン姿で立っていた。眼差しは深津を通り越して、グラウンドに注がれている。そこは強い光にさらされて、白っぽく乾いていた。

「小学生の女子は、こころと恵美の二人だけじゃって、いつも一緒におったと。恵美が莉里とだけ仲良うすっと、こころは一人になってしまうかもねえ」

島の子どもの数は限られている。関係が濃密な分、固まってしまう。友だちというより家族に近くなるのだ。

逃れようがない。

繋がり方がどれほど歪《いびつ》でも、危うくとも、家族という枠組みはなかなか崩せない。堅牢《けんろう》な枠の中で、人は追い詰められていく。それと似た現象が小さな学校内で起きる。その可能性は十分にあるのだ。上手くいっているときはいいが、何かの拍子に反目や衝突が起きれば、子どもたちは居場所を失う。人数が多ければ、新たな関係性を選べる道もある。けれど、島だとそうはいかない。人間関係は、ほぼ固定化して動かないのだから。

この小学校で学んだ自分には骨身に染みてわかっていたことではないか。南の島の、児童、生徒数が十二人の学校であっても、都会の千人を超えるマンモス校であっても、生身の人間がいる限り確執も齟齬《そご》も現れる。問題が起こる。

「すみません。迂闊《うかつ》でした」

白く発光するグラウンドから視線を逸《そ》らす。光になれた目には、屋内は薄暗く、間近に立つ水守の顔さえはっきりとしない。

「ないごて、槙屋先生が謝るの？」

朧《おぼろ》な影が首を傾げる。

「それは……莉里や流にばかり気を取られて、他の子のことを見ていなかったからです。正直、こころがどんな気持ちでいるかなんて……」

「考えんかった？」

「考えませんでした。恵美のおかげで莉里が元気になっているとばかり思っていて、そこのところしか考えてなかったです」

正直に告げる。水守が目を細め、口を横に広げた。

「あはっ、そうよそうよ。わたしなんかも同じですよ。いろいろ抱えちょる子についつい目がいってしまうんです。じゃっどん、表面的に問題なか子が内側も問題なかとは言い切れませんからね。うちらにできるんは、まず満遍なく子どもたちに気を配るこつでしょうかね」

「はい」

「いやいや、槙屋先生、そげん真面目《まじめ》な顔をせんでください。わたしが説教しているみたいじゃなかですか」

あははと、水守は口を開けて笑った。屈託のない笑い声が窓からグラウンドへと流れ出ていく。日差しを浴びながら一輪車を操っていた清志と流が、釣られるようにこちらを見た。

「せんせーい、おいは一人で乗るっごなった」

清志がペダルに足を掛けたまま、大きく手を振る。流は、ちらりと見ただけで顔を逸らした。逸らしたとたん「あっ」と叫び、両手を差し出した。

清志が一輪車ごと前のめりになったのだ、流の手が支えになり、清志はかろうじて転倒を免れた。清志が礼を伝えたらしく、流が仄かに笑った。

莉里から離れ、流は血色がよくなった。顔色だけではなく、雰囲気が生き生きとして活動的になったのだ。自分の足で一歩ずつ探りながら前に進もうとしている。幼児が母の手を放し、歩き出すのと似ている。流は一、二歳あたりから生き直しているのだろうか。

「よし、行っが」

清志が右手を空に突き出し、真っ直《ま す》ぐに漕ぎ出す。流が後に続いた。

清志は未来を怖がらない。明日に恐怖や残酷や苦痛が潜んでいるとは、夢にも思わない。

無条件に明日を信じている。

二人の少年が光と一体となり、眩しい。

「槙屋先生」

水守に呼ばれた。重みと暗みのある大人の声音だった。

「これは、たらんこってすが……」

深津は、校長の丸い顔を見下ろす。戸惑いに似た表情が、そこに浮かんでいた。これは余計なことだがと、水守は前置きして言葉を続けた。

「昨夜、高砂さんが倒れられたげな」

「え、伯父《お じ》が」

伯父の徳人とは神無島に着いたとき、出逢ったきりだ。徳人が学校の集まりに顔を出すことは一度もなかったし、深津も高砂の家に近づかなかった。

「そう。たいしたことはなかみたいで、いっき意識が戻って、本人は頑として病院に行かんち言い張って、自宅で寝ちょっちと聞きましたよ」

「……そうですか」

徳人なら、どれほどの病であっても、怪我《けが》を負っても、この島から出る選択はしない。病院での最期を頑《かたく》なに拒み続ける。妻はとっくに亡くなり、二人いた息子は島から出て、音信不通だ。高砂の家には、深津の母、徳人にとっては妹の仁海がいる。兄妹がどんな暮らしをしているのか思い至らないし、窺《うかが》う気もなかった。

「ほんなこつ、たらんことを言うてしまいましたかね」

水守が肩を竦める。水守はユハタ港で伯父が甥《おい》に投げつけた一言を聞いている。

高砂の家には、これが住まう場所はなかね。

明確な拒絶の一言を。

それでも肉親の急病なら報《しら》せねばと水守は判断したのだ。

「いや、知っていた方がよかったです。高砂の家からは何も言ってこないでしょうから」

「……そうですか。あの、先生」

「はい」

「先生は一応、一年間のお約束でうちの学校に赴任してもらっとりますね」

「はい」

「一年過ぎて、こちらがさらにおってほしかち希望したら、どうされます?」

深津は唇を結んだ。

それは考えてもいなかった。と、言えば嘘《うそ》になる。むしろ、ずっと考え続けていたのではないだろうか。

一度、島に帰らねばならない。

ふっと、ついさっき目にした光景が浮かぶ。流の手は、清志を支えようとして滑らかに動いた。何も摑んでいない、握り込んでいない手は自由だ。

深津は左手の指を広げてみた。手のひらに傷痕がある。人差し指の付け根から斜めに手首あたりまで届く痕は、目を凝らさなければわからないほど薄い。負った直後は手のひらが朱に染まるほど、血が流れたのに。

「あら、これもたらん話じゃったわ。ただねえ、九月までには教育委員会に申請をせないけんの。わたし個人としては先生に続けてもらいたかち思うてます。まだ時間がありますから、ゆっくり考えちょってください」

「はい」

頭を下げる。湿った風が前髪をなぶって、過ぎていった。

部屋に帰り着いたころ、風はさらに湿り気を帯びていた。

これは、来るな。

雨を連れてくる風だ。本土のような優しい雨ではない。粒の大きさが違う。礫《つぶて》を思わせる雨粒が地上を襲うのだ。風は猛《たけ》り、雨を横に吹き飛ばす。

今のところ、台風の情報は入っていないけれど、台風に近い大荒れの天候になる。それぐらい濃い湿り気だった。

身に染みついた島人の感覚は失《う》せていなかったらしく、一時間もしない間に雨音が聞こえ始めた。それは、瞬《また》く間に大きくなり、耳の底まで届いてくる。

ガジュマルの葉を叩く音。地を叩く音。屋根を、石を叩く音。一つ一つがみな違う。違う音が絡まり合い、風音とも混ざり合って、島を包み込む。

音が襲い掛かってくる。そんな錯覚さえ起きる。

買い込んでいたインスタントラーメンと野菜を煮込んだ一品を夕食代わりにした。こういう夜は何事も早め早めに済ませておくに限るのだ。島の建物は頑丈で、余程の嵐でなければ持ちこたえられる。その余程の嵐が、年に何回かは上陸してくるのだが。

風呂に入ろうかと腰を上げたとき、音がした。

雨ではない。風ではない。

誰かがドアを叩いている。遠慮がちに、けれど執拗《しつよう》にコツコツと叩き続けている。

予感はあった。もしかしたらと……。

深津はドアの取っ手に手を掛け、軽く押した。金属製のノブは思いがけないほど冷たく、背中がぞくりと寒くなる。

ドアを開ける。

母がそこに、いた。

六　燃える記憶

珈琲《コーヒー》を淹《い》れる。

久しぶりだ。

高校生のとき三カ月ほどバイトをしたカレー専門店の店長が無類の珈琲通で、店を閉めた後、毎日のように珈琲を淹れてくれた。腹を空《す》かせた十代の少年としては、上等の珈琲より山盛りのカレーの方がよほどありがたかったが、豆の種類だけでなく挽《ひ》き方や淹れ方で味も香りもまるで違ってくるのはおもしろかった。生き物のようだと思った。環境や刺激によって姿を変える生き物のようだと。

ネルの濾《こ》し袋はバイトを辞めるとき、その店長から貰《もら》った。

段ボール箱の中に入れっぱなしだった濾し袋を取り出したのは、記憶が一つ、よみがえってきたからだ。

島を出て、母と二人で暮らしていたころの記憶だ。

母は珈琲を飲んでいた。

場所はわからない。どこかのカフェだったのだろうか。

「珈琲って、こげんうんまかとやなあ」

何の変哲もない白い珈琲カップから一口すすり、短い息を吐いた。それから、呟いたのだ。珈琲とはこんなに美味《おい》しいものなのかと。

珈琲の風味にふっと緩んだ顔様を美しいと感じた。

おれんおっかんは、こげん綺麗《きれい》やったんだ。

あのときが、珈琲を飲む母を見た最初だったのではないか。

当時も今も、島にはカフェもレストランもない。食堂さえない。ただ、インスタントはもちろん珈琲豆やドリッパーも手に入れようと思えば手に入れられる。ネットで注文し、待てばいいのだ。本土に比べ日数は格段に長くなるけれど、届きはする。今、ガラス容器から取り出している豆も古竹から貰った。店長ほどではないが古竹も相当な珈琲好きで、朝起き抜けに一杯を飲まないと目が覚めないのだそうだ。定期的に回ってくる、移動販売車にもインスタントコーヒーや紅茶のパックは積まれている。

二十年前とは違う。よほどの古老か子どもでもない限り、珈琲を知らない者などいない。

濾し袋の中に湯を注ぐ。

独特の芳香が匂い立つ。

「白湯《さゆ》でよか」

背後で仁海が言った。小さく低い、ほとんど独り言に近い声だ。

「珈琲はもう、飲めん」

振り返る。卓袱台《ちゃぶだい》型の四脚の低いテーブルの前で、仁海は正座していた。

あまり変わっていない。

母が突然消えてから十年以上の年月が経っているのに、さほど老けてはいない。ただ、少し痩せただろうか。もともと痩せぎすの人だったが、さらに細くなった印象がした。

「あんなに好きだったのに、飲めないって」

一緒に暮らしていたころ、丁寧に珈琲を淹れるような習慣もゆとりもなかったから、仁海はもっぱらインスタントコーヒーを口にしていた。それでも、朝夕、欠かさず飲んでいたはずだ。珈琲に温めた牛乳を注いで、両手でマグカップを持って、ゆっくりゆっくり口に運んでいた。飲むたびに表情が緩み、柔らかくなる。

朝と夕のほんの短い間、そういう母を見ているのが好きだった。

「珈琲はきつい。白湯で十分や」

仁海がもう一度、呟く。

深津は自分のカップにだけ珈琲を注いだ。仁海の前には、白湯の入った湯呑《ゆのみ》を置く。仁海はそれを包むように持ち上げ、一口すすった。

「うまか」

息を吐き出す。初めて珈琲を味わったときと同じ仕草だった。

沈黙が落ちた。

風の音が強くなる。いや、黙り込んだから強く感じるのだ。風は変わらず吹きすさんでいる。その唸《うな》りは耳慣れていても、恐ろしい。

「母さん」

母を呼ぶ。呼ばれた仁海は顔を上げ、大きく目を見張った。頬がみるみる強張《こわば》っていく。

「なんで、そんなに驚く?」

苦笑してしまう。息子に「母さん」と呼ばれ、驚愕《きょうがく》する母親なんてそうそういないだろう。

「……まだ、母親ち思うてくれちょったと」

白湯で濡《ぬ》れた唇を動かし、仁海が問うてきた。

当たり前だ。親子じゃないか。

そんな優しい台詞を口に出来たら、楽だろうなと思う。楽になりたくて、誰も傷つかない、傷つけない言葉を用心して選《よ》り分け、使ってきた。彩菜は、深津のそんな習癖に苛立《いらだ》ちやもどかしさを募らせていったのだが。

紛《まが》い物の優しさなんて、幻みたいなものだ。どんなに手を伸ばしても摑めない。彩菜の苛立ちももどかしさも、染みるほど深く理解できた。だから、別れるしかなかった。

彩菜のことを想《おも》うと、懐かしいとか恋しいとかではなく、ひたすらに申し訳ない気持ちになる。

「親子の縁を切りたいなら、それでもいいけど」

優しさなど欠片《かけら》もない返答をしていた。

「ただ、貯金通帳を残して行ってくれた。そこは感謝している。おかげで無事に大学を卒業できた」

仁海がもう一口、白湯を飲む。ことりと音をさせて、湯呑を置く。

「わざわざ縁を切る必要なんてなかった」

顎を上げ、告げてくる。

「おまえが島に帰って来んかったら、あのまま切れちょったはずよ」

深津は珈琲のカップを持ったまま、母と視線を合わせた。ずい分と久しぶりに、だ。

詫《わ》びている眼《め》ではなかった。悲しんでいるわけでも、悔いている風でもない。

「深津」

感情の読み取れない眼のまま、仁海は息子の名を口にした。

「ないごて、帰ってきた」

眼の中で青白い火花が散ったようだ。

ああ、怒っちゅーんだ。この人はおれに腹を立てちょる。

「仕事の口があったからだよ。おれ、離婚したんだ。それでいろいろと物入りで、金が欲しかったんだよ。島に赴任すれば離島手当も僻地《へきち》手当も付く。店がないから無駄遣いもしないし、自然と金が貯《た》まるってやつさ」

我ながら空疎な言葉だ。カラカラと空回りする音が聞こえる。

仁海が顔を背ける。背けたまま、呟く。

「帰ってきてはいけんかった」

ガタン。窓が鳴った。風がぶつかってきたのだ。吹き千切られた葉が数枚くっついていたが、すぐにどこかに飛ばされていった。

ウラが見ている。

唐突に思った。いや、感じた。

ウラに見られている。

目を閉じ、指先で両方の目頭を押さえる。瞼《まぶた》を上げると、母の輪郭が僅かだがぼやけていた。

「おまえは島に帰ってきてはいけんかった。他所《よそ》で生きていかんな、いけんかったんじゃ」

仁海の声が耳に刺さってくる。もう呟きではなかった。風音に掻《か》き消されない強靱《きょうじん》さを秘めていた。深津は口の中に広がる珈琲の苦味を呑み下す。

「もう、遅い。おれは帰ってきたんだから」

「まだ、間に合う。遅くなか。はよ、島から出て行け」

「おれは教師だ」

母を凝視する。もう、ぼやけてはいない。細く尖《とが》った顎、一括《くく》りにした長い髪、濃い眉と大きな双眸《そうぼう》。島人の特徴をしっかり受け継ぎながら、年を重ねてきた顔だ。

「受け持った子どもたちがいる。途中で放り出すわけにはいかないんだ」

ガタン、ガタン。

風がぶつかる。窓が鳴る。

今度は洲上宇良の顔が浮かんだ。いかにも利かん気そうな、日に焼けた顔だ。そして、こちらは白過ぎるほど白い清畠莉里の横顔、恵美の赤く染まった頬、こころの肩を落とした後ろ姿、清志の得意げな笑顔、流の真剣な眼差し。次々と脳裏を過《よぎ》っていく。

恵美と莉里の物語は上手く完成するだろうか。こころの疎外感をどうすくい取ればいいのか、宇良……宇良とはゆっくりと話をしてみたい。できればガジュマルの木の下で。

「今日ここに来たのは、おれに出て行けと言うため？」

仁海はそれが答えだというように、無言のまま座っている。

「何で今更、そんなことを？　おれは三月には赴任してきた。もう二カ月以上経ってるじゃないか。なぜ、もっと早く来なかった」

詰《なじ》るつもりはない。自分では淡々と告げているつもりだった。それなのに、口調のどこかが尖ったのだろうか。仁海が身を縮めた。

「……どげんしたらよかか悩んじょった。そのうち、あんたが出て行っかもとも考えちょった。しきっなら……逢わんでおったかった」

できるなら、逢わずにいたかった。

本音だろう。母は二度と息子に逢わない決意で、消えたのだ。

「逢わないつもりなら、逢わずに済んだんじゃないか」

突き放すように言ってみる。狭い島だ。出歩いていれば顔を合わすこともあるだろう。深津はよく出歩いた。家庭訪問、ミニ遠足、野外授業。教師をしていれば校舎や家の内にこもっているわけにはいかない。フェリーで働く有沢清武に誘われ、亮介の牧場でのバーベキューに参加したこともある。

島内を動き回ったけれど、仁海の姿はついぞ見かけなかった。

仁海が家から出ていないからだ。傷ついた小動物が巣穴にうずくまるように、高砂の家の一室に閉じこもっている。

今日、巣穴を這《は》い出し、一生逢わぬと決めた息子の許《もと》に来たのは、なぜだ？

「伯父貴が倒れたんだってな」

仁海の頰が心持ち強張った。束ねた髪の中で、数本の白髪が目についた。

「そのことが関係あるわけ？」

仁海は湯呑を手に取り、一気に白湯を飲み干した。短く息を吐く。

「兄さん、一年前にも倒れた。そんとき、次に倒れたら命の保証はできんち言われた」

カッ、カッ、カッ、カッ。

金属製のステッキの音がよみがえってくる。僅かに足を引きずっていた伯父の姿が、その音とともに思い出された。あのとき感じた病の気配は、外れてはいなかったらしい。

「その二度目が来たんだ」

我ながら身震いするほど冷えた口調だ。仁海がもう一度吐息を漏らした。

「もう覚悟はできちょっち」

「いつ死んでもいいと、伯父貴が言ったのか」

「ゆっちょらん。じゃっどん、わかっとよ。背中見ちょってもわかっ。横顔見ちょってもわかっ。もう入院すっ気はなかち。島で死ぬち」

「そうか……」

それで後どのくらい保《も》ちそうなのだと尋ねるつもりはない。

「兄さんがあんたに逢いたがっちょっ」

「え？」

息が詰まった。大きく目を見開いたとわかる。瞼がひくりと震えた。

「おれに逢いたい？　伯父貴が？」

高砂の家には、これが住まう場所はなかね。

埠頭《ふとう》で耳にしたのは、明快な拒否の一言だった。口調にも態度にも表情にも強く拒絶をにおわせて、徳人は背を向けたのだ。

あの伯父が逢いたいと望んでいる？

「まさか。そんなわけないだろ」

そんなわけがない。

昔から強い男だった。漁師から鰹節《かつおぶし》工場の経営者になり、ずっと一家を支え続けたと聞いている。深津が物心ついたときには、高砂の家の家長は既に徳人だった。仁海と五つ違いの次兄と父母、深津からすればもう一人の伯父と祖父母は既に亡くなっていた。祖父と伯父は漁に出た海で高波に呑み込まれ、もともと持病のあった祖母は、衝撃から回復できないまま急速に衰えて半年後に逝ったとも聞いた。

徳人は親代わりに、十五も年の離れた妹を育てたのだ。もっとも、島では子育ては個人や戸別に限られない。子どもは島のものであり、宝だった。島で育てる。島が育てる。その風土は今に至るまで続いている。南の島特有の開放的な造りの家々に、子どもたちは自由に出入りし、ときに食事を振舞われ、ときに昼寝をさせてもらい、ときに本気で叱られ、ときに仕事を手伝った。

両親を失い、長兄だけを頼りにする少女にとっては生き易い場所だっただろうか。

水守がさまざまな困難を抱える子どもたちを島留学の形で迎え入れるのも、決して、学校の存続のためだけではないはずだ。むろん、児童数を確保したいという思いはある。おおいにある。神無島小・中学校を廃校にはしたくない、させない。水守からは決意が伝わってきた。けれど、決意だけではなく水守は〝もしかしたら〟を考えている。

もしかしたら、この島なら子どもは生きていけるのではないかと。子どもたちが現実の中で負った傷は、そう容易くは癒せない。癒せぬまま、一生付きまとう可能性は高い。けれど、もしかしたら、これ以上は傷付かなくて済むかもしれない。傷の上に瘡蓋《かさぶた》を作って、痛みを忘れることはできるかもしれない。

そう考えている。あるいは、そうであるように祈っている。

ため息を吐《つ》きそうになった。

束の間、目を閉じる。

大都会であろうが、小さな町であろうが、離島であろうが、子どもたちにとって百パーセント安全で何の憂いもなく生きていける場所などない、と思う。神無島もそうだ。決して、子どもの楽園ではなかった。

仁海が子どもだったころも、深津が子どもだったころも、そして、今も。

半月ほど前、深津は港から学校に向かう坂道で一人の老女と行き違った。サトウキビ畑からの帰りなのか、麦わら帽子をかぶり籠を背負っている。日に焼けて、皺《しわ》の深い顔に見覚えがあった。二十年前、学校の給食を作っていた女性だ。給食のメニューと材料は、列島を一括して担当する教育委員会から送られてくる。そのメニューに従って、二人の女性職員が週四日、せっせと給食を作ってくれた。材料が限定されるから缶詰や乾物のメニューも多かったけれど、島で採れたゴーヤやサトウキビ、他の野菜をたっぷり使ったオリジナルな料理もよく出た。〝給食のおばちゃん〟たちの工夫がどれくらいすごいものか、伏見は事あるごとに語っていた。当時は聞き流していたが、今なら確かにそうだと相槌《あいづち》が打てる。

給食のおばちゃん。

深津は足を止めた。

老女も立ち止まった。

太陽はぎらつき、老女の飴《あめ》色に変わった帽子を容赦なく射る。老女の顔面は半分は帽子の陰になり、半分は光にさらされていた。

「ないごて……帰ってきた」

老女が呟いた。それから、背負い籠を揺すり歩き出した。少し足を引きずっていた。

おそらく七十をとうに越えているだろう老女の後ろ姿を見送る。見送り、一礼する。それから学校に向かって坂を上った。

なぜ、帰ってきたのだ。

老女の呟きに答える。

帰らんならん理由があったでじゃ、おばちゃん。

島は子どもにとって楽園ではない。ここにも残酷や非情や不幸ははびこっている。差別や貧困や疎外も存在している。

坂の途中で止まり、振り返る。

海に向かってくねりながら下りていく道は、一旦は蘇鉄《そてつ》の茂みに隠れ、海辺近くで白く輝きながらまた現れる。その向こうに、凪《な》いだ海が横たわっていた。水面の色は沖に進むにつれ濃さを増し、水平線は一条の濃紺色の帯を思わせて延びている。

老女の姿はどこにもなかった。


「伯父貴は何のために、おれに逢おうとしているんだ?」

仁海が首を横に振る。

「ないも聞いちょらん。聞いてん言わんじゃろうし。あんたに話したいことがあっらち……ようわからん」

深津は珈琲を飲み干し、空のカップを手の中で一度回した。彩菜と別れてから買った唯一の食器だ。引っ越しの前日、近所の雑貨屋が店仕舞いセールを始めた。五割から七割引きで投げ売りされていた器の中で見つけたカップだ。一客だけのばら売りで、白地に青い線で羽を広げた小鳥が描かれている。その柄が何となく気に入って購入した。

「……伯父貴、そうとう悪いのか」

「ほとんど食べんし、病院に行こうともせん。洲上さんに相談したら、いっき病院にふんだ方がよかち言われた。じゃっどん、頑として行こうとせんがよ。もう、どげんしたらよかかわからん」

母の弱音を久々に耳にした。島を出るフェリーの中で、ひどい船酔いに苦しんだ。あのとき以来の気がする。

「昼前に様子を見に行ったら、起き上がっちょって縁側に座っちょった。ぼんやり、ガジュマルの木を見て……いや、木の向こうの海を見ちょった」

集落のどの家からも海は見える。ときに青く、ときに紅《あか》く、ときに灰色や濃紫に色を変える海を一望できた。

「その背中見ちょったら、わかった。こんし、もう長うなかって。わかっちゅより感じた」

仁海は僅かに睫毛《まつげ》を伏せたが、淡々としゃべり続けた。

「そいで、そんまま黙って立っちょったら、急に呼ばれた。『仁海』て……。振り返りもしちょらんのに、あたいがおっのがわかっちょったんじゃろうか」

そうだろうと思う。立つなり、黙って通り抜けようとするなり、伯父の背後に回ると必ず声を掛けられた。

「深津、何をしちょっと」

と。背中に目が付いているようだった。幼い深津は、その度に驚いて棒立ちになった。すると、伯父は振り向いて、にやっと笑うのだ。口元から頬の線が崩れて、いかつい顔が柔らかな丸みを帯びる。

深津はかぶりを振った。

記憶の底から浮かび上がってくる風景や人の姿を振り払う。母の声に耳を傾ける。今、このとき発せられる言葉だけを聞く。目の前にあるものだけを見る。

「兄さん、前を向いたままゆたと。深津に話しそごたっこっがあっ。逢おごたって」

「逢って何の話をするんだって、尋ねなかったのか」

「尋ねんかった。尋ねてん、兄さん、ないも言わんとわかっちょったで」

けどなと、仁海はさらに深く睫毛を伏せた。声音が少し、掠《かす》れる。

ガタッ、ガタッ。

風にぶつかられ、揺さぶられ、窓が音を立てる。悲鳴を上げているようでも、歓喜のあまり叫んでいるようでも、ある。

「けどな、言わんで放っちょけってもんじゃなかし……。どうしようかと悩んだ。悩んで、ずっと考えて……思い切って来た。兄さんのゆたこと、伝ゆったためにじゃ。兄さん、あんたに話しそごたっこっがあっ。そいだけを伝《つ》とっ」

仁海は腰を上げ、「ご馳走《ちそう》さま」と頭を下げた。

「帰るのか」

「帰る。用事はすんだで」

座ったまま、母親を見上げる。

「要するに、伯父貴はそう長くは保たない。その伯父貴がおれに逢いたがっている。だから、逢いに来いと、そう言ってるわけだよな」

「違う」

意外なほど強い口調で、母は息子の言葉を否んだ。

「そげんこっはゆうちょらん。あたいはただ、兄さんのゆうたことを伝えただけじゃ。この後どうすっかは、あんた次第じゃが」

「丸投げかよ」

立ち上がる。とたん、母を見下ろす恰好《かっこう》になった。

「言いたいこと言って、伝えたいこと伝えて、後は知らない、おまえに任せるって、無責任過ぎるだろう」

母が見上げてくる。尖ってはいないけれど、強い眼差しだった。

「自分で決めんね」

仁海は顎を上げ挑むように、深津を見詰めてきた。

「あんたはもう、子どもじゃなか。誰かに守ってもらわんな生きていけん子どもじゃなか。一人前ん大人や。それなら、自分で考えて自分ん考えどおりに動いたらよか」

言い返せない。

風の音が自分を嗤《わら》っているように感じた。

風でなくウラが嗤っているのだろうか。

深津、いつまで経ってん、子どもんままか。子どもんまま、おっかんに甘ゆっとな。

そう嗤われているのだろうか。

甘えていた。母の前で、自分の行動を自分で決定できない子どもに戻っていた。自分が負うべき責任から逃げようとしていた。

「帰る」

もう一度告げて、仁海は手早く雨合羽《あまがっぱ》を着込んだ。レインコートと呼ぶような洒落《しゃれ》たものではない。厚手の実用的な外套《がいとう》だ。島の風雨には傘も洒落たレインコートも役に立たない。傘などあっという間もなく、風にさらわれてしまう。

「母さん」

出て行こうとする仁海を呼び止める。草色の雨合羽に身を包んだ仁海は、ドアノブに伸ばした手を止めた。

「十三年前、いなくなったのは……おれのためか」

仁海の手がドアノブにかかる。

「あんたとあたいのためや。一緒におらん方がよかち思うた」

「あのときから、島に戻ろうと決めてたのか」

問いを重ねてしまう。問うつもりはなかったはずなのに、口から零《こぼ》れてしまう。

ああ、やっぱい大人になりきれちょらん。自分せえ、うまく律せん。

仁海がゆっくりと身体を回した。視線が合う。

「ようわからん。ただ……いつか島に帰っ予感はあった」

「昨年、伯父貴が倒れた。それが帰るきっかけになったわけか」

「きっかけ……」

仁海の視線が惑う。探し物をするかのように、揺蕩《たゆた》う。

「そげな理由じゃなく、口実かもしれん。島に帰る口実じゃ」

一息を吐き出して、仁海は微かに笑んだ。

「深津、あたいは思い知ったじゃ。島の外では、よう生きていかれん。そうわかった。海とガジュマルの匂いがなかところで息をすったぁ、辛か」

母は辛かったのだ。

海の匂いも、ガジュマルの森を吹き抜ける風もない。そんな場所で生きていくのが辛かった。だから、逃げ出した島に戻ってきた。

「あんたはどうと。やっぱい島ん外では生きられんかったか」

今度は問いかけられた。答える前に、仁海が首を横に振った。

「そいでもやっぱい、あんたは帰ってきたらやっせんかった。せっかっ自由になれたとに。なんで……」

声を詰まらせたのを恥じるように、仁海はドアを開け出て行った。

風がどっと吹きこんでくる。

机の上の書類が床に散らばった。

ドアが閉まる。風は妨げられ、ドアにぶつかって唸る。

深津は書類を拾い上げ、海岸で拾った流木の欠片を文鎮代わりに置いた。授業で、子どもたちと海岸に出向いたときに見つけたものだ。

『海が運んでくるもの』。それが授業のテーマだった。低学年は半分は砂浜で遊んでいるようなものだが、中学年は漂流物を探し、集め、六年生の俊はそれが何であるのかを一学期末までに、できる限り詳しく調べる。その過程でインターネットや図鑑、資料の使い方を学ぶ。いわゆる、調べ学習の一環だ。

貝殻、死んだ珊瑚《さんご》や魚、海藻、多くはないが漁船の一部と思《おぼ》しき金属製の欠片やプラスチック製品もあった。台風の後は、巨大な流木やイルカの死体が打ち上げられることも稀《まれ》にだがある。

嵐の翌日、風にさらわれた牛が無残な姿で横たわっていたと古老から聞いた覚えもあった。暴風を超えた烈風だったのだろうか。

俊は几帳面《きちようめん》な整った文字で、宇良や清志たちが好き勝手に集めてくる諸々《もろもろ》を分類してノートに記していた。

中学生になると、海が運んでくるものが目に見える物だけではなく、文化であったり、技術であったり、交易そのものであったり、人であったりするという人間と海との深い関わり合いを学んでいく。

文鎮代わりの流木は小枝の根元が丸く削られて、首をもたげた蛇のように見える。恵美がくれた。綺麗に磨いて艶を出してあった。

「ここちゃんが見つけたど。あたしがハンカチで拭いた。先生にあぐっ」

恵美が差し出した木片は、陽光を浴びて柔らかく輝いていた。

「ほんとに？　こりゃあ、いいな。ちょっとしたオブジェだ」

「オブジェ？」

「あ、うん。こんな木や石を組み合わせたり、磨いたり、加工したりした置物のことだ」

恵美が振り返り、「オブジェだって」と笑った。後ろにはこころと莉里が並んで立っていた。海岸に着いてからずっと、三人は一緒に物を拾い集めていた。

「オブジェ、オブジェ」

こころがリズムを付けて言う。恵美がくすくすと笑い、莉里も微かに笑んでいた。流は清志と宇良と共に、波打ち際に穴を掘っている。さっきは蟹《かに》を見つけて歓声を上げていた。

青い豊かな海を背景にして、子どもたちは誰も伸びやかで、安らいでいて、幸せそうに見えた。何もかもが上手くいっているように思えた。

深津はそこそこの重さのある木片を書類の上に置き直す。母の出て行ったばかりの玄関を見詰める。雨合羽の滴で小さな水溜《みずたま》りができていた。

徳人は何を伝えようとしているのか。

死を意識した男が遺《のこ》そうとする言葉とは、何だ？

窓に目を向ける。

暗く、荒れていた。風巻《しまき》に煽《あお》られる海の雄叫《おたけ》びが聞こえる。子どもたちと戯れた日とは一変した、荒ぶる海だ。とても近づけない。

あの夜と似ている。

いや、あの夜はもっと荒れていただろうか。

深津はガジュマルの森を走っていた。逃げていたのだ。追手は、すぐ後ろに迫っていた。

「待て、待たんか」

追手は鬼だった。人語を話すけれど、鬼だった。

鬼に追われる恐怖は嵐の森に迷い込む恐怖より、はるかに勝っていた。深津は必死に走った。捕まれば食われる。殺される。大粒の雨が頬を叩く。頭も顔も身体もぐっしょりと濡れて、水の中を泳いでいるようだった。

「待て、深津。待たんか」

鬼の吼《ほ》え声は遠ざかってくれない。むしろ、近づいてくる。

怖い。

怖か。助けて、母さん。母さん。母さん。母さん。

森が切れた。海が現れた。切り立った断崖の下でうねっている。空も海も地も、全てが漆黒だった。底なしに黒い。暗い。波しぶきさえ、闇に呑み込まれていた。

もう前には進めない。走れない。逃げられない。

深津はその場にへたり込んだ。

「深津、どこよ。どこにおる」

鬼の足音と咆哮《ほうこう》が大きくなる。来る。来る。

来た。

ガタッガタッガタッ。

窓が鳴る。深津は胸に手を当て、息を整えた。額に汗が滲《にじ》んでいる。背中にも、腋《わき》にも。

息を吸い、吐く。吸い、吐く。大丈夫だと自分に言い聞かす。

大丈夫や。おまえはもう子どもじゃなか。大人や。ないを恐るっこともなか。こん世に鬼などおらんち知っちょる。おっとは鬼じゃなく、人や。

誰かに守ってもらわねば生きていけない子どもではない。母はそう言った。そうだ子どもではない。過去の恐怖に怯えることはない。自分にそう言い聞かせた。

ガタッガタッガタッ。ガタッガタッガタッ。

窓は鳴り続ける。厚いガラスの向こうに、ふっと少年の顔が過った……気がした。

「ウラ」

島の神の名を呟いてみる。子どもの守護神と信じられている小さな神だ。頬にすっと熱い流れを感じた。え？　と驚き、指先を当てる。微かに濡れる。

涙がもう一筋、頬を伝った。

おれは泣いちょるんか？　ないごて泣くのよ？　ないごて涙なんて零しちょっとか。

手の甲で目尻を拭く。それこそ子どもじみた仕草だと笑いたくなる。笑いたいのに、涙が止まらない。熱い滴になって、ほろほろと流れる。

首をもたげた蛇に似た木片が滲んで、褐色の丸い塊に見えた。


翌朝は、快晴だった。嵐の後は、よく晴れる。前日の荒れを恥じるように、あるいは詫びるように、空は晴れ、青く広がる。ただ地上は穏やかとは言い難い有り様だった。崖や山の斜面から水が噴き出し、地面を流れ、束になり、さらに大きな流れになっていく。新たな川が道に沿ってできる。数時間で消える川だが、うっかりすると水の勢いに足を取られる。折れた枝や小石、土塊《つちくれ》が道を塞《ふさ》ぎ、行き場を失った水は盛り上がって邪魔物を押し流そうとする。去年、水守は流されて坂道を転がってきた木の枝をよけきれず、転倒したらしい。大怪我はしなかったが、したたかに腰を打ち、丸一日、保健室で横になっていたとか。厄介なことこの上ない。

それでも、晴れ上がった空は美しい。まだ、波の高い海も午後には落ち着き、空と似た色に染まるはずだ。

神無島小・中学校の校門を通り、深津は大きく深呼吸した。校庭の湿り気が風に追い払われていくのがわかる。強い光にさらされて、土は昼までには乾いてしまう。

三時限目の体育はできそうじゃな。

痛いほど強烈な日差しに、眼を細める。

体育と音楽は、小学生七人の合同授業になる。体育は深津が、音楽は草加が受け持っていた。今日の体育は、障害物競走の予定だ。跳び箱や一輪車、平均台を使って、身体のバランス感覚を鍛える。梅雨《つゆ》も近い。台風の季節には、既に入っている。屋外でしかできない学習は、今のうちに済ませておきたかった。

教師の思考になり、あれこれ思いを馳《は》せる。そうすることで、母や伯父のことを頭から追い出そうとしている。子どもたちに心を向けていれば考えずに済むと思っている。

自分の卑小さや狡《ずる》さが突き刺さってくる。この日差しよりずっと痛い。

ふっと視線を感じて、空から地上に目を移す。一瞬だが、周りが薄闇に閉ざされた。光の強さに慣れた眼が地上の風景を捉えられなかったのだ。

「宇良、どうした？」

宇良が傍らに立っていた。少し息を乱している。駆け寄ってきたらしい。いくらぼんやりしていたとはいえ、こんなに近くに来るまで気配に気が付かなかったとは……。

「先生」

唐突に宇良が腕を摑んできた。驚くほど、強い力だった。強く握ったまま、引っ張る。不意を突かれて、深津はたたらを踏みそうになった。

「お、おい。危ないって。どうしたんだ」

「来て、早く」

宇良はさらに強引に引っ張ってくる。その表情が強張っていることに、やっと気が付いた。問い質《ただ》す余裕はなさそうだ。深津は校舎に向かって走った。

校舎に駆けこんだとたん、草加とぶつかりそうになる。こちらは、清志が腕を引っ張っていた。清志の表情も妙に硬い。

「なにごとやろか」

草加が先に口を開いた。

「わかりません。学校に着くなり、宇良に引っ張られて」

「あたしもです。靴箱んとこで清志に呼ばれて、慌てて転んでしもうた」

草加が尻のあたりをなでる。ここを打ったという身振りだろうか。騒ぎを聞きつけて、水守も廊下に出てきた。

「誰か、泣いちょる」

少女の泣き声だ。確かに聞こえる。すぐさま、悲鳴が上がり机やイスの倒れる音が響いた。

深津は宇良の手を振り払い、教室に飛び込む。

「うっ」

戸口で一瞬、棒立ちになった。「まあっ」。草加の動きもほんの刹那、止まる。

「きやぁあああっ」

絶叫に近い叫びが、教室内にこだました。

「止《や》めなさい」

草加が大声を上げる。

深津は息を詰めた。心臓が激しく鼓動を打つ。

莉里がこころの上に馬乗りになって、こぶしを振り上げている。

「痛い、やめて、やめてーっ」

こころは床に押し付けられ、泣き叫んだ。

深津は一瞬止まった息を吐き出す。「止めろ、何をしてる」。莉里を後ろから抱きかかえ、引き離す。莉里の抵抗は激しかった。両手を振り回し、足をばたつかせる。力いっぱい押さえても、動きは止まらなかった。

「莉里、莉里、落ち着け。落ち着くんだ」

「放して、嫌だ。放せーっ」

莉里の手が頰に当たった。口の中まで痛みが広がる。

まるで野生の獣だ。人に捕らえられて力の限り暴れる。

「姉ちゃん」

「ここちゃん」

清志と恵美が同時にこころに駆け寄る。こころは鼻血と涙と洟《はな》と汗で顔も頭もぐっしょり濡らしていた。気道が閊《つか》えたかのように、ひーひーと掠れた息を漏らしている。「こころ」。草加が呼びかけながら抱き起こし、そのまま両腕でしっかりと抱えた。こころが泣き叫ぶ。草加にしがみ付き、声と身体を震わせて泣き続ける。

「大丈夫、大丈夫。もう大丈夫。よしよし、大丈夫じゃ、大丈夫じゃ」

呪文のように大丈夫を繰り返し、草加はこころの背中を撫《な》でた。

莉里は動きを止めない。身を捩《よじ》り、くねらせ、深津の腕に爪を食い込ませた。火種を押し付けられた。そう感じるほどの熱い痛みが走る。

「助けてっ、やだ、放してーっ。放してーっ、助けて」

「莉里、莉里、頼むから、落ち着いてくれ」

草加のように抱き締めてやりたいけれど、少しでも緩めたら莉里は逃げ出してしまう。そんな気がして、腕の力を抜けない。

「お姉ちゃん……」

流がふらっと前に出てきた。息苦しいのか、口を半ば開け荒い息をしている。

「お姉ちゃん」

莉里の前に回り、抱き着く。とたん、莉里が動かなくなった。身体がみるみる柔らかくなり、深津に寄り掛かってくる。

「槙屋先生、手を」

水守が耳元で囁いた。

「もう手を放してもよかよ」

「あ……、はい」

深津はそっと腕をほどいた。莉里は逃げ出さなかった。身動きすらしなかった。視線を足元に落としたまま、呆《ほう》けたように立ち尽くしている。何も言わない。額に浮かんだ汗と頬に貼り付いた髪の毛だけが、さっきの激情の名残《なごり》だった。流も無言だ。息を乱しながら、姉の腰にしがみ付いている。その姿勢のまま固まっていた。背中だけが波打っている。

「いったい、どげんしたとや？　ないがあったとや？　教えてくれんね」

水守がゆっくりと教室内を見回す。その視線も物言いも穏やかで落ち着いていた。

戸口近くにいた俊が半歩前に出て、かぶりを振った。「ほんのこち、わかりません」と小声で答え、さらに声をこもらせてぼそぼそと続ける。

「おいが教室に入ってきたときはもう、莉里がわっぜか怒っちょって……」

俊はちらりと莉里を見て、すぐに眼を逸らした。怯えている者の眼つきと仕草だった。莉里が突然露《あら》わにした激しい怒りと暴力に、怯えているのだ。

「絵を踏んだんじゃ」

宇良が言った。はっきりと、よく通るいつもの宇良の声だった。なぜか、ほっとする。深津は我知らず、吐息を漏らしていた。

「こころが莉里の描いた絵を踏んだんじゃ。それで、汚れてしもた」

宇良は深津の前に一枚の紙を差し出した。

海の底らしく、海藻が揺らぎ、魚たちが泳いでいる。真ん中には人魚の少女が歌っているのだろうか、口を開けて岩に座っている姿が描かれていた。恵美と作っていた『海の神さま』の一シーンだ。とても丁寧に描かれている。

「きれいな絵やなあ」

水守が場に相応《ふさわ》しくないのんびりとした口調で言った。けれど、深津は息を呑み込む。人魚の少女の上にべったりと上履きの跡が付いていたのだ。昨日の風雨が吹き込んで、昇降口は少し濡れていた。上履き跡も濡れて、その分くっきりと残っている。幅二ミリほどの波線が歌っている少女の顔の上を過って、黒い傷口のように見えた。

「せっかく描いた絵を汚された。だから、あんなに怒ったのか」

俯《うつむ》いている莉里に問うてみる。莉里は彫像を思わせて微動だにしなかった。

「わざとじゃなか」

こころが声を張り上げた。涙の溜まった眼で、莉里を睨《にら》みつける。

「わざとじゃなかよ。あたしが教室を歩いちょったら、風でその絵が……莉里ちゃんの机から落ちたと。あたし……気が付かんじ踏んでしもた。いっきごめんて謝ったよ……莉里ちゃんがわっぜか怒って、飛び掛かってきて叩いて……」

しゃくりあげながらそこまで言うと、こころはまた、声を上げて泣き出した。

「あたし……謝ったがね……叩かれた。叩かれて……それで……」

「わかった、わかったよ。もうよか」

草加はこころの背中をまた撫で始める。こころはしゃくりあげながら、「叩いた。叩いた」と繰り返し訴えている。

「な、こころ。保健室に行こうか。手当てしようかね」

草加は水守に顔を向け、背筋を伸ばした。

「校長、血が出とりますし、洲上さんに見てもろうたほうがよかでしょうか」

「そうな、連絡してみやんせ」

「はい。さ、こころ、おいで。もう泣かんでよか」

草加に支えられて、こころが教室を出て行く。

「槙屋先生も腕の手当て、したほうがよかですね」

水守が眉を寄せ、深津の腕を見詰めてくる。それで、深津は自分の腕からも血が流れていることに気が付いた。ぽたぽたと滴るほどではないが、細い一条の線になり肘のあたりまで伝っている。莉里の爪で付いた傷から滲み出ていた。

「これくらい、何ともないです」

ティッシュで押さえると痛みが走り、薄い紙はすぐに紅く染まった。深津は動かない莉里の前にしゃがみ込み、ゆっくりと手を伸ばす。莉里の腕に触れる。莉里はびくりと震えたけれど、そのまま立っていた。深津を拒もうとはしない。代わりのように、流が首を横に振りながら姉に強くしがみ付く。

「莉里、あのな」

「ごめんなさい」

不意に莉里がくずおれた。全身の力が抜けたかのように、その場に足から崩れる。姉の動きにひきずられて、流は床にしりもちをついた。それでも、しがみ付いた手を放さない。

「ごめんなさい。ごめんなさい。ごめんなさい」

顔を覆った指の間から嗚咽《おえつ》が零れる。色も形もあるわけがないすすり泣きの声は、しかし、深い藍色の波になって四方に広がっていく。深津にはその波が見えた。波が自分を浸してくるのも感じた。

「莉里……」

「捨てないで。あたしを見捨てないで。謝るから……もう二度とこんなことしないから……だから、捨てないで。お願い、先生」

せんせい。その響きが胸を刺した。これまで、何十回、何百回となく向けられてきた呼びかけの言葉だ。ほとんど、記号に近い。それが刺さる。

「そんなことしないよ、莉里」

莉里の腕に触れながら、いつもよりゆっくりと一言一言を発音していく。

「どんなことがあっても、おまえたちを見捨てたりしない」

嘘は言うまい。誤魔化しもその場しのぎの言葉も口にすまい。してはいけないのだ。今まで数えきれないほど、小さな嘘をついてきた。誤魔化してもきた。姑息《こそく》な言い方もした。全てが悪とは思わない。誰かを励ますためであったことも、傷付けないためであったこともあるのだ。けれど、今は駄目だ。泣きながら自分を「先生」と呼んだこの少女を裏切ってはいけない。本当のことしか言ってはいけない。

「約束する。絶対に見捨てない。信じてくれ」

莉里が顔を上げた。涙で濡れた頬が鈍く光っていた。

「どげんしたとや？　何の騒ぎね」

古竹が戸口から覗いた。後ろに中学生五人が控えている。

「いや、これから視聴覚教室に行っところで……やけにせからしかったもんやっで。うん？」

泣いている莉里に気付き、古竹が教室に入ってくる。

「莉里、泣いちょるんか。どげんした」

前屈みになり、莉里の顔を覗き込もうとした。とたん、悲鳴が響いた。海から容赦なく襲い掛かってくる烈風に似た音だ。束の間、それが人の声だと深津は理解できなかった。古竹がよろめき、莉里に伸ばしかけた手を引っ込めた。ごつごつした五本の指が宙に浮く。

「助けて、嫌だ。打《ぶ》たないで」

莉里が頭を抱え、うずくまる。防御の姿勢だ。莉里は攻撃を受けた亀のように身体を縮めた。身体全部がそれとわかるほど震えている。

「打たないで。ごめんなさい。いい子にしてるから打たないで。お願い、お祖父《じい》さま」

「えっ？　えっ？　何のこつ……」

「古竹先生」

水守が頭を横に振った。古竹が唾を呑み込み、後ろに下がる。その傍らを滑るように、ももが前に出てきた。

「莉里ちゃん、あっちに行こう」

莉里を助け起こす。莉里の全身は強張って、関節が上手く動かないようだ。智美が手を添え、ももと一緒に硬い身体を抱える。

「あっちに、外に行こう。な、そうしよう」

莉里が頷いた。ももにもたれながら、歩き出す。智美が後ろから背中を支えた。「よし、他の者は視聴覚教室に行くぞ」。古竹に促され、三人の中学生が職員室横の教室へと向かう。

そのときになって、しりもちをついていた流が慌てて起き上がった。「お姉ちゃん」。莉里の後を追って廊下に飛び出そうとする。

「流」

宇良が呼んだ。足を止め、流が振り返る。大きく目を見開いている。暑さのせいなのか気が昂《たかぶ》っているのか、頰は鮮やかな紅色に染まっていた。

「もうよか。莉里に構うな。大丈夫じゃっで」

流が瞬きする。汗が頰を流れた。

「みんながおっで。おまえ一人で、きばらんでよか。なっ」

宇良が俊を見上げる。俊はこくりと頭を前に倒した。流は立ったままだ。身体の横で指を握り、小さなこぶしを作っていた。このこぶしで、流は何に立ち向かおうとしているのだろう。こんなにも小さいのに。

「姉ちゃんも大丈夫か」

清志が珍しく心細げな声を出した。その視線が深津に向けられる。

「なあ、先生、姉ちゃんも大丈夫かなあ」

「うん、大丈夫だ。ひどい怪我はしてない。ただ気持ちが落ち着くまでは保健室で休んでたほうがいいだろうな。そうか、清志、姉ちゃんのこと心配してるんだ」

「そうじゃなか。心配なんかしとらん」

清志の唇が尖り、拗《す》ねた顔つきになった。その表情のまま流の腕を引っぱる。

「流、一輪車乗りに行こう」

流がよろめいた。「一輪車」と呟く。

「おやおや、この時間割だと一時間目は国語のはずやっど。それに、グラウンドはまだ、濡れちょるんとちごな？　な、槙屋先生」

水守が横目で深津を見やった。眼つきも口振りも柔らかい。

「周りは乾いちょっ。一輪車、乗るっが。なっ」

そう言った後、宇良も深津を見詰めてきた。こちらは、正面から真っ直ぐに。

「そうだな。じゃあ、一時間目は体育に変更しようか。みんな体操服に着替えろ。一輪車競走をやるぞ。その後、グラウンドが乾いたら障害物競走だ」

清志がわっと歓声を上げる。尖っていた唇が大きく横に広がった。

「流、一輪車で競走じゃ」

もう一度、清志は流の腕を引っぱった。「うん」。流がはっきりと同意する。男の子たちは、手早く体操服に着替え始めた。

「よしっ。じゃあ、今日の一時間目は校長先生が指導しちゃる。みんな、嬉《うれ》しかどが」

水守が胸を張った。深津も子どもたちも一斉に「えっ」と叫び、校長を見やる。

「なんよ。なんで、そげなん顔すっと」

水守が顎を引き、わざと渋面になる。宇良が首を傾げる。真顔だった。

「けど、校長先生、一輪車に乗るっとや？　転んだら怪我すっど」

「そうですよ。先生、無理は禁物です。転んだら骨折しかねません。危ないです」

「まあ、みんなして他人こつ馬鹿にして。しし乗れっに決まっちょっやろ。一輪車競技があれば、オリンピックで金メダル取るっぐらいの実力じゃ」

「オリンピック？　校長先生、オリンピックの選手ね？　すげ。知らんかった」

清志が大きく息を吸い込んだ。まじまじと水守を凝視する。俊がその頭を軽く、小突いた。

「アホ、本気にすんな。嘘に決まっちょっがね。校長先生、玉入れも下手《へた》だがね」

「そうそう。去年の運動会、校長先生の投げた玉、一つも入らんかった」

「まあ、俊も宇良も憎たらしか」

笑いながら、子どもたちが出て行く。出て行くまぎわ、宇良と目が合った。その視線が僅かに横に流れる。そこに恵美が立っていた。まだ、着替えをしていない。半袖のポロシャツとスカートのままだ。胸に数枚の紙を抱えていた。莉里の描いたイラストだ。

「恵美、グラウンドに出られるか」

恵美はイラストを抱いたまま、唇をもぞりと動かした。

「先生……」

「うん？　どうした」

「あたし、えじ。莉里ちゃんのこと……えじ」

莉里が怖いと、恵美は訴えていた。無理もない。莉里は紛れもなく、生々しく、他人に暴力を振るった。目の当たりにして、まだ十歳にならない少女が怯えるのは当然だ。

「……莉里ちゃんが、ここちゃんを殺すかち思った。けど、あたし、えずって動かんかった。じっとしちょった。ここちゃんが絵を踏んで……莉里ちゃんがわっぜ怒った。わっぜ怒鳴った。鬼んごたった。莉里ちゃんじゃなかんごたった。宇良たちはすぐに先生を呼びに行った。あたしは動かんかった。莉里ちゃんがえずって、えずって動けんかった」

さっき莉里にしたように、深津は恵美の前に膝をついた。

「恵美、当たり前だ。人が人を怒鳴ったり、叩いたりするのを見て怖いと思うのは、当たり前なんだ。身体が竦んで動けないのも仕方ないことだ」

恵美の手を見る。流よりは大きいけれど、華奢《きやしや》で小さい。そのこぶしは深津の手のひらにすっぽり収まってしまう。

「恵美は何にも悪いこと、していない。それだけは確かだからな」

こんな小さなこぶししか持たない者たちを、闘わせてはならない。理不尽な暴力や残忍さや過酷さと向き合わせてはならない。鬼に追われて、闇夜の森を逃げ惑う恐怖を味わわせてはならない。それが大人の役目だ。

それが、おれん役目や。

頭の中で白い火花が散った。実体のない火の粉を熱いと感じる。

おれん役目……。そげんこつ、考えたこともなかった。

恵美の眸を覗き込む。潤んで黒く、揺れていた。問うてみる。

「まだ、莉里が怖いか」

「えじ」

恵美は素直に答えた。まだ、怖いと。それから、胸にイラストの紙を押し当てた。

「じゃっどん、わかっ。莉里ちゃん、ほんのこて一生懸命、描いちょった。汚されたんで怒るったのもわかっ。えじどん、わかっ」

恵美が泣き出す。ぎりぎりまで堪《こら》えていた涙が流れ出す。

「ここちゃん、かわいそうや。謝っちょっとに、あげに叩かれてかわいそうや」

ぐすりと洟をすすり上げ、恵美は深津の眼を見返してきた。

「先生、ここちゃんのところに行ってんよかけ」

「こころと一緒にいたいのか」

恵美は頷き、手の甲で頬を拭いた。涙の痕が消えていく。

「わかった。行っていいぞ。こころの傍にいてやってくれ」

「うん」。イラストを抱いたまま、恵美は教室を出て行った。子どもの気配が消えて、室内が静まる。水守が恵美を見送り、低く唸った。

「うーん、槙屋先生、莉里は相当、まいっとりますね」

「ええ。あの怒り方もそうですが、古竹先生への怯え方は尋常じゃない」

「大人から……たぶん、お祖父さんから、わっぜか虐待を受けちょったと考えて間違いなかですね。おそらく、わたしらが考えるよりずっと酷《ひど》か仕打ちをされちょった」

「それも日常的に、でしょうね」

水守がまた、唸った。さっきまで子どもたちに見せていた屈託のない笑みが、消えていく。眼の中に翳《かげ》が過る。急に二つ三つ、老けたようだ。

「よかことも悪かことも、子どもは大人から学ぶでね。あげんむちゃくちゃな怒り方、莉里は知ってしもうたわけやな。大人の男んしを怖がっことも」

「でも、謝りました。わかっているんです」

水守が緩慢な動きで、深津に顔を向けた。

「人を痛めつけてはいけないって。叩かれたら、蹴られたら痛いって」

激しい打擲《ちょうちゃく》を莉里は生身と心で受けてきた。その痛みを骨の髄までわかっている。突き上がり抑制の利かない激情、打擲の痛み、他者を傷付ける罪。ごめんなさい、ごめんなさいと繰り返していたとき、莉里は身の内にうねる罪の意識や惨《むご》い記憶に堪えていたのだろう。ここにも一つ、小さな、壮絶な闘いがあった。

「ですね。あの子はようわかっちょる……。わからされてしもうたんですね」

水守が額に手を当てて、俯いた。

「ほんのこつ、よかったんでしょうかねえ」

「え?」

「莉里たちをうちの学校に受け入れたの……間違いやらせんじゃったんやろうか」

「校長」

「わたしが甘かったかもしれません。子どもの抱えっちょっもんが、こげん重かとは想像を超えちょった。先生方にとんでもない負担をかくっ。いまさら無責任じゃっどん、考えてしまいますねえ」

確かに無責任だ。

受け入れておいて、戸惑うなどとは無責任だ。

「弱音ですか、校長。らしくないですよ」

水守が瞬きした。丸い目がいっそう丸くなる。

「あら、わたし、か弱かどん。見かけ通りです。でも、そうじゃなあ、教師が弱音を吐いとったら、子どもに申し訳なかねえ」

翳のある眼つきのまま、水守が笑う。

窓ガラスが鳴った。風が吹きこんでくる。額の汗が拭い去られる。身体中に噴き出していた汗も乾いていく。くすくすと軽やかな笑声が聞こえた気がした。

「子どもらがいますから、校長」

「うん？」

「子どもらに助けてもらいましょう」

水守が一度、ひどくゆっくりと瞬きをした。「そうやねえ」と呟く。眼元が僅かに緩んだ。

「子どもたちがおっもんね。そいを忘れちょったわ。子どもは頼りになってね」

「ええ、誰かを支えられますから。流も……」

姉にしがみ付き、姉に依存してきた弟。流に対し、そういう見方しかできなかった。けれど、違った。まるで違った。流は莉里を支えていたのだ。しがみ付くことで、片時も姉から離れないことで支えていたのだ。いや、支え合っていたのだろう。親からも祖父母からも見捨てられたと感じ、お互いに頼りにしてきた。島に来て、流も莉里もほんの僅かだが距離を取ることを、離れることを覚え、そろりそろりと歩き出している。

宇良が流を呼び止めたわけがわかった。

みんながおっで。おまえ一人で、きばらんでよか。

あの一言は、もうしがみ付くなということだろうか。手を放し、莉里とは別の道を行けと伝えたのだろうか。

「先生、ないをしよる。もう用意できたじゃ。みんなが待っちょっ」

宇良が窓から顔を出し、水守を呼んだ。

「はいはい、今、行っが。まずはストレッチから始むっじゃ。先生の華麗なテクニック、見せてやってね。ふふ、たまがんなよ」

「校長先生、太っちょっで一輪車のタイヤがパンクすっかもしれんち、みんな心配しちょっど」

そう言い放つと、宇良の姿はひょいと消えた。

「まあ、憎たらしか。よしっ、本気で見せてやっが」

「校長、本当にグラウンドのほうを任せてもいいですか」

「任せてください。久々に一輪車でグラウンド一周してみっでね。昔はサーカスに就職できるち言われたほどやっど」

水守が袖をまくる。むっちりとした逞しい腕が露わになった。

「あ、槙屋先生、一つ尋ねよごたっこっがあっと」

尋ねたいこと？　何だろうか。深津は返事の代わりに、軽く首を傾げた。

「莉里、古竹先生には怯えたけど、なんで槙屋先生が触れても怖がらんかったんやろうか」

「はぁ、それは……」

どうしてだろうか。指摘されるまで不思議に思いもしなかった。

「そりゃあ、槙屋先生のほうがイケメンなんは認むっ。じゃっどん、そいが理由じゃなかやろ。古竹先生も子どもに泣かれるほどのえじ顔じゃなかやろし」

「校長、辛らつ過ぎませんか」

水守は腕まくりしたまま、ひょいと肩を竦めた。

「古竹先生はよか先生やっど。子どものために一生懸命になるっ教師じゃ。少しおしゃべりで、話があちこちすっところはあっどん、よか先生じゃっ」

「はい」

その通りだ。古竹と親密に付き合ったわけではないが善性は感じていた。人としても、教師としても信用できる人だと。むしろ、他人を自分を信じ切れずにいるのは深津自身ではないか。神無島小・中学校の校長を見詰める。

「ほんまのこつ言うて、わたしとしては、槙屋先生と莉里が深う心をかよわせていっとは言い切れん気がすんじゃ」

これもその通りだ。この数カ月で、莉里との距離が縮まったとは言えない。深津はただ、少し離れた場所から、莉里を見ていただけだ。

「なのに、莉里は先生を怖がらんかった。担任だからやないと思うんじゃっ。なんでかね」

「わかりません」

正直に答える。答えた後、考える。自分と古竹の違いは何だろうか。

風がまた、吹いてきた。前髪が揺れる。ふっと思った。

知っているからだろうか。

鬼に追われる恐怖を知っているから、喰われる痛みや苦しみを知っているから、だろうか。わからない。莉里に尋ねても、答えは返ってこないだろう。

「せんせーい、早《はよ》うーっ」

今度は清志が呼びに来た。青い一輪車を手に、促すように手を振っている。

「はいはい。すぐに行くが」

水守が速足で出て行く。深津も廊下に出た。視聴覚教室の前を通り、渡り廊下を行くと保健室がある。ここだけはドアが白く塗られていた。

「はい」。ノックすると返事があった。紗友里の声だ。

こころはベッドに座り、膝の手当てをしてもらっているところだった。紗友里はしゃがみ込み、包帯を器用に巻きつけている。

「早かったな。もう、駆け付けてくれたのか」

「ううん。たまたまじゃっ。健康診断のことで調べることがあって、来ちょったの」

「そうか。こころ、どうだ？　まだ痛むか」

こころは視線を深津に向け、紗友里の横に立つ恵美に向け、机の上に移した。そこには、あのイラストが重ねて置いてある。

「頬と膝と肘に擦り傷。おでこにタンコブ。鼻血と口の端もちょっと切れたかな。Tシャツの袖が破けて、スカートが汚れた。被害はそれくれかな。こころちゃん、足、まだ痛かか」

こころがかぶりを振る。紗友里が立ち上がり、「ジュースあるから、飲も」と言った。

部屋の隅にある小型の冷蔵庫を開ける。

「恵美ちゃんも飲も。槙屋先生、手伝《てつど》うてください。コップ、出して」

紗友里が目配せしてくる。深津は白いトレイの上に紙コップを並べた。

「草加先生は？」

「着替えの服を取りに行った。ついでに、お母さんに電話すっちゆたら、こころちゃんが絶対に嫌だって。言わんでって泣いたと」

「こころが……そうか」

「なんか言おごっことあっとじゃなかかな。聞いてあげてよ」

振り向く。こころはうなだれて、ベッドの上に座り、恵美も俯きがちに立っていた。

「こころ、お母さん、呼ばなくてもいいいんだな」

「いい。言わんで。なんも言わんで」

こころが激しく頭を振った。みるみる涙が盛り上がる。

この少女は自分に馬乗りになり、こぶしを振るった相手を庇《かば》おうとしているのだろうか。母親に心配をかけたくないと考えているのだろうか。

違う。

とっさに感じた。莉里も身体や表情を硬くして、鎧《よろい》のように心を覆っていたけれど、こころも同じだ。隠そうとしている。鎧をまとって本当の気持ちを見せまいとしているのだ。

それもいい。

子どもだって、秘める何かはあって当然だ。何もかもさらけ出す必要なんてない。しかし……。

深津は、傷のあるこころの頬を見やった。

身の内に抱えていては重い。現実の荷の何倍も重いことだってある。膂力《りょりょく》に乏しい子どもなら、なおさらだ。大人には些細《ささい》な密事も、肩に食い込む重荷になる。

「こころちゃん」

恵美がふっと動いた。こころの横に座る。白いシーツをかけたベッドがぎしっと音を立てた。恵美は身体がくっつくほどの近くからもう一度、こころを呼んだ。「ここちゃん」

こころが大きく息を吸った。それから、吐き出した。

「莉里ちゃんは乱暴や」

顎を上げ、声を震わせる。

「他人を叩いたり蹴ったりしたやらやっせん。やっせんち、母さんも父さんも言うちょる」

「うん。そうだ。どんな理由があっても駄目だ。まして、こころは莉里より年下だものな」

対等に闘える者にならまだしも、自分より小さな、弱い、劣る相手に力を振るうのは許されない。けれど、許されないことが、この世には許されたまま溢《あふ》れている。

「だから、莉里ちゃんは悪か。悪かよ……けど、あたしも悪かった」

こころが目を伏せた。さっき水守が見せた翳りによく似ている暗みが面に現れる。

「わざと踏んだの」

「え？」

「先生、あたし、あん絵をわざと踏んだ」

何？　どういう意味？　問うように、紗友里が深津を覗き込んでくる。トレイの上で、紙コップのオレンジジュースが揺れた。

「わざと？　けど、あれは風で飛んだんだろう」

こころの唇がへの字に歪《ゆが》んだ。頬の擦り傷が動く。一瞬、紅い糸がくねったようだった。

「恵美ちゃんが莉里ちゃんばっかいと遊んで、あたしんこつ構わんくなった。そいが嫌やった。

嫌やった。ほんのこつ嫌やった」

恵美が身体を縮める。それくらい、こころの口調は険しかった。周りを圧するような迫力があった。深津は、海辺の風景を思い出す。課外授業で海に出かけた日、こころも恵美も莉里も、楽しそうだった。貝やら流木やらを笑いながら集めていた。

「この前の海の授業は三人で仲良くしてたじゃないか」

そう言った自分の声は乾いて薄っぺらで、口にしたとたんぽろぽろと崩れてしまう。誰の心にも届かない声だ。

「海では遊べたばっ、帰ってきたらいっき二人だけで本を作って……。あたしんこつ知らんぷりして。あたし、辛かった。ひとりぼっちん気がした。海で楽しかったけど、学校ではひとりぼっちん気がした。どげんしたらよかか、わからんかった」

しゃべりながら、こころの声も乾いていく。けれど、薄っぺらではなかった。まだ七歳の少女は、本気で懸命に自分の言葉をしゃべろうとしていた。美しくも、感動的でもない。この国のどこにでもある、大半の者にとって取るに足らない揉《も》め事をぼそぼそ語っているに過ぎない。なのに、その声は耳から染み込んでくる、忘れられなくなるほど濃い色合いをしていた。

「今朝も教室に入ったら、二人で楽しそうにしちょった。あたしが『おはよう』ちゆうたのに、恵美ちゃんも莉里ちゃんも『うん』しかゆてくれんで、二人で楽しそうに笑うちょった。あたしのこつ、見んかった。あたし……淋《さみ》しかった」

恵美がふうっと息を吐いた。それだけだった。紗友里はトレイを持ったまま立っている。

「学級文庫の本、読もうかち思うて立ったら、風で人魚ん絵が飛んできて……」

「先生」とこころが呼んだ。呼んで、深津を見上げてきた。

「先生、あたし拾おうち思ったとよ。ほんのこて思うた。やっどん、急に悔しゅうて、憎たらしゅうて、踏んでた。あの絵が憎たらしゅうて、あの絵があっで、あたしが淋しかち思うた。それで……踏んでた。先生」

こころがもう一度、呼ぶ。深津は「はい」と返事をした。少女の眸を見詰める。

「莉里ちゃんが悪か。やっどん、悪うなか」

莉里の怒りには理由があったとこころは告げたのだ。深津はこころから恵美に視線を移す。四年生の少女は俯いていた。罪を犯した人のようだった。

「恵美は知ってたのか。こころがわざと踏んだって」

恵美が頷く。「見た」と小さく呟く。

「絵が飛んだとき……見た。ここちゃん、一度立ち止まって、それから踏んだ」

紗友里が唾か息かを呑み込んだ。視線は、こころと恵美の間を行き来する。

「莉里ちゃんも見たち思う」

「……ごめんなさい。絵を踏んで、ごめんなさい」

こころの声音から力が抜けていく。身体まで萎《しぼ》んでいくようだ。

「大丈夫」

手を伸ばし、こころの肩に載せる。体温はそんなに高くないのに、手のひらだけはいつもほんのりと温かだ。「深津の手のひらって温かくて気持ちいいね」。別れた妻がそう言って、手のひらに頬を押し付けてきた。もう、何年も前のことだ。

温もりが伝わればいいのに。この小さな身体が萎まないように、温めてやれたらどんなにいいだろうか。そんなことを思う。

「さ、せっかくだから、ジュース飲もっ」

紗友里が紙コップを配る。

「あたしの手作りのジュースじゃっで、美味しいじゃ。さ、飲んで」

たしかに美味だった。サトウキビとオレンジを混ぜて、もう一つ、何かを加えているのだと紗友里が言った。

「何だよ、その何かって」

「秘密。一子相伝ってやつじゃ」

「えらく、大げさだな。でも、うん、ほんとに美味《うま》い」

恵美もこころも、すぐに飲み干した。飲んで、顔を見合わせ、くすりと笑う。二人とも鼻の下にオレンジの線ができていた。

「うわーっ、すげっ」

グラウンドから歓声が上がる。拍手も交ざっていた。

「あら、校長先生、すごか。わあっ、かっこよか」

窓から身を乗り出し、紗友里も声を弾ませた。

六つ、等間隔に並んだコーンの間を水守が一輪車で縫うように進んでいく。安定したスピードと姿勢で、危なっかしいところは一分もない。

「なるほど、あれなら確かにサーカスに就職できるかも」

こころと恵美も窓から顔を出し、「わあっ」と叫んだ。

「ほんのこつすごか。いつもの校長先生じゃなか」

「かっこよかね」

子どもたちの称賛が聞こえたわけもないが、水守が腰に手をやり胸を反らした。それから、右手を上げ、上下に動かす。おいでおいでと招いているのだ。

「校長先生が呼んじょる。どうするね？」

紗友里が恵美の背中を軽く叩いた。恵美はこころをちらっと見やり、「行く？」と尋ねた。

「うん、行く。一輪車に乗ろごたっ」

「ここちゃん、乗れる？　足、痛かなか？」

「大丈夫。痛かなか。行こう、恵美ちゃん」

「行こっ。洲上先生、ごちそうさま」

こころと恵美が手を繋ぐ。保健室から走り出て行く。握り合った二つの手が深津の眼に焼き付いた。

島の子は、赤ん坊のころから顔見知りになる。こころと恵美も仲の良い姉妹のように育った。だから、揉め事も諍《いさか》いも乗り越える術《すべ》が自然と身についている。一人が手を差し出し、一人が握ればいいのだ。だが、莉里はそうはいかない。

深津は窓辺から離れた。紗友里が眼だけで追ってくる。

「どけ行っとや」

「莉里を捜してくる。ももたちが一緒にいてくれてるはずだ」

「そう……。もしよかれば、こけ連れてきて。ジュースがいっぱいあっど」

「うん」

廊下に出る。グラウンドの明るさに慣れた眼に、そこは薄暗いトンネルのように映った。この暗みの先に莉里がいる。

なぜか、胸が騒いだ。


廊下の端には横開きのドアが付いている。下半分が木製、上半分がガラスになった頑丈な扉だ。外側にも風雨除《よ》けの雨戸が付いていて、嵐のときはそれを閉め切る手筈《てはず》になっていた。今はどちらも開け放している。

風と風に揺れる木々の音、潮騒《しおさい》、そしてグラウンドの歓声が廊下に流れ込んできた。

戸口から覗くと、校舎から伸びる影の中に三人の少女が座っていた。もも、智美、莉里。三人とも膝を抱え、黙り込んでいるようだ。莉里はももの横で、ぼんやりとした目付きを海に向けていた。

足が止まる。近づくのが躊躇《ためら》われた。

莉里は何を見ているのだろうと、思う。

眼は開いているけれど、前に広がる風景を見ているわけじゃない。紅色と黄色のハイビスカスの咲く花壇も、ざわざわと風に揺れるガジュマルの森も、青い帯のように延びる水平線も見ていない。

もしかしたらと、深津は一瞬目を閉じる。

もしかしたら、この光もこの色も目に映っていないのかもしれない。灰色の濃淡だけの世界を莉里は眺めているのかもしれない。

まだ十歳になるかならずかの子どもが、こんな眼差しを持つ。

どげんしたらよかか。

途方に暮れる心持ちになる。

こげんな眼差しをすっ子にないをしてやっ。

風が不意に強くなる。千切れた草の先が風に乗って、頬にへばりついてきた。

しっかりせんか。おめは教師じゃなかか。

声を聞いた気がした。怒りと苛立ちが混ざった声だった。空耳だろうか。

戸口からコンクリートの渡り廊下に下りる。いつもなら、木製の簀子《すのこ》が敷いてあるのだが、今日は風に飛ばされるのを防ぐために仕舞われている。剝《む》き出しのコンクリートは濡れて、濃い鼠《ねずみ》色をしていた。

「あ……」

ももが深津に気付き、腰を上げる。智美も立ち上がった。莉里だけが前を向いたまま動かない。グラウンドの声が一際、大きくなったようだ。水守がまた、一輪車の技を披露しているのだろう。

「智美ちゃん、行こう」

「え？　あ、うん」

ももと智美が校舎の中に消える。深津は、莉里の傍らにしゃがみ込んだ。

「こころが言った。絵をわざと踏んだんだって」

莉里は返事をしない。身じろぎさえしなかった。

「謝ってた。莉里と恵美が仲が良くて、いつも二人でいるから、独りぼっちになったような気がして辛かったんだと。だから、とっさに踏んでしまったらしい。ごめんなさいって、泣きながら謝ってた」

莉里が長い息を吐き出した。

「仲良くなんて、ない」

「え？」

「あたし、別に恵美ちゃんと仲が良いわけじゃない」

莉里が呟く。ため息を吐く。疲れた女の吐息だった。

「あたし、恵美ちゃん嫌い」

「莉里、けど……」

「恵美ちゃんだけじゃない。他の人も先生も、嫌い。この島も嫌だ」

細い腕で足を抱え、莉里が身体を縮める。猛禽《もうきん》に襲われ竦む、小さな生き物を連想させた。

「島も嫌いか」

「嫌い。みんな、何を言ってるかわかんない。耳にわんわん響くだけ。外国にいるみたいで、どうしたらいいかわからなくなる。だから」

怖いと、莉里は続けた。遠い、見知らぬ国に放り出されたようで、怖くてたまらない。言葉にはならなかった恐れが、不安が、心細さが伝わってくる。

莉里がゆっくりと深津の方に顔を向けた。

「だから、先生がわかる言葉を話してくれてよかった。それに、ももちゃんも。ほっとした」

少女の視線を受け止める。僅かに屈み込み、語り掛ける。

「教えてもらったら、どうだ」

「教えてもらう？」

「うん。島の言葉を教えてもらうんだ。外国の言葉を覚えるより簡単だと思うぞ」

「誰に？　先生に？」

「先生でもいいし、ももでも宇良でもいい。洲上のおばさんだって、恵美だってこころだって教えてくれるさ。莉里が一番、教えてもらいたい人に頼んでみるか」

莉里が瞬きする。前に向き直り、もう一つ、息を吐いた。小さなつむじ風が土埃を舞い上げる。回りながら、深津と莉里の前を過ぎていった。

「恵美ちゃん、教えてくれるかな」

「頼んでみるか。なんなら、先生が恵美に言おうか」

莉里がかぶりを振る。俯いて、自分の膝に額を付ける。深津は、莉里を真似《まね》て、両腕で膝を抱いた。その姿勢でいると、自分も少女と同じくらいの年齢に戻る気がした。

「島は嫌い。でも、どこにも行きたくない」

莉里の足元でまたつむじ風が巻き上がる。十五センチに満たないほど小さい。

「ここから離れたくない。家に帰りたくない」

「帰らなくていい。ずっと、いればいい。少なくとも莉里が中学を卒業するまでは、島にいていいんだ。いや、その後だって島にいていいし、一旦出てもまた帰ってくればいい。それは、できることなんだ。わかるか、莉里。できるんだよ」

つむじ風が消える。莉里がゆっくりと顔を上げた。

「先生も帰ってきたんだよね」

「え……あ、そうだな。先生もこの学校にいたんだ。卒業する前に島を出て行ったけど」

「どうして?」

どうして島を出たのかと問われた。そう思った。我知らず唾を吞み込んでしまう。

「先生はどうして、帰ってきたの」

「あ、そうだな。それは……」

違った。莉里はどうして出て行ったかではなく、どうして帰ってきたのだと尋ねているのだ。問いは違うのに、やはり返答に詰まり、深津はしばらくの間黙り込んでしまった。

なぜ、帰ってきた。

紗友里にも問われた。給食員だった老女からも問われた。そして、母から問われた。

ないごて、帰ってきた。

誰にも答えていない。もっともらしい言葉は並べたけれど、答えではなかった。

おれはないごて、こん島に帰ってきた?

あっと莉里が声を上げ、口に手を当てた。眼を見張り、地面を見詰める。二つのつむじ風がぶつかり、離れ、またぶつかっている。まるで、ベーゴマの闘いのようだ。

莉里は固まったように動かない。瞬きさえ忘れたようだ。

風は三十センチほど離れたかと思うと、地を滑り、激しくぶつかり合った。巻き上げた小石がぶつかるバチバチという音が、はっきり聞こえる。弾き飛ばされた欠片が四方に散るのが肉眼でも確かめられた。

そして、不意に掻き消える。ふっと風は止み、小石や砂粒が地面に落ちてきた。

「……すごい」

莉里の喉が動いた。息を呑み込んだのだ。口が僅かに開き、息が漏れる。

「こんなの、初めて見た」

深津はガジュマルの森に目をやった。左から右に風が走る。枝が誘うように上下する。

「ウラか」

莉里が深津を見上げ、首を傾げた。

「宇良くん？」

「いや、ウラだ。島の神さまさ」

「子どもを守ってくれる、小さな神さま？」

「そうだ。莉里は島に来る前から知ってたな。お祖母《ばあ》ちゃんが教えてくれたんだってな」

ひくっ。莉里の肩が震えた。その震えは漣《さざなみ》のように背中に広がる。

踏み込んではいけない。踏み込まないといけない。

どっちだろうか。どうすればいいだろうか。

もう一度、ガジュマルの森を見る。森はもう揺れていなかった。濃い緑の上に雨上がりの空が広がり、同じように青い海と溶け合っている。いや、水平線の端に雲が湧いている。空と海は溶け合わない。境目を示す如く、白く厚い雲が現れようとしていた。

「お祖母ちゃんは、優しかった」

莉里が言う。深津を見ない。ぼんやりとした視線は遠く空と海の境目に注がれていた。

「ママみたいに急にいなくなったりしないし、お祖父ちゃんみたいに叩いたり、蹴ったりしなかった。物を投げたり、怒鳴ったりもしなかった。ちゃんとご飯を食べさせてくれたし、お祖父ちゃんに殴られて怪我したとこに、薬も塗ってくれた。お祖父ちゃんの暴力がどんどん酷《ひど》くなるから、逃げなさいって……」

「お祖母ちゃんが逃げろと？」

莉里が微かに頭を前に倒した。視線が足元に戻ってくる。蟻《あり》が黒い体を煌《きら》めかせ、忙《せわ》し気に歩いていた。

「お祖父ちゃん、昔から家族を殴ってたんだって。ママも……。だから、ママはお家《うち》から逃げ出したんだって……。だから、あたしにも、あたしと流にも逃げろって言ったの。それで、この島だったら大丈夫だから、神さまが守ってくれるから安心できるよって」

「そうか。それで、神無島に来たんだな。お祖母ちゃんが逃がしてくれたんだ」

「うん……」

それが祖母の精一杯だったのだろうか。怪我に薬を塗りはしても、怪我を負わないように身を挺《てい》して小さな孫たちを守りはしなかったのだろうか。

ああと、声を上げそうになった。

仁海の姿が浮かんだ。頭の中に、今見ているどんな風景より生々しく浮かんだ。

まだ若い母だ。

頬がぐっしょり濡れるほど涙を流している。唇が白く乾いている。壁に身体を押し付けてしゃがみ込み、全身をわななかせている。

「深津、ごめんなせ。ごめんなせ」

泣きながら詫び、詫びながら泣く。

「弱か母親でごめんなせ。母さん、えずってえずって、身体が動かんかった。深津、守ってやらんで、ごめんなせ」

鼓動が速まる。吐き気がする。煙草《たばこ》と酒と汗の臭いが入り混じって、悪臭としか言いようのない悪臭になって鼻腔《びこう》に流れ込んでくる。

鬼の臭いだ。

「先生……」

莉里の声が細くなった。やっと耳に届いてくるほどの小さな声なのに、深津を今に引き戻してくれた。とっさに深呼吸する。鬼の臭気は消えていた。

「先生も怖がってるの？」

小さな声が問うてくる。声音も眼差しも張り詰めていた。「うん」と、深津は返事をした。莉里をどう扱えばいいのか、莉里とどう接すればいいのか、正直、わからない。教育的対処方法なんて何も思い浮かばないし、役に立つとも思えなかった。けれど、ただ一つだけ、わかっていることがある。

嘘をついてはいけない。

これまで、たくさんの嘘を口にした。これからも、するだろう。でも、今は駄目だ。目の前の少女を誤魔化しても、いいかげんにあしらっても駄目だ。本当のことを、自分にとっての真実を語らねばならない。

さっき教室で湧き上がった想いをもう一度、噛《か》み締める。

莉里は語った。嘘など一欠片も含まない話を伝えてくれた。

深津はもう一度、今度は二回続けて深呼吸を繰り返した。

「怖いな、今でも怖くてたまらなくなる。いつもじゃない。ときどきだよ。ときどきだけど、夢を見る。鬼に追いかけられる夢だ」

「鬼……」

莉里が身体を縮めた。眼を閉じる。眼裏に自分を襲う鬼が見えているのだろう。それは、どんな悪臭を放っているのか。深津も身体が縮む。心臓が縮む。痛くて、苦しい。

「怖いのに、帰ってきたの」

「うん。帰ってきた。確かめたかったんだ」

莉里が見詰めてくる。一息を吐き出し、深津は少女を見返した。

「もう鬼を怖がらなくていいのかどうか、確かめたかったんだ。それを確かめないと、怖い夢を見続ける気がしたからな」

莉里が背筋を伸ばす。顎を上げ挑むような姿勢になる。

「大人になったら、鬼がいなくなったって確かめられるの。もう、怖がらなくてすむ?」

「わからない。いや、大人になっても怖いな。怖いけど……逃げる方法を探すことはできるかもしれない。まだ、わからないけど、ずっと怖がったままじゃなくて、鬼から逃げる方法、もう怖がらなくていい方法を探せるかもしれない」

かもしれない。かもしれない。

何とも曖昧な返答だ。もどかしくもある。少女の必死の問いかけに適《かな》う答えでは、とうていない。けれど、これが今の深津の精一杯だった。

嘘をつくまいと思えば、言葉はどうしても激しさや勢いを失う。ぶつかってこない。ただ、その分、染みてくる。地雨のようにゆっくりと染み込んでいく。自分の曖昧な一言一言がどれほど莉里に伝わったかわからない。ほんの一滴でも染みてくれたらと、深津は本気で願っていた。

「先生」

「うん？」

「ウラってほんとにいるのかな。あの、宇良くんじゃなくて、神さまのウラ」

莉里の目の前で深く、一度だけ首肯する。

「先生は逢ったことがある。昔、莉里よりもう少し大きかったかな。でも、まだ子どもだった。神無島の子どもだったんだ。ガジュマルの森や海で遊び、この学校に通ってた。今みたいな新しい校舎じゃなかったけどな。でも、がっしりした頑丈な建物だったな」

ぶかっこうな四角い平屋だった。ガジュマルの森がすぐ後ろまで迫っていた。風にはめっぽう強く、年に幾度となく襲ってくる台風にもびくともしなかった。深津が在学中、校舎が暴風雨で損なわれたのは数えるほどしかない。たいてい雨戸を下ろし忘れた窓ガラスが、飛んできた石や木の枝で割れる事故だった。耐震基準を満たさず、かつ、老朽化が進んだことで取り壊されたのだと古竹が教えてくれた。

「何回も逢ったの？　先生、ウラを見たの？」

「見たのは一回きりだった。でも、仮面をつけていたから、素顔……神さまでも素顔って言うのかな。本当の顔はわからなかった」

「仮面って、あのお祭りの写真に載ってたやつ？」

「うん。大きな目玉と大きな口。枇榔の葉で全身を覆った神さま、森の精霊だ」

「お祭りで見た？」

莉里の口元が僅かに吊《つ》り上がった。冷笑、嗤笑《ししょう》、嘲笑。何と呼ぶのかわからないが、他人を見下す笑みだった。

お祭りの神さまなんて、作りものだ。人が化けた紛い物に過ぎない。

大人の笑みで、莉里はそう伝えてきた。つまらない誤魔化しをしないで、とも。

「森の中で、だ」

莉里の眸を見詰め、告げる。笑みが消え、途方に暮れた子どもの表情が現れる。

「ガジュマルの森の中で、ウラを見た。ウラと出逢ったんだ。先生は、まだ子どもで……うん、まだ子どもで鬼から逃げていた」

莉里が息を吸い込んだ。音が聞こえるほど、強かった。その息を静かに吐いて、

「先生」

と、呼ぶ。語尾が微かに震えた。

「鬼から逃げられなかったの」

逃げられなかった？　逃げられた？　逃げ切った？　どうだろうか。

ここで、いいやと否むことは容易い。

いいや、莉里。先生は逃げ延びたよ。もう鬼なんて怖がってないんだ。大人になるって、そういうことなんだよ。怖いものなんかなくなるんだ。

そう告げれば、莉里は安堵《あんど》するだろうか。よかったと喜ぶだろうか。

いや、違う。深津は心内でかぶりを振った。この少女は、安堵も喜びもしない。不安と不信の入り混じった眼で見返してくるだけだ。

本当のことしか通用しない。子どもを相手にしていると、そういう瞬間がある。幾度となくあるのだ。今この時も、そうだ。

「わからない」

深津は答えた。正直過ぎるし率直過ぎるかと、口にしてから慌てた。けれど、他に答えはないとも思い直した。

「わからないんだ。逃げられなかったわけじゃない。でも……さっきも言ったけど、まだ夢を見るから。まだ怖いから、逃げ切ってはいないんだろうな」

「殺せたらいいのに」

莉里が立ち上がる。こぶしを握り、真っ直ぐに深津を見据える。

「ねえ、先生。鬼は殺せないの。ウラは、鬼を殺してくれないの」

深津は少女の視線を受け止めたまま、首を横に振った。

「莉里、鬼を殺しても鬼からは逃れられないんだ」

莉里が双眸を見開く。眦《まなじり》が切れて血を噴くんじゃないか。大げさでなく、そう心配になるほど大きく開けて、動かなくなる。

「……じゃ、どうしたら……どうしたらいいの」

「まだ、わからない。だけど、逃れられる方法はある。その方法が見つかれば、もう鬼を怖がらなくてすむ」

「先生、あたし、帰りたくない」

莉里が叫んだ。語尾が引き攣《つ》れる。

「島は嫌い。島のみんなも嫌い。先生も嫌い。でも、でも……帰りたくない。帰ったら、また叩かれる。おまえは馬鹿だ、死ねって言われる。先生、あたし、帰りたくない。島にいたい。ずっと、ここで暮らしたい。もし、もし……ウラがいるなら、先生、ウラに頼んで。あたしがずっと島にいられるようにって、頼んでよ」

風が吹いて、土埃が立つ。深津も腰を上げた。それを待っていたかのように、チャイムが鳴る。柔らかく響いて、空に消えていく。

「頼まなくてもウラは守ってくれる。この島の子どもを守るための神さまなんだからな」

莉里はまじまじと深津を見た。ほんの、数秒だったはずだ。けれど、途方もなく長い時間に感じられた。

身を翻し、莉里が走り去る。

追うように、風が吹き過ぎていった。

その日の放課後、急遽《きゅうきょ》、職員会議が開かれた。

「莉里は今、どげん様子ですか」

水守が、紗友里に尋ねる。今日は莉里の預かり先及び養護担当者として、会議に出席していた。

あれから莉里は教室に戻り、授業を受けた。給食も食べた。

「落ち着いてます。表面上はですが。家では一人でずっと絵を描いちょったかな」

「槙屋先生、こころと恵美はどげんです」

「同じく表面的には変わりありません。こころは莉里に謝りました。絵をわざと踏んだこととか、莉里と恵美が仲良くしていて淋しかったこととか、全部、打ち明けて謝りましたよ」

「莉里は？」

「莉里も謝りました。『ごめんなさい、ごめんなさい』と何度も。それから、教室に戻ったんですが……」

ほうっ。古竹が息を吐き出す。

「よかった。今回は丸う収まったってことじゃなあ。まあ、子どもたちんいざこざは、子どもたちで解決しきっとが一番ですからねえ」

「そうですね。わたしの見る限り、莉里も恵美もこころも普段通りん感じでした。あ、でも、やっぱい少しぎこちなかところもあったが、そんた仕方なかかなと思います。ええ、徐々に元に戻るち思います。子どもは大人と違って、いつまでも引きずらんでね」

草加が続ける。「ですね」と古竹と美濃が同意した。

そうだろうか。教室は普段どおり、今までと変わらぬ場所に戻っていただろうか。

一瞬、眼を閉じる。

恵美の強張った横顔が眼裏によみがえってくる。こころが詫び、莉里が許し、莉里が詫び、こころが許した。形の上では、事は解決しただろう。草加の言ったとおり、多少のぎくしゃくした雰囲気は徐々に払われ、三日もすれば何も変わらない、前と同じ教室になる。でも、あの恵美の横顔。あの眼差し。あれは、今までにはなかったものだ。

恵美は莉里を恐れている。突然、莉里が見せた荒々しさに怯え、その怯えを気取られまいと必死に踏ん張っているのだ。だから、むしろ、こころの方がすっきりした顔つきをしていた。言いたいことを全てとはいかなかったろうが、言葉にできる限りのものを吐き出して、ずい分と心の内が軽くなった。そんな風だったのだ。

ごめんなさいと謝って、いいよと許して、それでおしまい。子どもたちの関係はそんな単純なものじゃない。恵美は莉里に対し前と同様には接せられないだろうし、莉里は恵美の変化を敏感に察している。

この先、どうなるのか。

「槙屋先生はどげん思いますか」

水守が会議のときだけかける老眼鏡を押し上げた。手のひらに薬用の絆創膏《ばんそうこう》が貼ってある。一輪車でバランスを崩し、横倒しになったのだ。

「校長先生、気張り過ぎて息が切れたんじゃが。年なんに無理したら危なかよ」

教室に帰ってきた清志が耳打ちして、教えてくれた。

水守やももや智美が、とっさに動いてくれたから莉里と話ができた。話をして、莉里を救えたとも支えられたとも思わない。それでも、話さないよりマシだったとは感じる。

「莉里はこのままで大丈夫だと思うね？」

水守が重ねて尋ねてくる。

「いえ、思いません」

深津の返答に、空気がざわりと動いた。

「確かに落ち着いては見えます。でも、莉里はとても、怖がっています」

「怖がっとる？　友達がおらんごつなっことをとや」

「いえ、呼び戻されることをです。この島から出て行くことが怖いと言ってました。でも」

「でも？」

「島で暮らすのも苦痛なようです。言葉が……言葉がわからなくて外国にいるようだと」

水守が口を押さえる。古竹と美濃が互いを見合い、草加は唇を結んだ。

「そうか。そんたわからんじゃろうな。莉里はずっと心細かったんじゃな」

佐倉がため息を吐いた。

「我々の配慮が足らんかったちこつでしょうかね、校長」

「そうなあ。ももがすんなり打ち解けてくれたで、莉里も大丈夫じゃっち思い込んじょったんかもしれんなあ。反省せないかんど」

「実際に、ももはわりに早よ馴染《なじ》んで、今も楽しそうにしちょりますよね。大きなトラブルもなかったし……。莉里も慣るっとに時間がかかってだけじゃなかとかしら。夏休みが明けたころには大丈夫じゃっち思いますが」

美濃が細い首に手をやり、僅かに傾げる。水守が視線を美濃から深津に移した。

「どうですか、槙屋先生」

「ももと莉里は違います。島にやって来た年齢も理由も、まったく違うじゃありませんか。性格も成育歴も違う。比べることはできないと思いますよ」

ももが転校してきたころを深津は知らない。だから断言はできない。それでも、ももなりに乗り越えてきた壁はあっただろう、すんなりと順応できたわけではないと思う。

ただ、ももは自ら神無島を選んだ。祖母はともかく、両親は娘の選択を尊重し、後押しをすることができた。周りに見捨てられたとは感じていないだろう。

「莉里はまだ四年生です。自分の意思で島に来ることを選んだんじゃない」

「でも、帰りたくないいて、本人が言うとるんでしょ。島の方がええって」

美濃がさらに首を傾げる。

「それは、帰った先がどれほど過酷か身をもって知っているからです。島にいれば、少なくとも理不尽な暴力を受ける危険は、ない。だから島にいたいんです」

美濃が黙り込む。視線がうろつき、呻《うめ》きに近い声が漏れた。

「重いなあ。重過ぎるわ」

代わりのように、草加が呟く。その呟きも、呻きのようだった。

「こげんこっ、教師が口にしたらいけんやろうが……校長、わたしたち大丈夫でしょうか」

水守の両眼が、眼鏡の奥で瞬いた。佐倉が眉を寄せる。しかし、何も言わなかった。

「清畠姉弟だけじゃありません。他ん子どもたちだって、いろいろあっと。徹は来年には高校受験がありますし、こころだって、まだもやもやしたままかもしれません。清畠姉弟に振り回されて他の子どもらへん対応が疎《おろそ》かになったら本末転倒じゃなかですか」

「疎かにしちゃおらんでしょ」

佐倉がさらに眉間の皺を深くした。水守が軽く、空咳をする。

「すみません。けど、わたし自身、振り回されとると感じちょっ。わたしん力量んなさかもしれませんが、今日ん莉里ん様子を見ちょったら不安になるんです。他の子もおっとに、ちゃんと莉里や流に向き合うていけっとじゃろうかって……不安なんです」

草加が肩を窄《すぼ》めた。再び、美濃が口を開く。先刻より少し低い声音だった。

「校長、来年度からも、島外の子どもを受け入れるっ方針は変わらんですよね」

さらに首を伸ばし、水守の顔を覗き込む。

「方針の変更は、考えちょりません」

「だとしたら、来年度、また莉里や流みたいな、いろいろな問題を抱えた子どもが入学してくっかもしれませんよね。そうなったとき、わたしたちだけで対処でけんごっなっ、そん可能性が出てきませんか」

うーむと佐倉が唸った。教師は忙しい。離島だから、のんびりと仕事ができるわけではない。教育委員会を通して送られてくる資料や書類の多さは半端ではなかった。以前勤めていた都会の職場と変わらないほどの量だ。至急の回答や返却を求められるものも多々ある。それに加えて、離島ならではのカリキュラムの組み立てや授業内容の研究も怠るわけにはいかない。

体力、知力、精神力、それぞれの面で本土の子どもたちと同等に伸ばしていく。一人一人の個性を見極めて、それに相応しい教育の場を用意する。

言葉にすれば簡単だが、現実問題となれば至難だ。それでも、教師たちは現実の難題、難問と悪戦苦闘しながら、子どもたちと一緒に前に進もうとしている。むろん、綺麗事ではいかない。生身の人間が、これからどのように変化するのか成長するのか見通せない若い人間が、相手なのだ。日々起こるアクシデントや揉め事に対応していくうちに、疲れ果て、どうでもよくなることも度々だった。「給料に見合っただけの仕事をすれば、いいんじゃないか。そう割り切れたら楽になるのにな」。以前の職場でそう呟いた同僚がいた。あまりの仕事量と人間関係の縺《もつ》れから心身の調子を崩した教師だ。学校を去って行く数日前の呟きだった。

今の草加や美濃の意見は現実を綺麗事に落とし込もうとはしていない。給料に見合っただけの仕事と、割り切ってもいない。

「島外の子どもを受け入れんな、神無島小・中学校ん存続が難しゅうなったぁわかります。じゃっどん、今ん体制じゃと子どもたちに十分な指導がでけんごつなっ気がすっ。今年度は、槙屋先生が来てくださいました。それでも、やっとです。こん先、莉里と流、とくに莉里に手を取られたら、どがんでしょう。来年度も人員を増やす必要があっとじゃないでしょうか」

水守がかぶりを振った。机の上のファイルを撫で、もう一度、頭を横に振る。

「うちの学校の規模では、これ以上、職員の数を増やすんは難しいです」

「けど……」

「来年度については、島外からの申し込みは中学に一人、ありもした。島内からは二人が小学校に入学してくる予定です。子どもの人数が大幅に増ゆっわけじゃないので、職員数は現状んままになっ。いや、むしろ、県とすれば予算の都合上、数を絞りたいと思うちょるかもしれません」

「そんな。予算より現場の実情を考えて欲しか」

美濃が顔を歪める。草加も同じような渋面になった。

「あの……莉里のことですが」

深津はゆっくりと息を吸い込み、吐き出した。

人員のことも、予算のことも、大きな問題だ。現場の声をすくい上げてもらいたいという意見にも全面的に同意する。どんな職種だって、現場を無視して成り立つ仕事はないだろう。しかし、今は、自分たちのすぐ近くにいる少女に心を向けなければならない。

「今日のことで島から出て行かねばならなくなると、怯えていました。ひどく怯えてました」

「それは、怯えるほどの扱い方をされたということじゃなあ」

水守の喉が動く。〝虐待〟の一言を呑み込んだのだ。

「ええ、おそらく莉里は命の危険すら感じたんじゃないでしょうか。まだ、十歳になるかならずかの少女です。その前に、母親が消えている。言い方は適切じゃないかもしれませんが、莉里が母親から棄てられたと思っていても不思議じゃない。流はともかく、莉里はもう現実に何が起こったかを理解できる年ですし、それだけの能力もあります」

「なるほど」

水守が前屈みになっていた身体を起こす。ぎしりとイスが鳴った。

「つまり、母親の保護者義務の放棄と祖父からの暴力。莉里と流は二つの虐待を受けとったてこつですね」

さっき呑み込んだだろう言葉を、水守は口にした。

「そうです。莉里が今朝のように……あんな風に感情を抑えられなくなるのも無理ないなと、考えます。おそらく、ぎりぎりなんです。心が削られて、感情の抑制が利かなくなっていると、ぼくは思っています」

考えるだけだ。思うだけだ。真相はわからない。ただ、莉里がひどく不安定なのも消耗しているのも事実だ。

「どげんすればよかですか」

草加が机の上で両手の指を組み合わせた。

「槙屋先生、わたしたちにどげな手立てがありますか」

「何もしないのが、一番いいんじゃないでしょうか」

「何もしない……」

「特別なことは何もしない。他の子どもたちと同じように接する方がいいと思います。特別扱いすれば、莉里はさらに子どもたちから浮いてしまう」

草加が僅かに唇を開いた。酸素の足りない金魚のように、ぱくぱくと動かす。

「あの……よかですか」

紗友里がおずおずとした仕草で、肩のあたりまで手を挙げる。

「わたし、発言してもよかでしょうか」

「あ、もちろんです。意見があっなら、どんどんお願いします。そんためにに来てもろうちょるんじゃっで。遠慮はいりません」

水守が頷く。紗友里はほんの一瞬、深津を見やった。その視線を室内に巡らし、下唇をゆっくりと舐《な》める。昔からの癖だった。

「あの、実は気になることがあって。この前から電話が、携帯やのうて固定電話の方に電話が三度ほどかかってきたんです。無言電話です」

「無言電話て、悪戯《いたずら》電話がかかってきたちこつですか」

「わたしもそう思うちょりました。一度目は気味が悪うて、いっき切ったんです。二度目は腹が立って怒鳴りました。『悪戯なら許さんよ。えーころかげんにしやんせ』て。ほんなこつ腹が立ったもんじゃから……。じゃっどん、なんか気配が泣いちょっごたっで。耳を凝らすと、ええ、受話器に耳を押し付けたら、すすり泣きが聞けるごたって」

「きゃっ」と、美濃が叫んだ。口元を押さえ、身体を震わせる。

「やだ、ごめんなせ。けど、わたしホラーやっせんの。ほんのこつ苦手で。幽霊とかゾンビとか聞いただけで身の毛がよだつ。あ、鳥肌が立ったわ」

「違いもす。幽霊やなか」

紗友里が頭を左右に振る。短い髪がそれでも、さらさらと揺れた。

「二回目はそのまま、切れました。それで、三回目は昨夜、遅うにかかってきたんです。やっぱり何も言わないで……。だけど、誰か、何とのうけどわかって……」

思わず立ち上がっていた。勢いが良すぎたのか、イスが倒れそうになる。横にいた草加が慌てて、押さえてくれた。

「紗友里、まさか」

洲上さんではなく、紗友里と呼んでいた。そのくらい、動揺していた。

「うん」。紗友里は深津を見詰めたまま、深く頷いた。

七　島の神々は

風が鳴りやまない。

フィリピン沖に発生した熱帯低気圧がまもなく台風に変わると、テレビの気象予報士が告げていた。本格的な台風の季節がやってくる。嵐が島を直撃するようなら、各戸に設置された防災無線が情報を刻々と伝える。そういうシステムになっていた。深津が子どものころは島内に響くサイレンの音と数で避難を促していたが。

もっとも、島の人々はほとんど直感的に嵐の危険を察知できる。

これなら、まだ大丈夫や。そろそろ、危なかかもしれん。年寄り、子どもは避難させた方がよか。みんな逃げんか。

正面切って自然の猛威と闘うのではなく相手を知り、理解し、うまくやり過ごす。自然のもたらす恵みと破壊の間で平衡を保ちながら、日々を過ごす。共存なんて言葉は誰も使わないけれど、あの颶風《ぐふう》、あの豪雨と人間がまともにやりあえるわけがないと、みんな骨の髄までわかっていた。恐れ、敬い、感謝し、ときに憎みも罵《のの》りもしながら共に生きていく。その術を身につけて、人は島で生きてきた。これからも生きていくだろう。サイレンが無線に替わり、島のどこでもパソコンやスマホが使えるようになり、港や車道が整備され、本土と島を結ぶフェリーの性能が改善されても、その生き方だけは昔のままだ。枝葉がどう形を変えても根っ子のところは同じなのだ。

深津は夕食をすませ、畳の上に寝転んだ。

今のところ防災無線は沈黙したままだ。風音だけが聞こえる。

「たぶん、お母さんじゃなかち思う」

職員会議での紗友里の一言が、風音より強く耳奥で響いていた。

莉里と流の母親が電話をかけてきたと、紗友里は言った。〝たぶん〟という副詞はついていたけれど、確信している口振りだった。受話器を通して伝わってくる気配からわかるのだとも言った。会議を終え、帰る道すがらのことだ。

「あたし、宇良を取り上げられそうになった」

蘇鉄の葉が壁のように伸びている道を辿《たど》りながら、紗友里は呟いた。空を見上げるついでのような、何気ない口調だった。

「離婚が決まったとき、おまえには育てるのは無理だと言われた。経済的なこっでな」

「けど、紗友里は宇良を放さなかったんだろ」

「当たり前よ。あたしは母親だもん。子どもを手放したりできん」

強く言い切った後に、口調がふるっと緩んだ。

「じゃっどん、島に帰って来っまでは不安やったし心細かったりもした。じゃっで、わかっとは言えんどんな」

「莉里たちの母親の気持ちか」

子どもを置き去りにしたときの心内は推し量れない。推し量って責めることも詰ることも、むろん共感することもできないと紗友里は緩んだ口調のまま、告げた。

「じゃっどん、逢おごたっじゃろうな。逢いとうてたまらんくなって電話してきたんじゃらせんかな。そうは思う。思うたら、せつなか」

「せつない、か。けど、勝手に子どもを置き去りにしておいて、後悔している、逢いたいってのは勝手過ぎないか。母親としての責任を放り出したわけだし」

「父親はどげんよ？　責任なかわけ」

「今、責任の所在の話をしてるんじゃないだろう」

紗友里の唇が尖った。

「わかっちょ。お母さん……歩美《あゆみ》さんな酷《ひど》か。じゃっどん、父親ん男も酷か。無責任や。いっぱん酷かとは暴力を振るうたお祖父さんだけど。ほんのこて死ねばよか。自分が死ぬほど打たれてみたらよかが」

莉里と流の母は歩美という。紗友里は預かり先として、深津は担任として保護者の名前は伝えられていた。

「打たれていたのかもしれない」

「え？」

「いや、そのお祖父さんも虐待されていたのかもとふっと思ったんだ」

こぶしで足で言葉で、他者を傷つける。痛めつける。追い詰める。保護しなければならない者を置き去りにする。そういう罪を人はどこで覚えるのか。誰から教えられるのか。

どこで誰が断ち切れるのか。

紗友里が立ち止まる。深津を見据える。

「誰が断ち切るとよ」

深津の心内を現《うつつ》の言葉にする。それから、告げた。

「宇良は断ち切ると」

紗友里の視線を受け止める。

「宇良は他人を苛《さいな》んだりせん。そんために島に帰ってきた」

「紗友里」

「ウラが守ってくれたと。あん子が他人を苛まなくてええように守ってくれた。この島に呼び戻してくれたと」

「そう、信じているのか」

「信じちょる。宇良は生まれながらの島の子じゃっどん。誰も苛まんですむようにと、誰にも暴力ち振るわんでもよかように島の子として生まれてきたどん」

紗友里の言うことは非科学的で母親の思い込みの域を決して超えない。なのに、納得してしまう。そうだなと合点しそうになる。

ウラは宇良を選んだのだ。

宇良を救うために、紗友里を救うために、残虐な連鎖を断ち切るために選んだ。

そうだろうか。そうなのだろうか。

そうなのか、ウラ。

紗友里が何か一言呟いた後、黙り込む。深津も唇を結んだ。結局そのまま、ほとんど言葉を交わさずに別れてしまった。


風が鳴る。唸る。

天井を見詰めていると、瞼が重くなる。

莉里の顔が浮かんだ。裏切りたくないと思った。子どもを裏切りたくない。あの怯えと諦めが綯交《ないま》ぜになって、それでも助けてと訴えてきた眼《め》を裏切ってはいけない。

眠い。疲れた。頭も身体も重い。

風呂に入らなきゃ。それから布団を敷いて……。

深津。

呼ばれた。瞼を開ける。満天の星が広がっていた。

深津、深津。

ガジュマルの枝が揺れる。空の星を払い落としているような動きだ。

ゆっくりと立ち上がる。

ガジュマルの陰から、黒い影が現れた。近づいてくる。星明かりが影を照らし出す。

宇良だった。いや、違う。よく似ているけれど宇良ではない。

「ウラ……」

これは夢だとわかっていた。なぜ、今、こんな夢を見るのか、それはわからない。

深津、おれがおめを助け出してやった。

ウラは唇を結んだままなのに、声が聞こえた。はっきりと耳に届いてきた。

おれがおめを鬼から救った。

おれが鬼を始末した。おめを守った。

ウラが身を翻す。ガジュマルの木に吸い込まれ、消えていく。

「待て」と叫ぼうとしたけれど、舌も手も足も動かない。汗だけが流れる。

おれが鬼を始末した。それは、どげん意味や？　おい、ウラ。

「深津」

また、呼ばれた。今度はくっきりとした輪郭のある声だ。そこにチャイムの音が混ざる。

「深津、深津」。ピンポーン、ピンポーン。「深津、起きてる？　開けて、深津」。ピンポーン。

飛び起きる。あまりに急に起き上がったせいか、一瞬、ふらついた。

ドアを開けると、風がまともにぶつかってきた。海と森の匂いが重なり合って、風と一緒に深津を包み込む。どちらも南の島の濃厚な香りだ。

「紗友里、どうした」

息を弾ませて、紗友里が立っていた。

「馬鹿！」

唐突に詰られる。

「三回もかけたど。ないごて出らんのよ」

「え？　スマホのことか？　あ、カバンの中に突っ込んだままだ。気が付かなかった」

「もう、こん役立たず」

紗友里がこぶしを震わせた。尋常でない慌て方であり怒り方だ。ひどく昂っている。嫌な予感がした。脈拍が、上がる。

まさか。

「莉里がおらんようになった」

紗友里が唾を呑《の》み込んだ。

「また電話がかかってきたの。あたし、『歩美さんですね』ち聞いたと。そしたら、『ごめんなさい、ごめんなさい』って謝っとよ。謝っ相手が違っやろて思うたから、そう言うたと。ほんのごて、違かもん。そしたら、歩美さん『子どもたちに謝りたい』て。流はもう寝ちょったで、莉里が出たと。お母さんから電話だけどどうするって尋ねたら、出るって言うたと。じゃっどんずっと黙ったままで……一言もしゃべらんで、電話きってしもて」

紗友里は胸の上で指を握り込んだ。

「莉里、そんまま部屋に引っ込んでしもて。あたし、よう聞かんかった。『お母さん、何を言うたの』って、聞けんかった。何か聞いたらやっせん気がして」

子を捨てた母は、捨てた子に何を告げたのだろう。

詫《わ》びの言葉か、逢いに行きたいとの一言か、それとも……「迎えに行くから。莉里、待ってて、ママが迎えに行くからね」。

背中が、けば立った気がした。

ここから離れたくない。家に帰りたくない。

莉里は膝を抱え、そう告げた。あれは、静かな悲鳴だった。

「迎えに行く」。その言葉を母は免罪符として使った。一度捨てた。でも迎えに行く。だから、わたしの罪は許される。それしか許される道はないと、思い違えた。娘が何よりそれを望んでいると思い違えた。莉里は帰宅など望んでいなかったのに。

莉里は信じていなかった。

母親が自分たちを守り切ってくれると、盾とも壁ともなってくれると信じられなかった。

「後片付けして、お風呂に入ろうとしたら、宇良が『莉里がおらん』ってゆてきたと。家中捜したけどおらんで、靴もなって」

「学校には」

「連絡した。深津、ごめん。あたし、もう少し慎重にせないけんかったんね。莉里ん気持ち考えないけんかった。けど、歩美さんの、母親の気持ちの方を先に考えてしもうた」

「紗友里のせいじゃない」

長袖のシャツを羽織り、懐中電灯とスマホを摑むと、深津は外に出た。ほとんど同時に、古竹も部屋から飛び出してきた。部屋からの明かりが、狼狽《ろうばい》の刻まれた表情を照らし出す。

「槇屋先生、大変です。今、学校から連絡が入りました。莉里が」

紗友里の姿を認め、古竹は口を閉じた。

「古竹先生、学校に行かれますか」

「そんつもりです。槇屋先生は」

「ザンカ山の神社に行ってきます」

古竹が瞬きした。鸚鵡《おうむ》返しに「ザンカ山の神社？」と呟く。

「そこに莉里がおっとですか」

「わかりません。でも、行ってみます」

莉里はウラを探しに行ったんじゃなかんか。

その想いが閃《ひらめ》き、こびりつく。確かめるしかなかった。

「たいした山じゃなかが、夜一人で行くのは危険です。一旦学校に集まった方がようなかかね」

「時間がもったいないです。大丈夫です。あの森は庭みたいなもんです」

昔、走り回り、遊びまくり、そして逃げ回った。

そうだ、鬼に追われて逃げ回った森や。

「紗友里、流はどうしてる」

「寝とる。何も気が付いてないはずや。宇良が傍についとる」

「そうか。じゃあ家で待機しててくれ。莉里が帰ってくるかもしれない」

「わかった」

「頼む」

「槙屋先生、何かあったらすぐに連絡してください」

「もちろんです。無茶なことはしません」

古竹に会釈し、深津は駆け出した。風が背中を押して、身体が浮き上がるように感じた。

今、何時だろうか。

日の長いこの時期、夜八時を過ぎてもなお西の空は仄《ほの》かに明るい。しかし、森の中で空を見上げれば星がさんざめき、地に視線を戻せば粘り気さえ感じる闇が溜《た》まっている。

時刻を確認するのは容易い。スマホを取り出せばいいのだ。しかし、あまり意味はない。今が宵であっても、夜半であっても、明け方であっても構わない。空には星、地には闇がある。それだけだ。

懐中電灯の光が僅かな部分だけ、闇を追い払う。小さな虫が眩《まばゆ》さに慌てたのか、四方に飛び立つ。中には光源に向かってぶつかってくるものもいた。島にはハブは棲息《せいそく》しないが、毒を持つ虫は何種類もいるし、かぶれを引き起こす草も生えている。

神社は山の麓から少し登った中腹辺りにある。ガジュマルの森を拓《ひら》いて拵《こしら》えた空き地の奥に祠《ほこら》が建っていた。注連縄《しめなわ》などはない。賽銭《さいせん》箱も鈴もない。祠はさほど大きくはないが、がっしりした石積みで赤い瓦屋根がついていた。正月二日と祭りの前日、島民の手で丁寧に清掃され瓦も五年に一度、取り換えられる。空き地の入り口には、やはり石造りの鳥居があった。神社に鳥居があるのは当たり前だが、ザンカ山の神社の鳥居には本土とは異質の特徴があった。

島木《しまぎ》、貫《ぬき》と呼ばれる上下の横架材に奇妙な模様が彫り込まれているのだ。方形、三角形、菱形《ひしがた》などを組み合わせた幾何学模様のところどころに、人の顔と思しき円が散らばっている。円の内側には喜怒哀楽を表しているとされる単純な線が引かれていた。祭りの際模される神々の異形と相まって、南方文化の影響を濃く受けているらしい。ももの祖母高見が参加したのも、この神社に参るツアーだった。

深津は民俗学とも人類学とも縁がない。鳥居の模様も、石造りの祠も心に馴染んで当たり前にあるものでしかなかった。島民の大半がそうだろう。ただ、丸い顔は、どれもウラによく似ている。眉を吊り上げた怒りの形相も、目尻を下げた喜びの顔様もウラを思わせる。社会学習の一環で子どもたちを引率してここまで登ったとき、大人の眼で鳥居を眺めて、ふっと感じた。

ウラは遥か昔から、こけおったんじゃな。

鳥居は明治期に新たに造り直されたが、その折にも朽ちかけた木製鳥居の模様を忠実に模写したと、島の歴史書には記されていた。

「莉里」

鳥居をくぐり、莉里を呼ぶ。

「莉里、いないのか。莉里」

懐中電灯を左右に動かす。明かりに浮かび出るのは丈の高い夏草だけだ。

違《ちご》たか……。

力が抜けそうになった。社会学習の時間、莉里は熱心に鳥居を見ていた。今日、ウラのことを尋ねてきた。

ウラってほんとにいるのかな。

先生、ウラを見たの?

ウラは、鬼を殺してくれないの。

だから、ここに来たと思った。願いを携えて一人、夜の道を歩いてきたと。

ウラ、ウラ、本当に子どもを守ってくれるなら、あたしのお願いを聞き届けて。あたしは島から離れたくない。ここにいたい。家に帰りたくない。

ここまで来る途中、莉里の必死の訴えが聞こえてくるような気さえしていた。

「莉里」

もう一度、呼んでみる。

「莉里、いるなら出て来てくれ」

風が吹いて、木々が騒《ざわ》めいた。羽ばたきに似た音がして、頭上を影が一つ、過った。鳥ではなく、小さな獣のようだった。

何かの動く気配がして、とっさに明かりを向ける。

祠の傍らに、白いTシャツと短パン姿の少女が立っていた。

「莉里、やっぱりここだったのか」

安堵が全身を貫く。

よかった。無事やった。

なだらかとはいえ、山道は山道だ。莉里は授業で一度ここに来ただけだ。慣れた島の子たちとは違う。しかも、夜だ。ガジュマルの森に迷い込めば、道を見失い彷徨《さまよ》う羽目になりかねない。

「みんな、心配してるんだぞ。洲上のおばさんなんか、真《ま》っ青《さお》になってた」

一歩一歩、莉里に近づく。

「さあ、先生と一緒に帰ろう」

「やだっ」

激しい拒否の声がこだまする。風の音さえ、掻《か》き消されてしまう。

「家に帰りたくない。帰ったら、また、殴られる。嫌だ。もう、嫌」

「莉里、落ち着け。帰るのは洲上の家だ。宇良のおばさんの家だ」

「嘘っ。嘘だ。あたし、また連れ戻されるんでしょ。あたしが悪いことしたから、こころちゃんを打ったから、追い出されるんでしょ。あたしのこと、見捨てたんでしょ」

「そんなことあるわけないだろう。莉里はもう神無島の子どもだ。他所《よそ》になんか行かせない」

莉里がかぶりを振った。瞬きをしないまま、頭を何度も振る。

「嘘だ。大人は嘘ばっかり言う。あたしの言うこと聞いてくれないくせに、嘘ばっかり」

莉里は燃えているようだった。青白い炎が全身から噴き出ているようだった。深津は、束の間だがその炎にたじろいでしまう。

「ママだって……ママだって、『迎えに行くから一緒に帰ろう』なんて言うの。『ママが守るから』って。嘘だよ。嘘に決まってる」

「莉里……」

「ママはすぐ逃げる。嫌なことからも怖いことからも、すぐ逃げる。あたしや流を捨てて逃げちゃう。いつも、そう。ずっとそうだもん。お祖父ちゃんが……」

莉里はそこで身体を震わした。こぶしを作り、胸の前で腕を交差させる。防御の姿勢だった。自分を打擲してくる手や足が見えるのだ。生々しく見えたのだ。

「お祖父ちゃんがあたしたちを苛《いじ》めるって、殴ったり蹴ったりするってわかってたのに、置いて行った。自分だけ、いなくなった。お祖母ちゃんだって、あたしが叩かれても蹴られても助けてくれなかった。お祖父ちゃんを止めてくれなかった。みんな、嫌だ。嫌いだ」

「うん」

頷いていた。莉里の言うことは現実そのものだ。一片の誤魔化しも誇張もない。

「その通りだな、莉里」

莉里が顔を上げる。瞬きする。

「その通りだ。けど、もう一度、もう一度だけ信じてくれないか。大人を信じてくれないか。今度こそ、守るから。絶対に裏切らないから」

「……ママが迎えに来るって言った。明日のフェリーで、お祖母ちゃんと一緒に島に来るって。それで、あたしと流とずっと暮らすって。でも、そんなの嘘。ママはまた、逃げちゃう。そしたら、あたしはどうしたらいいの。あたし、もう島に帰ってこられないよ」

「お母さんとちゃんと話をする。莉里と流がずっと、島にいられるようにする」

しきったたろかぃ？

できるだろうかと、深津は心内で自問する。

親ん意向に逆ろうて、子どもを留《とど》めきったたろかい？

明確な虐待、育児放棄や暴力が認められない限り、親から子を離し保護することはできない。その権限を他者に与えてしまったら、親子が理不尽に引き裂かれる事態を招きかねない。けれど、子どもが本気で親から逃れたいと望んだとき、離れたいと願ったとき、周りはどうすればいいのだろう。

子どもの望みや願いに、どれだけの大人が応えようとするのか、深津には見当がつかなかった。この国では大人側の意見や事情は考慮されても、子どもの想いを確認する思考も仕組みも定まっていない。親は子を慈しみ、損なうことなどない。むしろ、命に代えて守り通そうとする、そんな神話がまだ生きている。九割はそうかもしれない。けれど神話からはみ出した一割がいるのだ。目を向けられない一割の中で、莉里はもがいている。

だから、大丈夫だと言い切るしかなかった。迷いを抑え込んで、伝えるしかない。

「大丈夫だ。先生たちがちゃんと守るから」

莉里は半歩、退いた。闇の中に沈んでいるはずの深津を、凝視している。

「嘘つき」

もう半歩下がりながら、莉里が叫ぶ。

「先生も嘘つきだ」

身を翻し、光を抜け、闇に飛び込んでいく。

追うのが寸の間、遅れた。見破られた衝撃に気持ちが怯んだのだ。深津の内の迷いを莉里は寸時に見破った。迷いが逡巡《しゅんじゅん》になり、逡巡が傍観になることを少女は知っている。

仕方ない。親のすることに口は出せない。所詮、我々は他人なのだから。

言い逃れて、傍観者になる。どんな訴えにも耳を塞いでしまう。大人の姑息な卑小さを深津から感じ取った。

「待て、待ってくれ。莉里」

小さな白い背中を追いかける。

風が深津を阻むように、吹き付けてきた。脚に力を込める。

「莉里、待て。待ってくれ。危ない、危ないんだ」

ガジュマルの森を走るのは至難だ。気根が無数に垂れ下がり、枝が四方に伸びて、人の足をすくう。あるいは、行く手を塞ぐ。森の周辺には崖もある。穴も開いている。

「待て、待つんだ」

走る。深津自身が足を取られ、転びそうになった。一度はよろめき、あちこちに瘤《こぶ》のある幹に肩をぶつけた。

くそっ。

唇を噛み締め、走る。頭上で葉が鳴り、鳥か獣か判別できない啼声《なきごえ》がこだまする。息が切れる。

苦しい。でも、走らねばならない。走らなければ……走らなければ……捕まる。

ぼつっ。頬に水滴が当たった。

ぼつっ、ぼつっ、ぼつっ、ぼつっ。

大粒の水滴が次々に落ちてくる。すぐに、身体はぐっしょりと濡れそぼった。

え、雨？

雨だった。雨が降り注いでいる。

そんな馬鹿な。さっきまで、あげん晴れちょったんに。

戸惑い、空を見る。星などどこにもなかった。風が鳴り、雨が降る。どちらも激しい。そして、暗い。闇が全てを塗りこめている。空も、木々も、大地も漆黒の底に沈んでいた。

ライトは？　懐中電灯はどげんした。さっきまで、持っちょったのに。

両手を広げ、闇に目を凝らす。

小さな手だった。深津より一回り小さい。

悲鳴を上げていた。

手だけではない。身の丈も、胴回りも、足も全てが縮んでいる。

なんなんじゃ、こんた？　おれにないが起こった？

困惑とか狼狽とか、そんな言葉では表せない。身体が四方に飛び散る。そんな感覚に立っていられない。深津がその場にしゃがみ込んだとき、闇が動いた。

「深津、どこや。逃がさんぞ、深津」

闇の向こうにぼわりと明かりが現れる。荒い息や足音が近づいてくる。

明かりに照らされて、鬼が浮かび上がった。

赤い鬼だ。吊り上がった両眼、眉間の皺、開いた口。すさまじい怒りの形相だった。

再び悲鳴がほとばしった。

鬼だ、鬼が来る。

「深津、こけおったか。もう、逃がさんぞ」

飛び起きる。駆け出す。何度も転んだ。何度も起き上がり、走った。

鬼だ。捕まったや食わるっ。殺さるっ。

助けて。

助けて、助けて、助けて、助けて、助けて、助けて、助けて、誰か、助けて。ウラ、助けて。

いつの間にか、子どもに戻っている。鬼から逃げている。これは、あれだ。二十年前のあの夜だ。あの森だ。そしたら、そしたら……どうなる。

熱い息がすぐ近くに迫ってきた。ガジュマルの枝から垂れ下がった根に、足が引っ掛かった。勢いよく転倒する。したたかに身体を打ち付ける。痛みに指の先まで痺《しび》れた。

逃げんな、はよ逃げんな。

歯を食いしばり、身体を起こす。

手のひらがぬるりと滑った。どこで傷つけたのか、斜めに裂けた傷から血が滴っている。

「捕《つか》めた」

肩を摑まれた。指が食い込む。肩の骨が砕けそうなほどの力だ。

「捕めた。もう逃がさんぞ、深津」

「止めて、放せ。放せ」

足をばたつかせる。肩から指が離れた。と思った直後、頬が鳴った。肉を打つ音が頭蓋の中に響いて、深津はまた地面に転がっていた。口の中に血が滲む。錆《さ》びた鉄に似た味がした。

「こんガキが。子どもんくせに、父親の頭をうったくりつけやがって。ただですんと思うな。根《こん》限《かぎ》り痛めつけてやっど。覚悟せー」

鬼は、いや、父は目を剝《む》いて、喚《わめ》いた。顔が赤く見えたのは顔半分が血で汚れているから、そして、怒りのために紅潮しているからだ。

父は神無島の者ではなかった。他の島の漁師だった。漁師をしながら独学で魚の加工方法を研究し、どういう経緯《いきさつ》か徳人の片腕として鰹節工場の経営に関わっていた。聡明で、向上心があり、明朗な男を徳人はいたく気に入り、妹と娶《めあわ》せた。仁海は兄の選択に抗《あらが》わなかった。親代わりの兄に逆らえなかったわけではない。仁海自身が惚《ほ》れ、結婚を望んだのだ。

いかにも漁師らしく日に焼け、逞しい体軀《たいく》の上に学者然とした優しい面輪が乗っている。女の心を惹《ひ》きつける男でもあった。

けれど、深津の覚えている父親は明朗では決してなかった。寡黙で陰気。独りを好み、家族と食卓を囲むことはめったになかった。食事すら、自分一人ですませていたのだ。その際、自分だけに特別の一品、凝った料理一皿を付けることを要求し、譲らなかった。家の中では、不機嫌に黙り込むことが多く、「お父さんを怒らせたら駄目じゃ」が仁海の口癖になっていた。

不機嫌で横暴ではあったが暴力的ではなかった父が、妻や子に手を上げるようになった本当のきっかけは何だったのか。

考えても、よくわからない。

最初に殴られた日はよく覚えている。

八月の終わりの夕暮れ時だった。台風が島を掠《かす》めて過ぎた後で、風はまだ収まりきっていなかった。深津は居間に寝転んで、漫画を読んでいた。お気に入りのギャグ漫画で、自分を宇宙人だと信じている河童《かっぱ》と人間の男の子のドタバタを軸に話が展開していく。ちぐはぐな会話や突拍子もない行動がおかしくて、何度も声を上げて笑った。

襟首を摑まれ、吊り上げられたと思った直後、床に叩きつけられていた。何が起こったか理解する前に腹に衝撃がきた。蹴られたと悟ったのは暫《しばら》く後になってからだ。息が詰まり、熱い痛みを覚え、深津は呻いた。

「ないがおかしかか」

父の怒声が頭上から落ちてきた。再び襟首を摑まれ、引きずり起こされる。頭が朦朧《もうろう》として、ほとんど何も考えられない。しかし、父が激しく怒っていること、怒りが自分に向いていることはわかった。

怖かった。どうしようもなく怖かった。

「おれんこつ、馬鹿にして嗤ったどが。子どもん分際で親を嗤うとは何事や」

父がさらに怒鳴る。酒が臭った。

「ちごっ。漫画が……おかしゅうて、笑うただけじゃ。ほんなこつ漫画が」

必死に弁明する。父を嗤った覚えなど欠片もなかった。

「せがらしか。親を馬鹿にしたらどげんなっか教えてやっ」

頭を殴られた。放り投げられた。蹴られた。

「この、ろくでなしの役立たずが。ふざけんな」

深津はできる限り身体を丸め、襲い掛かってくる打擲と罵詈《ばり》から己を守ろうとした。それしか、手立てが思い浮かばなかった。今の状況を呑み込めなかった。

不機嫌なことが多い父だったが、殴られたことも蹴られたこともなかった。魚の釣り方を教えてくれた、木片を削って浮きを作ってくれた、小学校の運動会で二人三脚で走ってくれた。そんな思い出を作ってくれたのも父だった。

豹変《ひょうへん》という言葉など、まだ知らなかったけれど人がくらりと別人になる。恐ろしい何かに変わってしまう。その実感が生々しかった。殴打より痛みより、怖かった。

「止めて、あんた、止めて」

「せがらしか。どげけっ」

「深津は何もしとらん。止めっ。深津を叩かんで」

母の悲鳴。揉み合う音。それから、どうなったか……記憶は曖昧だ。ともかく、その日を境に父の暴力は日常になった。

鰹節工場の運営が思わしくなかったこと、そのきっかけが父の強い進言で行われた設備投資にあること、伯父と父の関係がかなり悪化していたこと、父は伯父に多額の借金があったこと。深津が後に知った諸々の事情が、あの暴力に繋がるのかどうか判断できない。昔も今も、だ。もしかしたら明快な理由、原因などないのかもしれない。何かしらのきっかけで、人は抱え持った残虐さを露わにしてしまう生き物なのかもしれない。残虐さを抑え込むものは何なのか。知性なのか、理性なのか、良心なのか。深津はまだ答えを探せていない。

そして、あの夜が来た。

雨が激しく地を打つ夜だ。

そのころ、父の無法な力は母に向けられることが多くなっていた。まず、深津を殴りつける。それを止めに入った母を倍の力で殴り、蹴った。「返事が遅い」「反抗的な眼つきをした」「なんど注意しても、食事のときの姿勢が悪い」。言い掛かりでしかない理由で深津を苛み、庇う母を今度は餌食にした。

あの夜、どんな言い掛かりをつけて父が殴りかかってきたのか記憶にない。記憶は、母が髪の毛を摑まれ父に引きずられている場面から始まる。深津は殴られ、部屋の隅で正座していた。そのように命じられたからだ。少しでも動けば容赦しないと言われた。

「こん女が。こんあばずれが。男に色目使うこっしかでけんのか」

卑猥《ひわい》な言葉で妻を詰り、自分の言葉に煽られてさらに荒《すさ》ぶ。母は泣いてはいたが、喚きも叫びも抗いもしていなかった。気力も体力も尽きたかのように、ぐったりしている。

「離婚やと？　そげんこっ、許さん。おめも深津も一生、おれん奴隷や。家畜や」

「……嫌や」

母が顔を上げた。鼻血が滴っている。

「もう、嫌や。もう……無理や」

か細い声だったが、確かな拒否だった。父が手を放し、母はくたくたとその場に倒れ込んだ。

くすくすと父が笑う。本当に笑っていた。

「仁海、駄目や。逃げられんぞ。観念せー」

笑いながら父は母の首に指をかけ、激しく揺すった。母の頭がかくかくと動く。

「逃げたら、殺す。おめも深津も殺してやっと」

かくかく、かくかく。

母の頭は揺れ続ける。父は笑っている。尋常でない笑い方をしている。

おっかんが殺される。

深津は飛び出した。バットが見えた。伏見が島を離れる際、記念にとソフトボールの用具一式を寄付した。その中に三本あった木製バットの一本だ。ソフトでも野球でも、試合ができるほどの子どもが島にはいなかった。それでも、少年たちは投げて打って走る、それだけの動きに夢中になっていた。順番にバットを持ち帰り、素振りの真似事をして楽しんでいたのだ。黒い革が巻かれたバットを深津は摑んだ。

母はまだ揺れている。

父はまだ笑っている。

その後頭部目がけて、バットを振り下ろす。手応えがあった。ソフトボールとは全く違う、硬いのにぐにゃりと沈み込むような奇妙な手応えだ。

もう一度、もう一度。手に握った物が竹刀《しない》であるかのように、深津は夢中で振った。

血が飛び散る。母が悲鳴を上げる。父が膝をつく。

息が切れて、指先に力が入らない。血に汚れたバットが畳の上に転がった。

父は倒れなかった。膝をついたまま、ゆっくりと首を回す。顔を後ろに向ける。

鬼だった。

真紅の色をした鬼がいた。鬼が口を開いた。

「深津、きさまぁ」

自分が何を叫んだのか、わからない。「うわぁ」とか「ぎゃあ」とか言葉にできる声ではなかった。喉の奥から甲高い音がほとばしる。

「深津、逃げて」

母が鬼にむしゃぶりついた。「逃げて、早う、逃げてぇっ」。その叫喚が終わらない内に深津は居間を飛び出した。家を飛び出した。

逃げる。走る。どこを逃げているのか、走っているのか見当がつかない。無我夢中、ただ鬼から逃れることしか考えられなかった。

雨に打たれ、足を滑らせ、横転する。そこでやっと、ガジュマルの森の中にいると気が付いた。

どけ、どけ逃ぐればよか。

「深津ーっ、待たんか」

全身が凍った。鬼が来る。執拗に追ってくる。

どけ、どけ逃ぐれば助かる。

こっちだ。こっちに来《け》え。

鬼とは別の声がする。辺りを見回す。

ウラ……。

ガジュマルの枝の間に、木の面が浮かび上がっていた。大きな目玉。他の神ほどではないが、それでも、ぐわりと開けられた口と乱杙歯《らんぐいば》。祭りの面だ。ウラが着ける面だ。面は束の間瞬いたように見えた。そのまま、消える。

「深津、逃がさんぞ」

声が、足音が近づいてくる。

深津はウラの消えた闇に突っ込んでいった。

ウラが守ってくれる。助けてくれる。きっと、きっと、きっと。

ウラ、助けて。

けれど、捕まった。とうとう捕まってしまった。父の顔をした鬼に、鬼の姿の父に肩を掴まれた。頬を叩かれ、地面に転がった。

「こんガキが。子どもんくせに、父親の頭をうったくりつけやがって。ただですんと思うな。根限り痛めつけてやっど。覚悟せー」

殺されると思った。この鬼は、本気で自分を殺そうとしている、と。

ざわざわとガジュマルが揺れる。

ちかり。闇の中で、ウラの面が瞬いた。

「うわあああっ」。深津は大声を上げ、全身の力で迫ってくる手を振り払った。瞬くウラを目がけて、走る。走ったつもりだったが、脚に力が入らない。

「てめえ、逃がすか」

大人の大きな手が首にかかった。締め付けられる。

嫌だ。殺される。助けて、怖い。怖い、おっかん。

風が唸った。「うおっ」と父が叫び、よろめく。折れた小枝が鞭《むち》のようにしなり、目に当たったのだ。自由が戻る。息ができた。深津は、力一杯、腕を前に出す。酒の臭いをまき散らす、熱い身体を押す。

悲鳴が響いた。風を突き破り、闇を裂くように響き渡った。


星が見えた。

しゃがみ込んだまま見上げた空は、星で満ちている。

深津はガジュマルの気根に縋《すが》り、何とか立ち上がった。

手を広げてみる。

大人の手のひら、大人の指だった。血は滲んでさえいない。薄っすらと傷跡があるだけだ。

指を握り込む。辺りに視線を巡らす。

おれは、ないを見ていたんだ。

首を触ってみる。ここを締め付けられた。そして、この手で熱い身体を押した。この耳で父の悲鳴を聞いた。生々しい。二十年も昔なのに、僅かも褪《あ》せていない。

おれが殺した。

親父《おやじ》を殺したと、呟いてみる。ふらふらと前に進んでみる。

ガジュマルの木々の間にぽかりと空間ができていた。遥か海に向かうように、深い崖がある。二十年前はこんなに木々が生い茂っていなかった。岩があちこちに露出していた気がする。闇の中で大人の頭ほどもある岩石は、白く鈍く輝いていた気がする。岩が光るわけがない。どんなに目を凝らしても、闇が見通せるわけがない。わかっているのに、深津は二十年前の崖の姿を思い出すことができた。目の前に浮かべることができた。

自分が何をしたのかも。

絶叫と共に、父は崖から転落していった。

深津に押され、よろめき、足を踏み外したのだ。酔っていたからなのか、息子を追い回し疲れていたのか姿勢を立て直せなかった。とっさに枝に手を伸ばしたけれど、風に吹かれ、枝は父を拒むように大きくしなった。手が空を摑む。そのまま、落ちていく。

おれが殺した。

もう一度、呟く。父の悲鳴と自分の呟きが鼓膜に突き刺さる。

父が転げ落ちた後、深津は這うようにして崖の傍まで行った。闇の溜まった崖下を見下ろした。

そのとき、聞こえた。

「深津ぅ」

自分を呼ぶ父の声が確かに聞こえた。鬼ではない。弱々しい人間のものだった。

「深津……助けて……助けてくれ……」

同時に音がした。荒い息の音。

みつぅ……みつぅ……。はぁはぁ。たすけて……、はぁはぁ。みつぅ……。

恐怖が身体を貫いた。頭が痺れるほどの恐怖に鳥肌が立つ。

人ではない。あれは人の振りをした鬼だ。鬼が崖を這い上ってくる。

嫌だ。もう嫌だ。

殴られるのも、蹴られるのも、怯えるのも、もう嫌だ。もう、たくさんだ。この恐怖から、この理不尽から逃げ出したい。逃げ出さねばならない。

あんとき、おれはないをした。

今より一回り小さな、子どもの手で石を摑んだ。躊躇わなかった。一瞬の躊躇いもなく、その石を投げた。声と息の音めがけて、投げおろした。一つではない。二つか三つか、四つか。気が付いたら、声も息の音も絶えていた。

ないごて、こがに静かなんじゃ。

ぼやけた頭で考える。崖から下を覗き込む。そこは底無しの闇が溜まっているはずなのに、見えた。うつ伏せに倒れた父、奇妙な具合に曲がった手足。血に染まった後頭部。見えるはずがないのに見えた。見えたはずだ。

叫び、のけ反り、したたかに尻もちをついた。

そっから先はどげんした。

囁かれた。冷えた風が囁きと一緒に、耳元を吹き通っていく。

「ウラ、どこにおる」

思わず呼んでいた。島の小さな神は、あのときも今もすぐ傍らにいる。くすくす。笑い声が耳朶に触れる。楽し気なのに、どこか皮肉っぽくもある。ウラ独特の笑いだ。大人になれば、ほとんど聞き取れない。でも、子どものころはしょっちゅう耳にしていた。

風音にも潮騒《しおさい》にも鳥の囀《さえず》りにも混ざらず届いてきた。

深津、そっから先はどげんしたとじゃ。

くすくすくす。くすくすくす。

おれは……逃げた。家に向かって夢中で走った。やけんど、途中で息が切れて、苦しゅうて、頭がぼんやりして何もわからんようになった。

何もわからなくなる前に、明かりを見た。白く発光する明かり。懐中電灯だと思った。人に出会えたのだと安堵したとたん、力が抜ける。意識が薄れる。くずおれる身体を誰かが抱きかかえてくれた。微かに海の匂いがした。

「……鬼を……殺した。崖んとこで、鬼を……殺し……」

「わかった。もうよか、後は任せとけ」

徳人の声だった。生身の人の声だ。

伯父さんが助けに来てくれた。

安堵に包まれる。そして、意識は途切れた。途切れる寸前、囁きを聞く。

あん男を許さん。だいが許してもおれが許さん。じゃって、もう怖くなか。

ウラ……。

目が覚めたのは、自分の家の居間だった。母が覗き込んでいた。「おっかん」と呼ぼうとしたけれど、口の中がからからで舌がうまく動かない。

「深津、ごめんなせ。ごめんなせ」

母が謝る。一人では身体を保てないかのように壁にもたれかかり、震えながら謝っている。

「弱か母親でごめんなせ。母さん、えずってえずって、身体が動かんかった。深津、守ってやらんで、ごめんなせ」

母は深津の手を握り、むせび泣いた。

泣かんでよか。もう、泣かんでよかよ。

母を励ましたかったのに口は乾ききり、全身は信じられないほど重かった。瞼が自然と下がってくる。母の嗚咽を聞きながら、深津はまた、眠りに引きずり込まれていった。

熱が出た。かなり高い熱で、今ならヘリコプターで奄美の病院に救急搬送されるだろう。しかし、二十年前には島にヘリポートはなかった。ただ、翌日が三カ月に一度の医療スタッフの巡回日にあたり、深津は治療を受けることができた。それでも、すっかり熱が引き、起き上がり、元通りに動けるようになるまでに四、五日かかった。

父の葬儀は既に終わっていた。

父が崖の下で、頭部を血だらけにした姿で発見されたこと。酔って大声で喚きながら、あるいは放歌しながら一人で山の方に歩いていったと複数の証言があったこと。その証言からも現場の状況からも、警察が事故だと断定したこと。証言者の一人が学校の給食調理員だったこと。そういう諸々を深津が知ったのは、島を離れる少し前だった。母が、疲れ切った低い声で伝えてくれたのだ。

なぜ？　と、訝《いぶか》る気持ちはあった。

父は喚いていた。けれど、歌など歌ってはいなかった。鬼の形相で息子を追っていたのだ。そして、父が通る少し前、必死に逃げる深津の姿は見なかったのだろうか。

調理員は酔っぱらった父に「酒を飲んで神社に近づっもんじゃなか。罰があたっど」と意見したが、「せがらしか。おれん勝手や。ええ気持ちで酔うちょっとに、よけいなこつを言うな」と怒鳴られた。そう述べたと、これは人伝《ひとづて》に聞いていた。嘘だ。明らかな偽証だ。

でも、ないごて？　給食のおばちゃんは、ないごて嘘をついた。

二十年前の深津は戸惑い、混乱さえした。

今はわかる。おそらくの一言が付くが、わかったと思う。

調理員は何もかも知っていたのだ。

父が家族に何をしていたのかを、深津が命懸けで山に逃げ込んだのを、父の殺意を知っていた。そして、ザンカ山の森で何があったかを薄々感じ取った。

庇ってくれたのだろう。深津に僅かも疑いが、災いが、咎《とが》めが降りかからぬように守ってくれた。他の証言者も同じく、だ。そうとしか考えられない。

ないごて……帰ってきた。

道ですれ違ったとき、元調理員の老女は囁いた。せっかく逃がしてやったのに、なぜ戻ってきたのだと。あれは深津を責めての囁きだったのだろうか。

ごおうっと風が吼《ほ》えた。

木々が揺れる。激しく揺れる。幾百、幾千、無数の葉がむしり取られ、空へと舞い上がる。星がさんざめく夜空は瞬く間に黒い影に覆われた。

その雄風がぴたりと収まる。葉々は浮力を失い、漂いながら落ちてくる。深津の肩に、足元に、頭に、降り注ぐ。

空を仰ぐ。

満天の星が変わらず、煌《きら》めいていた。

二十年前の記憶から、深津は立ち戻る。鬼に追われ、恐怖に駆られて逃げた少年ではない。三十を越えた一人の教師だ。

「莉里」

少女の名を呼んでみる。深津が担任する、深津の教え子の名前を喉を震わせて、呼ぶ。

「莉里、莉里、どこにいる。出て来てくれ」

返事はなかった。風が凪いだ森は静まり返り、生き物の気配は闇に吸い込まれたかのように、何も伝わってこない。

まさか、まさかな。

気根を摑み、崖の下を覗き込む。二十年前と同じように、底なしの闇に目を凝らす。懐中電灯の明かりを闇雲に動かしてみる。

「莉里、莉里、りりーっ」

ここから落ちた？

悲鳴は聞こえなかった。人が落ちる物音も感じなかった。

じゃっどん、そんた、おれに聞けんかっただけじゃなかんか。おれが気付かんかっただけじゃらせんか。

風の音と昔の記憶に翻弄されて、莉里の気配を見失ったんじゃないか。

まさか、まさか、まさか。

「りりーっ、返事してくれーっ。りりーっ、りりーっ」

力の限り叫んでみる。呼んでみる。明かりの中を白い翅《はね》の蛾《が》が過った。それだけだった。

くすくすくす。

背後で、あの笑い声が響いた。悪戯《いたずら》を思いついた悪童に似た、軽やかでどこか危険な笑い声だ。

深津は振り返った。

ウラがいた。祭りの仮面をつけ、枇榔の葉で全身を包んでいる。

「ウラ……」

くすくすくす。くすくすくす。

深津、おめにあん子が守るっか？ 守り通せっか？

くすくすくす。くすくすくす。

「守る。ないがあってん守っ」

へへえっ、おめにしきっか？

「しきっ。やらんならんのじゃ」

自分にやれることなどたかが知れている。一人では、ほとんど何もできない。少女一人、救うことさえ覚束ないのだ。でも、守る。今、このとき守らねばならない者を全力で守る。大人として、それくらいの覚悟はある。

さて、どうじゃろうなあ。おめにしきっかなぁ。

くすくすくす。くすくすくす。

笑いながら、ウラは両手を前に突き出した。日に焼けた少年の腕が星明かりに照らし出される。どっ。風が鳴った。真正面からぶつかってくる。

叫ぶ間もなかった。一瞬、身体が浮く。そのまま、闇に引きずり込まれる。

足の下には何もない。

うわあああっ。口を開けたけれど声は出ない。とっさに伸ばした手が根を摑んだ。いや、違う。ガジュマルの気根が深津の右手首に絡みついてきたのだ。

おやおや、おめはガジュマルのお気に入りやったんな。忘れちょった。

くすくすくす。くすくすくす。

悪童じみた笑い声を残して、ウラの姿が闇に溶ける。

深津は気根を摑んだまま、崖にぶら下がっていた。足を引っかけようとするのだが、そのたびに土が崩れ、足場にならない。

腕に根が食い込む。さほど太くはない気根は、深津がもがくたびにきしきしと鳴って、今にも千切れそうだ。

歯を食いしばる。崖に突き出た岩に左手でしがみつく。岩は意外なほどしっかりと深津を支えてくれた。腕の力だけで身体を持ち上げる。息が切れた。心臓が突き上がり、口から出てきそうだ。瞬く間に、汗が噴き出て全身を濡らす。

くそっ。くそっ。おれは落ちん。ないがあってん、這い上がっ。

腕が痛い。息が苦しい。汗が目に染みる。

足が何とか崖のへこみを捉えた。

親父もこうやったんじゃろうか。必死に這い上がろうとしたんじゃろうか。生きようともがいたんじゃろうか。

くそっ。もう少し、もう少しで……。

懐中電灯の明かりが注いできた。眩しい光だ。崖の上で小さな影が動く。

あれは、誰や？　あれが……おれだったら……。

石が投げつけられる。白い石がぶつかってくる。額を割る。目を潰《つぶ》す。

あれは、おれじゃなかか。

ずるっ。足が滑った。気根が食い込む。身体が揺れる。

やっせん。落ちっ。

「先生！」

手首が温かくなる。人の肌の温もりが伝わってくる。

腹這いになった莉里が両手で深津の手首を掴んでいた。

「先生、先生」

「莉里、危なか。おめまで落ちっ」

莉里一人で深津を引き上げることなどできない。むしろ、深津の重みに引きずられて一緒に落ちてしまう。

「莉里、もうよかで、手を放せ」

「先生、先生。嫌だ、落ちちゃうようっ」

莉里の身体が前に滑る。転がった懐中電灯が涙でぐしょ濡れの顔を浮かび上がらせる。

「先生、ごめんなさい。ごめんなさい。落ちないで」

「馬鹿。もうよか。早《はよ》っ手を放せ。言うちょることがわからんか」

莉里の横にもう一つ、影が横たわる。二本の手が伸びてくる。

「おれも引っぱっ」

「宇良くん」

唇を一文字に結んだ宇良が深津の左手を握った。

「一緒に引っぱっど。一、二の三」

僅かに深津の身体が持ち上がる。けれどそこまでだ。宇良一人の力が加わっても、どうにもならない。下手をすれば、三人とも真っ逆さまに転がり落ちる。

「もうよか。頼んで手を放してくれ」

「すぐそこまで先生たちが来とっ。来とっ」

宇良が叫ぶ。その叫びが終わらない内に、また笑い声が響いた。

くすくすくす。くすくすくす。

「おめは信じてなかか」

宇良がもう一度、叫ぶ。視線は遠く、闇に向けられていた。

「おめは先生を信じてなかか。こげなやり方で殺すために、島に呼び戻したんか」

風が止んだ。ガジュマルの枝が動かなくなる。

「答えっ。殺しとうて島に呼び戻したんか。ちゃんと答えっ」

風は凪いだままだ。ガジュマルは揺れず、闇だけが濃さを増していくようだった。

「ちごっじゃろが。殺すためじゃなくて生かすためじゃらせんじゃったんか」

深津は息を詰めた。宇良の物言いも眼差しも張り詰めて強い。強弓の弦に似て、闇夜に響く。学校での姿とも流たちと遊んでいるときとも違う。別の声、別の気配、別の何かだ。

「宇良、おめ……」

何者なんだという一言を呑み込む。誰にも、宇良自身にも答えられない問いかけだと察せられたからだ。宇良はこの島の小さな神と繋がっている。紗友里が告げた通り、ウラが宇良を選んだのだ。宇良が神を引き付けたのかもしれない。

「おれは信じるど」

宇良が夜を裂くように吠《ほ》える。

「おれは、先生を信じてみるど」

信じてもらえる？　もう一度、信じてもらえっとか。

「うわっ」

足を引っかけていた窪みが崩れた。谷底に引きずり込まれる。子どもたちの指が手首に食い込んだ。宇良も莉里も、胸まで崖の先から出ている。少しでもバランスを崩せばどうなるか。

駄目じゃ。こんままだと駄目じゃ。

「ウラッ、嫌や。けしんごちゃなか。こん子たちを殺そごたなか」

死にたくない。声がほとばしる。

谷底から、風が吹き上がってきた。身体が軽くなる。ふわりと空に浮く。

「引っぱれ」

宇良と莉里、二人の指に、さらに力がこもる。その力に呼応するかのように、風の勢いが増してくる。強風となり下から突き上げてくる。剛力の腕に抱え上げられた気がする。そして、ひょいと投げ捨てられたような……。

深津は崖の上に転がった。

口と目に汗が染みる。吐き気がする。喉の奥に息が閊《つか》えて、出てこない。全身の力を振り絞って吐き出そうとすると、激しく咳き込んでしまった。それが収まり、やっと息が通る。

「……莉里、宇良……」

目尻の汗を拭い、嗄《か》れた声で二人を呼ぶ。

「莉里、宇良、どけおっ。無事か」

「……ここにおっ」

宇良の喘ぎ声がすぐ近くでした。

懐中電灯を拾い上げ、照らす。地面に座り込んだ二人が光の中に現れた。「眩しい」と莉里が顔を背ける。意外にしっかりとした口調だった。

「二人とも無事か。怪我しちょらんか。ないごて、あげん無茶をすっか。落ちたらどげんこつになっか考え。馬鹿者が」

宇良の唇が尖った。太い眉が吊り上がる。

「先生を助けてやったっど。怒っなんておかしか」

人見知りのくせにちょっと生意気で、ゲームも走ることも木登りも一輪車も好きな小学生の物言いであり、顔つきだった。

自分の教え子を深津は怒鳴りつけた。赴任してきてから初めてのことだ。

「馬鹿。あげん危なか真似、二度とすんな。絶対にすんな」

「じゃっどん、せんかったら先生、落ちちょったかもしれん」

「そいでもかまわん。もし、おめたちまで落ちちょったら……」

二つの小さな身体が闇に呑み込まれていく。そんな光景が一瞬、頭の隅を過って、深津は身震いしていた。ただ、父を見たときほど鮮明ではない。それでなのか、息がつけた。胸を押さえ、呼吸を整える。

「だいたい、ないごて、おめがここにおる」

「先生と莉里がザンカ山におって、おめも行けち言われた」

誰に言われたか尋ねるまでもなかった。その返事のように、風が鳴る。軽やかな子どもの笑い声に似た風の音が、響く。

「じゃっで来たんじゃ。母さんにも山に行って伝えた。止められたけど、先生を助けてやろうて思うて来たんじゃ。怒らんでよかじゃろ。な、莉里」

莉里は頰を膨らませてから、「知らない」と答えた。

「先生も宇良くんも何を言ってるのか、わかんない。わかるように、しゃべってよ」

そう叫ぶ。その後、深くうなだれる。

「ごめんなさい。先生、ごめんなさい」

「莉里」

「どうしていいか、わからなかったんだもの。あたし、島にいたいのに、お祖母ちゃんやママが来たらお家に帰らなきゃいけないって思って……。だから、神さまに助けてってお願いしたかったの。神さまは子どもを守ってくれるんでしょ。だから……ごめんなさい」

莉里が泣き出す。泣きながら「ごめんなさい」を繰り返す。宇良は唇を尖らせたまま、泣いている少女から深津へと視線を移した。睨みつけるような尖った眼付きだ。

大人んくせに、子どもを泣かせたままでよかか。

眼付きに込められた非難が伝わってきた。

深津は懐中電灯を持ち直し、莉里の傍らにしゃがみ込んだ。

「莉里、神さまだけじゃない」

莉里がしゃくりあげる。えっ、えっと小刻みに声を震わせる。

「子どもを守ってくれるのは、神さまだけじゃないんだ。先生も、他の先生たちも、洲上のおばさんも島の人たちもみんな、大人たちはみんな、全力で守るから」

莉里の嗚咽が僅かに低くなる。

「信じてくれないか。な、莉里。もう一度、大人を信じてくれないか」

大丈夫だから。信じて大丈夫だから。もう二度と、裏切らないから。

先刻と同じことを莉里に乞う。

もう一度だけ、もう一度だけ、信じてくれ。大人に機会をくれ。

おれは、先生を信じるど。

さっきの宇良の一言が、身を貫く。貫き、深津の内に火を灯《とも》した。小さな炎は消えもせず、広がりもせず燃えている。その炎を糧にして生き延びられると確信できた。

信じてもらえることが、生きることに繋がっていく。

莉里、生きるための希望を与えてくれと乞うのは、大人の身勝手だろうか。弱さだろうか。

風がぴたりと静まった。

嘘つきと、莉里は言わなかった。頷きもしない。いつまでも黙したままだった。

「おーい、せんせーい。槙屋せんせーい」

黒い塊に似た森の中から、呼び声と幾つかの明かりが近づいて来る。

深津は懐中電灯を大きく回した。

「あっ」

宇良が飛び起き、空を指差した。

「流れ星や」

夜空を仰ぐ。視界の真ん中を一筋の星が流れた。

翌日の夕方、深津は高砂の家を訪れた。

玄関に出てきた仁海が、棒立ちになる。ややあって、喉の奥から絞り出すように「来てくれたん」と言った。

「伯父さんに逢ゆっかな」

「うん。さっきまで眠っちょった。こんごろ、一日んほとんどを寝ちょっ。食事も食べんくなってな。じゃっどん、兄さん、ずっとあんたに逢いたがっちょった。ほんのこつ……間に合《お》うてよかった」

仁海の背中が丸くなっている。ずっと重い荷を背負っていた人のように曲がっている。

「こっちじゃ」

老いた背中を見せて、母は奥の座敷に息子を案内した。記憶にある伯父の家はもっと広く明るかったと思う。住人が年を経れば家屋も萎み、くすんでいくのだろうか。

いとこたち、伯父の息子二人も来週の船便で帰ってくると仁海は告げた。父親の死を看取《みと》るために子が帰ってくるのだ。深津は首を縦に動かしただけで、返事をしなかった。

「ここじゃ」

奥まった座敷に伯父は臥《ふ》していた。

ユハタ港で顔を合わせてから、どれだけの月日が過ぎたのだろう。

十年？　十五年？　いやまだ二、三カ月しか経っていない。そう思い至り、驚く。それほど伯父は面変わりしていた。

頭蓋骨に皮膚が張り付いて見えるほど痩せ、その皮膚も青白く血の気はほとんどない。カサカサに乾いて、触れただけで剝がれ落ちそうだ。

可愛がってもろうたな。

不意に想いが込み上げてきた。

こん人には、ほんなこつ可愛《かわい》がってもろうた。

徳人は十五も年の離れた妹、仁海に兄というより父親に近い愛情を注いでいた。その子である深津もまた、我が子、我が孫同然に愛してくれた。どう可愛がってくれたのか、愛してくれたのか具体的に思い出せない。しかし、いつも見守っていてくれた。それは確かだ。なのになぜか伯父を冷ややかな男だと、自分は伯父から疎まれていると、ずっと思い込んでいた。それは、父が亡くなってから島を出るまでの間、徳人が深津を遠ざけてきたからだ。

あれは、いつだったか。

空一面が紅に焼けた夕暮れ時だった。海も紅色に染まっていた。森も染まっていた。雲の縁だけが金色に彩られ、不気味なほど美しい紋様を夕空に描き出していた。

徳人を海辺で見た。

徳人は海に突き出た巨岩の上に立ち、沖を眺めていた。沖に船影はなく、鳥影さえなく、不穏を告げる白波も立ってはいなかった。海面はひたすら静かで、紅かった。徳人も同じ色に塗れていた。釣りをするでもなく、沖を窺うでもなく、立ち尽くす男の影だけが黒く伸びている。

声をかけられなかった。理由はわからないが、声をかけてはいけないと強く思った。なのに、踵《きびす》を返し遠ざかることもできず、深津もまた夕陽《ゆうひ》を浴びて佇《たたず》んでいた。

徳人が振り返る。海岸に降りる道辺にいた深津を暫くの間、見詰めた。

それから顔を歪めた。口元も眼元も歪んだ、猛々《たけだけ》しい表情になる。

「はよ、島から出て行け」

猛々しい表情で徳人は怒鳴った。

「二度と帰ってくんな」

怒鳴りながら大きく手を振る。追い払う仕草だ。顔も口調も動きも拒否そのものだ。あっちへ行け、こっちに来るな。近づくな。去れ。

その後の記憶はない。

伯父は全身で自分を拒んだ。父を殺した息子を忌み、遠ざけようとした。その想いだけが刻み込まれた。

あの日から二十年だ。

目の前の男に、もう他人を拒否するだけの力は残っていない。

背後で、障子が閉まる。仁海の足音が遠ざかっていく。深津は病人の傍らに腰を下ろした。それを待っていたかのように、徳人が眼を開ける。

「深津」

開いた眼も、発せられた声音も強く張り詰めていた。最期が近い者の眼でも声でもない。

「おめの父親を殺したんな、おれだ。あん夜、仁海からおめを助けてくれと連絡があったんじゃ。おれはいっき、おめえたちん後を追うた」

力のこもった声が告げる。深津は膝の上で指を握り込んだ。

「じゃっどん、親父を崖から落としたんも石を投げたんもおれだ。おれが……」

「黙って聞け」

一喝される。痩せたからか、異様なほど大きい眼が深津を睨みつける。

「おめを仁海に任せて、おれは崖んとこまで行った。あん男は生きちょったぞ。生きて崖を這い上っちょった。怪我をしちょったが、生きて物も言えた」

息を吸い込んだ。胸が膨らむ。

父が生きていた。死んでいなかった。けれど、死体で見つかったのだ。深津が目を覚ましたとき、葬儀を含め何もかもが終わっていたではないか。

カタカタと風が窓を揺する。

徳人の視線が天井に向けられる。そこに何を見たのか、深いため息が漏れた。

「おめんこつを許さんちゆうた。根限り痛めつけてやっと。じゃっで、殺した。傍にあった石で頭を殴った。動かんくなるまで何度も殴った。そいから、崖下に投げ落とした」

言い淀《よど》みも、躊躇いもなく、徳人は一息にしゃべった。

「そんだけじゃ」

「伯父さん……」

「あいつはおめを殴った。仁海を泣かせた。じゃっで、あいつを許せんかった。おれがあいつを許せんかった。そんだけじゃ、深津」

徳人が眼を閉じる。とたん、生気は失われ、死の色が滲む。

「ウラやと思う」

呟いた。自分のものとは信じられないほど、弱々しかった。その声で続ける。

「親父を崖から突き落としたんはウラや。ウラは子どもん痛めつけるどんな大人も許さん。じゃっで親父ん殺した。そいが真相や」

徳人は何も言わない。息さえしていないようだ。

「おれは帰ってきた。ウラに帰って来いち言われたんじゃ。帰ってきて本当んこつ確かめち言われたんじゃ、伯父さん」

返事はない。微かな息の音だけがする。

深津は廊下に出て、玄関へと歩いた。

徳人は死の間際に、真実を伝えようとしたのか。深津から重荷を取り除くために、嘘を口にしたのか。わからない。ただ、二十年前も今も、徳人は深津を守ろうとしてくれた。それだけはわかる。

仁海が待っていた。小さな紙袋を差し出してくる。中に白い容器が入っていた。

「豚骨や。好物やったろ」

「豚骨か、懐かしか」

黒豚の骨付き肉を蒟蒻《こんにゃく》や根菜と一緒に煮て、焼酎と黒砂糖でこってりと味を付ける。少年時代の深津の大好物だった。もう何十年も食べていない。

受け取る。仁海が僅かに笑んだ。

「母さん。昔、急におらんごつなったの、おれんためか」

仁海が横を向く。

「あんたを自由にさせよごたった」

おまえを自由にしてやりたかったのだと母は言う。

「一人で生きらるっごつなったら、わたしからも島からも父親んこっからも自由にしたかった。そいがせめてんの……母親としてせめてんの罪滅ぼしかて思うた」

「一生、逢わないつもりやったんか」

「そのつもりやった。兄さんからも、深津を連れて島を出て行け、そいで、深津が一人前になったら、自由にしてやれて言われとった。そいが罪滅ぼしやっで、まさか、あんたが帰ってくっとは考えんかった。じゃっどん、ほんまは嬉しかった。あんたん顔を見たとき、わっぜ嬉しかった。抱き着きたかったぐらい嬉しくて……。はは、親いうたぁ、どうにもならんもんだわな」

「うん」

徳人も母も、自分の罪を贖《あがな》えるのか、贖える手立てがあるのか、思案し続けて生きていた。

おれは？

おれは、どがする。どんなやり方で背負った罪ん贖う？

答えはまだ、摑めていない。

風が吹き込み、紙袋を揺する。

「ウラもこれが食べよごたっらしい」

紙袋を持ち上げる。懐かしい母の豚骨の匂いがした。


フェリーが水平線のかなたに現れた。

白い船体が紺碧《こんぺき》の海に映える。

あの船に莉里と流の母親が乗っている。祖母もいっしょだと連絡が入っていた。

「さあ、気合、入れんとね」

水守がぐっと胸を張った。

「校長、保護者と会うのに、そこまで力まなくてもいいでしょう」

ユハタ港の突堤に水守と二人並んで立っている。深津は、小太りの校長を見下ろして笑んだ。力みは自分にもある。

母親とじっくり話をする初めての機会だ。

「槙屋先生」

「はい」

「もう一度確認すっど、莉里は島でん暮らしを継続すっことを望んでますね」

「はい」

「それは、本心やろうか」

「本心でしょう。莉里は帰ることを恐れています。むろん、百パーセント危害を加えられないとわかれば、気持ちも変わるかもしれませんが……」

「そんあたりも話をせないけんなあ」

水守が太く長い息を吐き出した。

「なんだかんだ言うても、子どもはみんな、親ん許《もと》で暮らすのが一番ええでしょあ。そいがでくっごっ努力したいですけどね」

そうだろうかと、深津は思う。

親と子が共に暮らすことが本当に一番いいのだと、断言できるだろうか。親が子を捨てることは許されない。けれど、子が親を捨てる道はあるのではないか。

そんな風に考えてしまう。

今朝、莉里は恵美とこころに島の言葉を教わっていた。そこに、宇良と流と清志が加わろうとして、「あっち行って。邪魔じゃ」と追い払われた。

莉里と流が神無島で幸せだと、これも言い切れない。しかし、親のいない場所で生きていこうとしている。それは揺るがない事実だ。確かな現実だ。

村沖徹は来週、鹿児島市内の高校のオープンスクールに参加する。中二の智美とももも同行するとか。智美は目指している高校の畜産科を見学し、ももは市内で東京から来る両親と会う予定になっていた。中学卒業後の進路を相談すると言う。「ももは、やりたかこつがあるそうです。そいで、親御さんと相談するつもりらしか。気持ちがちゃんと決まってから、先生にゆてゆわれました」と、古竹が苦笑いしながら伝えてくれた。その後、真顔になり続けた。

「何がやりたかか、わかりませんが、親御さんが応援してくれたらよかですが」と。

徹にも、智美にも、ももにもそれぞれの現実がある。

子どもたちが必死に築こうとしている現実を、力の限り支えていく。

その決意は贖罪《しょくざい》になるのか。

どうじゃろうな、ウラ。

風が前髪をなぶっていく。

フェリーの汽笛が響いた。

カモメが一羽、波間から飛び立ち、フェリーを迎え入れるかのように羽を広げた。

風は止まない。

そよそよと吹き続けている。この島では奇跡のように珍しい、優しい風だ。

間もなく、嵐になる。

そいが、わかっ。

己《ウラ》の島は嵐にもみくちゃにされっど。

石が飛ばされる。木々の枝がへし折られる。牛が……牛は飛ばされん。家も飛ばされん。嵐は己《ウラ》の島ちめちゃくちゃにすっど。けど、過ぎてしまえば、元通りじゃっで。

明日は祭じゃ。

神さんたちはザンカの山を下りて、里に行く。

己《ウラ》はガジュマルの森を出て、子どもらんとこ行く。

みんなが待っとる。

三日前、清志とこころと宇良と恵美と莉里と俊と恭太と祥子と智美とももと徹とが、神社の掃除をしてくれたど。流は腹を下して、休んどった。朝方、一緒に行くと泣いて紗友里を困らせとったな。ああいう泣き方はよか。すうっと耳ば通って行く。己《ウラ》のあちこちを突き刺さん。よか泣き方じゃ。流は「おれも行っ。神社に行っと」と、島言葉を使《つこ》うとったな。

莉里がどうなるんか。流がどうなるんか。己《ウラ》にはわからん。他の子どものことも、わからん。じゃっどん、島におる子は、己《ウラ》が守る。どげな厄災からも守っど。

まあ、暫くは、深津らがどこまで気張れるか見ちょろうか。己《ウラ》の力がのうても、守れるんなら何よりじゃっで。

ふふ、当てにならんけどな。

嵐が来る。
嵐が過ぎたら、祭じゃ。
神無島の祭じゃ。
神さんたちはザンカの山を下りて、里に行く。
己《ウラ》はガジュマルの森を出て、子どもらんとこ行く。
流、腹が治ってよかったの。祭で踊れって、よかったの。
祭の夜は晴れっど。空一面に、星が煌めくど。
己《ウラ》はガジュマルの森を出て、おまえらんとこ行く。

＜初出＞

「STORY BOX」2019年11月号〜2020年11月号

単行本化にあたり大幅な加筆改稿を行いました。

本作品はフィクションです。

実在の人物・団体とは一切関係ありません。

装画　中村一般
装丁　岡本歌織（next door design）

あさのあつこ

一九五四年岡山県生まれ。青山学院大学文学部卒業。小学校講師を経て、九一年『ほたる館物語』でデビュー。九七年『バッテリー』で第三十五回野間児童文芸賞、九九年『バッテリーⅡ』で第三十九回日本児童文学者協会賞を受賞。二〇〇五年『バッテリー』全六巻で第五十四回小学館児童出版文化賞を受賞。一一年『たまゆら』で第十八回島清恋愛文学賞を受賞。近著に『ハリネズミは月を見上げる』『彼女が知らない隣人たち』『おもみいたします』などがある。

神無島のウラ

二〇二三年三月一日　初版第一刷発行

著者　あさのあつこ
発行者　石川和男
発行所　株式会社小学館
〒一〇一－八〇〇一　東京都千代田区一ツ橋二－三－一
編集　〇三－三二三〇－五九五九　販売　〇三－五二八一－三五五五
DTP　株式会社昭和ブライト
印刷所　萩原印刷株式会社
製本所　株式会社若林製本工場

ISBN 978-4-09-386671-2